Patrick McGinley

Das Sirius-Signal

PATRICK
MCGINLEY

DAS SIRIUS SIGNAL

KARIBU

INHALT

FINN

Die Kugel hing im schwarzen Nichts, wie eine gigantische Murmel, die durch ein unachtsames Fingerschnippen Millionen von Kilometern über das Ziel hinausgeschossen war.

Mars.

Der Rote Planet.

Finn presste sein Auge so fest an das Okular des Teleskops, dass seine Augenhöhle zu schmerzen begann. Der Planet schien zum Greifen nahe, als könnte Finn die Hand danach austrecken und ihn in die Tasche stecken.

»Er sieht so klein aus«, sagte Finn. »Kaum zu glauben, dass da oben gerade ein menschengemachtes Fahrzeug herumkurvt. Wie heißt es noch mal?«

»*Perseverance*«, antwortete sein Bruder Oliver. »Das bedeutet ›Ausdauer‹.«

»*Perseverance*«, wiederholte Finn ehrfürchtig.

»Es wird sogar noch besser«, meinte Oliver. »Die Landesonde hat einen Minihubschrauber dabei.«

»Echt wahr?«, fragte Finn.

»Kein Scherz«, sagte Oliver. »Es gibt im Internet ein Video davon, wie er abhebt und wieder aufsetzt.«

Finn nahm sein Auge von dem Teleskop. Er formte seine Hände zu einer Höhle, blies warme Luft hinein und rieb dann die Handflächen gegeneinander. Es herrschte klirrende Kälte, und sein Atem stieg in einer Dunstwolke in die Luft. Finn und Oliver hatten eine Picknickdecke auf dem hart gefrorenen Boden des Ackers ausgebreitet und das Teleskop auf sein Stativ montiert. Oliver hatte sich schon immer für Astronomie interessiert, und der Funke war nun auch auf Finn übergesprungen.

»Wir sollten zurückfahren«, sagte Oliver. »Es ist spät, und du hast morgen Schule. Ich will auf keinen Fall, dass du dich hier draußen noch erkältest.«

»Noch nicht«, sagte Finn. »Bitte. Ich will noch mehr sehen.«

Seine Neugier war nicht der einzige Grund, weshalb Finn darauf beharrte, weiter den Sternenhimmel zu erkunden. Er wusste, dass sein großer Bruder morgen in sein neues Internat aufbrechen würde, und nichts machte Finn mehr Angst, als plötzlich allein zu sein.

»Na gut«, meinte Oliver. »Was willst du als Nächstes sehen?«

Finn blickte mit dem nackten Auge in den schwarzen Himmel. Es war eine klare Neumondnacht, und die Milchstraße sah aus, als wäre ein riesiger Pferdewagen über das Firmament gerast, der im Vorbeifahren eine Staubwolke aus Sternen aufgewirbelt hatte. Finn deutete zum hellsten Punkt am Himmel, einem Stern, der genau im Süden knapp über dem Horizont stand.

»Was ist das für ein Stern?«, fragte er Oliver. »Der helle da.«

»Das ist Sirius, im Sternbild *Canis Major*«, antwortete sein Bruder. »Das bedeutet ›Großer Hund‹. Deshalb nennt man den Stern auch den Hundsstern.«

Oliver löste die Fixierschrauben des Teleskops und blickte durch das kleinere, auf den Tubus montierte Suchfernrohr. Wenige Sekunden später hatte er das Teleskop auf den Stern Sirius ausgerichtet.

»Sieh ihn dir an.«

Finn blickte wieder durch das Okular. Der Hundsstern leuchtete hell.

»Fällt dir etwas auf?«, fragte Oliver.

Finn betrachtete den Stern genau, doch er konnte nichts Besonderes erkennen.

»Was sollte mir daran auffallen?«, fragte er.

»Sieh genau hin.«

Jetzt entdeckte Finn das Objekt, auf das sein Bruder angespielt hatte. Neben dem gleißend hellen Feuerball befand sich ein winziger Lichtpunkt, nicht größer als ein Nadelstich.

»Da ist noch ein zweiter Stern«, sagte Finn.

»Gut erkannt«, antwortete Oliver. »Du hast ein Auge für Details«.

Finn, der immer noch gebannt durch das Objektiv blickte, konnte an Olivers Stimme hören, dass dieser stolz auf ihn war.

»Sirus ist ein Doppelstern. Sirius A ist groß und hell, doch Sirius B ist im Vergleich dazu winzig. Die beiden Sterne kreisen umeinander.«

»Sie gehören zusammen«, sagte Finn.

»Genau. Ihre Schwerkraft zieht sie gegenseitig an.«

Finn betrachtete die beiden Sterne, als wollte er sich das Bild für immer einprägen.

»Wusstest du, dass man Sterne nicht nur sehen, sondern auch hören kann?«

Finn wandte sich vom Okular ab und sah zu seinem Bruder.

»Verarsch mich nicht«, sagte er.

»Wirklich wahr«, antwortet Oliver. »Man kann die Radiowellen, die ein Stern aussendet, in Töne umwandeln. Was meinst du, wie Sirius klingt?«

»Wenn es wirklich der Hundsstern ist, dann bellt er wahrscheinlich.«

Oliver musste lachen.

»Nicht ganz«, sagte er schließlich. »Ich zeig's dir.«

Oliver kramte sein Handy aus der Jackentasche und öffnete ein Browserfenster. Dann navigierte er zu einer Webseite der NASA. Dort klickte er auf eine Audiodatei.

»So hört sich der Stern Sirius an, wenn man die Wellen, die er aussendet, in Tonsignale umwandelt.«

Er drückte auf Play. Aus dem Lautsprecher des Handys drang ein unheimliches Dröhnen, das wie ein geisterhafter Chor klang. Finn sah wieder durch das Teleskop. Er betrachtete den Doppelstern, während er den schauerlichen Klängen lauschte.

»Das ist aber noch nicht alles, was man hören kann«, meinte Oliver. »Wenn man den hohen, tiefen und mittleren

Tönen verschiedene Instrumente zuordnet, dann klingt es plötzlich wie Musik.«

Oliver startete ein zweites Video. Zuerst ertönten die sanften Klänge eines Windglockenspiels, dann gesellten sich Harfen und Streicher dazu, die zusammen ein magisches Orchester bildeten.

»Die Musik der Sterne«, sagte Oliver.

Finn kniff die Augen zu und lauschte den Klängen. Es war, als würde er die Stimme des Universums hören.

»Jetzt müssen wir aber wirklich los«, meinte Oliver. Er schaltete sein Handy aus und steckte es in die Hosentasche. Die Musik des Sterns Sirius erstarb abrupt. Finn kam es vor, als wäre er aus einem Traum aufgewacht.

»Du hast recht«, meinte er. Missmutig half er Oliver, das Teleskop abzumontieren. Zusammen verstauten sie es in der dunkelblauen Tragetasche, die Oliver nun schulterte. Finn faltete die Picknickdecke zusammen, auf der sie gesessen hatten, und klemmte diese auf den Gepäckträger seines Fahrrads. Sie schoben ihre Räder über den unebenen Boden des gefrorenen Ackers, bis sie die Landstraße erreicht hatten, und saßen dann auf. Oliver fuhr voraus, und Finn folgte ihm durch die Nacht. Die Lampen ihrer Mountainbikes durchschnitten die Dunkelheit und warfen ihren Lichtschein auf die Landstraße. Finn klebte dicht an der Rückleuchte seines Bruders. Er wollte sich auf keinen Fall in der Nacht verfahren. Sie wohnten noch nicht lange in Pappelberg, und Finn kannte sich in der Umgebung noch nicht besonders gut aus. Erst kurz vor Weihnachten waren sie in das neue Haus eingezogen. Ihr Vater hatte eine Stelle bei einem Mikrochiphersteller am Stadtrand angetreten, und ihre Mutter arbeitete im Büro des Bürgermeisters.

Die Scheinwerfer eines herannahenden Autos blendeten Finn. Er kniff die Augen zusammen und verringerte die Geschwindigkeit, bis der Wagen an ihnen vorbeigerauscht war. Nun passierten Oliver und Finn das Ortsschild von Pappelberg. Links und rechts erschienen die ersten Häuser aus der Dunkelheit. Ihre Fenster waren hell erleuchtet, und aus einigen Wohnzimmern drang das blaue Schimmern eines Fernsehers. Oliver bog nach rechts in die kleine Straße ein, in der sie nun wohnten. Finn folgte ihm. Kurze Zeit später kamen sie an dem kleinen Haus mit Vorgarten an, in das sie vor wenigen Monaten eingezogen waren. Sie verstauten ihre Fahrräder in der Garage und trugen das Teleskop zusammen durch die Haustür in die gemütliche Diele. Finn zog sich die Stiefel aus und rieb seine eiskalten Hände. Gemeinsam gingen die Brüder in die Küche, und Oliver füllte zwei Tassen mit Milch und stellte sie in die Mikrowelle. Nach wenigen Minuten nahm er die dampfenden Tassen heraus und rührte Kakaopulver hinein.

»Haben wir noch diese kleinen Marshmallows?«, fragte Oliver. Finn kramte eine angebrochene Packung aus dem Küchenschrank hervor. Er verteilte den verbliebenen Inhalt auf die beiden Tassen und sah dabei zu, wie die Marshmallows langsam in den heißen Kakao schmolzen. Er wärmte seine Hände an der Tasse und nippte vorsichtig an der Schokolade.

Oliver setzte sich auf die Tischkante und ließ die Beine herunterbaumeln. Finns Gedanken schweiften ab. Er dachte an die Schule und daran, dass Oliver morgen einfach nicht mehr da sein würde. Wieso musste er in dieses blöde Internat ziehen? Wieso konnte alles nicht einfach so bleiben wie bisher?

»Alles okay mit dir?«, fragte Oliver.

Finn blickte auf.

»Äh. Ja. Ich dachte nur an Sirius.«

Oliver lächelte.

»Ich kenne dich zu gut, Bruderherz. Ich weiß doch, wenn dich was bedrückt.«

Finn zögerte. Er wollte Oliver nichts vorjammern; wollte nicht mehr der kleine Bruder sein, der dauernd Hilfe brauchte.

»Stress mit der Schule?«, fragte Oliver.

Finn nickte.

»Ich weiß nicht, was ich falsch mache«, sagte Finn. »Irgendwas stimmt nicht mit mir.«

»Was meinst du?«

»Die Jungs aus meiner Klasse … mögen mich nicht besonders. Als ich mich vorgestellt habe und gesagt habe, von wo wir hergezogen sind, haben die sich über irgendeinen Fußballverein lustig gemacht und mich Fischkopf genannt. Dabei interessiere ich mich gar nicht für Fußball. Und jetzt will niemand mehr was mit mir zu tun haben. Ich finde einfach keine Freunde.«

»Das braucht Zeit, Finn.«

Finn blickte seinen Bruder an.

»Du hast gut reden. Du siehst aus wie ein Profisportler.

Praktisch zwei Meter groß, blond, blaue Augen. Alle mögen dich. Die Mädchen liegen dir zu Füßen. Ich bin ein dürrer Zwerg mit braunen Kraushaaren. Manchmal glaube ich, du hast alle guten Gene abgekriegt und ich nur den Restmüll.«

Oliver sprang von der Tischkante und sah Finn durchdringend an.

»Hey! Hör mir zu! So darfst du nie und nimmer über dich selbst reden. Hast du das kapiert?«

Finn rollte mit den Augen.

»Das meine ich todernst. Wenn du so über dich redest, dann glaubst du diesen Scheiß irgendwann noch. Du bist kein Restmüll. Du kennst nur deine eigenen Stärken noch nicht.«

Finn zuckte mit den Schultern.

»Und was sollen das für Stärken sein?«

»Du bist klug, viel klüger als ich. Und du hast Sinn für Humor.«

»Was hilft mir das, wenn meine Mitschüler mich dauernd mobben?«

»Das wirst du noch lernen.«

»Flo und seine Gang machen mir ständig das Leben schwer«, fuhr Finn fort. »Der einzige Grund, warum sie mich nicht dauernd im Klo einsperren, ist, dass du mein Bruder bist und sie Angst vor dir haben.«

»Ich werde mit ihnen reden.«

»Wann denn? Du fährst doch morgen früh ins Internat!«

Finn merkte gar nicht, dass er laut geworden war.

»Wenn ich wiederkomme.«

»Im Sommer? Toll! Dann kann ich mir ja bis dahin die Kloschüsseln von innen ansehen.«

Finn sprang auf und lief aus dem Zimmer.

»Finn! Jetzt warte doch!«

Oliver versuchte, ihn vor der Küchentür abzufangen, aber Finn war schneller. Er lief die Treppe hinauf in sein Zimmer und knallte die Tür hinter sich zu. Er wollte nicht weinen, aber die Tränen kamen einfach. Schluchzend legte er sich auf sein Bett und schloss die Augen. Er wollte nichts hören, nichts sehen und an nichts mehr denken. Olivers Schritte waren auf der Treppe zu hören. Er kam in den ersten Stock hinauf und klopfte an Finns Tür, doch Finn ignorierte ihn. Irgendwann gab Oliver auf. Seine Schritte entfernten sich.

Am nächsten Morgen kam Finn nicht aus seinem Zimmer, um sich von seinem Bruder zu verabschieden. Er wartete, bis dieser mit seinen Eltern zum Bahnhof abgefahren war.

OLIVER

Oliver sah der Landschaft zu, die draußen vor dem Fenster des Zugs vorbeihuschte. Er dachte an Finn. Es tat ihm leid, dass sie sich gestritten hatten, doch Finn war kein Baby mehr. Er musste endlich lernen, auf eigenen Füßen zu stehen und sich zu behaupten, auch wenn das Leben manchmal unangenehm war. Andererseits war er aber auch sein kleiner Bruder, und Oliver hatte es immer als seine Pflicht angesehen, ihn zu beschützen. Er kramte sein Handy hervor, um Finn eine Nachricht zu schreiben. Sein Daumen schwebte über der Tastatur auf dem Display, doch er wusste auf einmal nicht mehr, was er schreiben sollte. Stattdessen wechselte er zu einem Webbrowser und scrollte durch die Nachrichten. Zugunglück in Frankreich, Erdrutsch in Brasilien, Flutkatastrophe in Thailand. Eine Rakete, die sechs Astronauten zur Internationalen Raumstation ISS bringen sollte, war durch einen Sabotageakt auf der Startrampe explodiert. Wie durch ein Wunder hatten die Astronauten schwer verletzt überlebt. Oliver schaltete sein Handy ab und steckte es in die Hosentasche. Es erschien ihm, als gäbe es in letzter Zeit nur noch schlechte Nachrichten, als würde die Welt von einer Krise in die nächste schlittern.

Konnte er es Finn da verdenken, dass ihm alles Angst machte? War er vielleicht wirklich zu hart mit ihm ins Gericht gegangen? Er durfte nicht vergessen, dass Finn erst 14 Jahre alt war. Oliver kramte sein Handy wieder hervor, und diesmal tippte er eine kurze Nachricht:

Tut mir leid wegen gestern Abend, Finny. Vermisse dich. O.

Einige Sekunden später wurde die Mitteilung als ›gelesen‹ markiert, es kam jedoch keine Antwort von Finn. Oliver steckte das Handy wieder weg. Bald würde für ihn ein neuer Lebensabschnitt beginnen. Als er im letzten Sommer die Zusage des Internats erhalten hatte, war er außer sich vor Freude gewesen, denn die Geiger Akademie galt als eine der besten Schulen Europas. Die Anwärter wurden nicht nur auf ihre geistigen Fähigkeiten, sondern auch auf ihre sportlichen Leistungen überprüft. Nur die besten, die in allen Disziplinen hohe Punktzahlen erreichten, hatten eine Chance, aufgenommen zu werden. Oliver hatte aus einer Laune heraus an dem dreitägigen Aufnahmeverfahren teilgenommen. Dass er einen Platz erhalten hatte, hatte ihn wirklich überrascht. Wie würde er sich wohl in der neuen Schule einleben? Er hoffte inständig, dass er unter seinen Mitschülern gute Freunde finden würde. Sein Handy summte. Finn hatte geantwortet. Oliver musste grinsen, als er die Antwort seines kleinen Bruders las:

Vermisse dich auch. Du Arsch.

FINN

Finn lief eilig die Treppe hinunter und nahm dabei zwei Stufen auf einmal. Er warf einen Blick über seine Schulter und sah, wie Flo und seine drei Freunde ins Treppenhaus gerannt kamen, ihm dicht auf den Fersen. Flo grinste breit, als er Finn am unteren Ende der Treppe entdeckte. Er strich sich durch seine kurz geschorenen blonden Haare und beschleunigte seine Schritte. Sven und Max wichen nicht von seiner Seite, wie zwei Bluthunde, die ihrem Herrchen folgten. Sie waren alle 14 Jahre alt, doch da seine Verfolger einen Kopf größer waren als Finn, kam es ihm so vor, als wäre er viel jünger.

Finns Fuß trat ins Leere. Er stolperte und rollte unsanft die letzten drei Treppenstufen hinab. Ein dumpfer Schmerz pochte in seinem Fußgelenk, doch Finn ignorierte ihn. Er rappelte sich auf und hielt auf die Tür zu, die zu den Umkleidekabinen der Sporthalle führte. Die Schritte seiner Verfolger waren ihm so nahe gekommen, dass er sich nicht traute, einen erneuten Blick nach hinten zu werfen. Er kam an der Tür an und rüttelte an der Klinke.

Vergebens.

Abgeschlossen.

Finn drehte sich um – und fand sich Angesicht zu Angesicht mit Flo wieder, der ihn immer noch breit angrinste. Er war so dicht bei ihm, dass ihre Nasenspitzen sich fast berührten. Finn konnte Flos Sommersprossen zählen.

»Riecht ihr das?«, fragte Flo. Die Frage war an seine beiden Freunde gerichtet, die Finn links und rechts flankierten. Sven war groß, mit langen dunklen Haaren, und Max war dürr, mit einem Adamsapfel, der weit herausragte.

Sven und Max kicherten böse.

»Riecht wie Fisch, der zu lange in der Sonne gelegen hat.«

Flo begann, an Finn herumzuschnüffeln, wie ein Schwein, das nach Trüffeln suchte. Finns Herzschlag wummerte in seinen Ohren. Er bildete sich ein, dass sein Puls laut schepperte, bis er begriff, dass das Geräusch gar nicht von seinem Herzen kam. Es drang durch eine der Türen, die von dem Korridor abgingen, in dem sie sich befanden. Irgendjemand spielte in einem der Zimmer Schlagzeug – und zwar mit voller Wucht.

Flo schnippte vor Finns Nase mit dem Finger, um seine Aufmerksamkeit auf sich zu ziehen.

»Hey, Fischkopf, Quizfrage: Was stinkt am Morgen nach Käsefuß, am Mittag nach Misthaufen und am Abend nach Kanalisation?«

Sven und Max lachten.

Irgendetwas ging mit Finn durch; er hatte keine Lust mehr, ängstlich zu sein und vor diesen Blödmännern zu kuschen. Bevor er es sich anders überlegen konnte, hatte er es schon getan. Er schnüffelte in Richtung von Flos Mund und verzog das Gesicht.

»Also, dem Geruch nach zu urteilen, ist es jetzt Mittag, aber weißt du, was da hilft? Ein gutes Mundwasser.«

Svens und Max' Gesichtszüge entgleisten. Es dauerte einen Moment, bis Flo Finns Beleidigung komplett begriffen hatte.

»Falsche Antwort, Fischkopf!« rief Flo. Er packte Finns Arme. Sven und Max halfen ihm dabei, Finn in Richtung eines Mülleimers zu bugsieren, der in der Ecke stand. Finn versuchte, sich mit aller Kraft zu wehren, doch die drei waren zu stark für ihn. Flo trat ihm in die Kniekehlen, sodass Finn vor dem Mülleimer zu Boden stürzte. Gemeinsam drückten die Jungen Finns Kopf nach unten und pressten ihn in den stinkenden Inhalt des Eimers. Finn musste würgen. Es roch nach verfaulten Bananen und abgelaufener Milch. Finn wand sich und versuchte, sich aus der Umklammerung der drei Grobiane zu befreien, doch es war zwecklos. Er presste die Augenlider fest aufeinander. Die Zeit schien stillzustehen. Wieder musste er würgen, und beinahe kam ihm das Mittagessen hoch. Das Geräusch des Schlagzeugs war nun lauter als zuvor.

»Fischkopf, Fischkopf, Fischkopf!«, skandierten Flo und seine Freunde im Takt der Trommeln. Plötzlich verstummte das Schlagzeug. Finn hörte Schritte, und dann öffnete sich eine Tür.

Von einem Moment auf den anderen ließen Flo, Sven und Max von Finn ab. Er zog seinen Kopf aus dem Mülleimer und blickte sich um. Im Türrahmen eines der Zimmer stand ein Mädchen, das Finn bekannt vorkam. Sie hieß Mia und ging in seine Klasse. Mia war gerade mal einen Meter fünfzig groß, mit dunklen krausen Haaren, die in einem kugelrunden Afro-Haarschnitt von ihrem Kopf abstanden und ihr zusätzliche zehn Zentimeter Körpergröße bescherten. Ihre Haut war dunkel und ihre Augen grün. Ihre Finger spielten mit einem hölzernen Trommelstock, den sie so schnell herumwirbelte, dass man ihn kaum sehen konnte. Der andere Trommelstock steckte in der hinteren Tasche ihrer abgewetzten Jeans. Sie zeigte mit ihrem Finger auf die verdutzten Jungs.

»Ihr drei. Klappe halten! Ich versuche hier, Musik zu machen, und euer Gegröle raubt mir den letzten Nerv.«

Flo fand als Erster seine Fassung wieder. Er prustete los.

»Verpiss dich, du hässlicher Gartenzwerg.«

Finn sah Mia an. Ihr rechter Mundwinkel zog sich kaum wahrnehmbar nach oben.

»Wie hast du mich genannt?«, fragte sie Flo langsam, jedes einzelne Wort betonend.

»Gar-ten-zwerg«, antwortete Flo.

Bevor er die letzte Silbe zu Ende gesprochen hatte, war Mia schon bei ihm. Ihr Trommelstock beschrieb eine schier unmögliche Schleife durch ihre Finger und endete in ihrer Faust. Sie umklammerte ihn fest und stieß ihn Flo direkt in sein rechtes Nasenloch. Flo schrie vor Schmerz. Das Mädchen ließ jedoch nicht locker und bohrte so weit nach oben, dass Flo auf Zehenspitzen stehen musste, um den Schmerz auszuhalten.

»Möchtest du das noch mal wiederholen, Witzbold?«, fragte sie und funkelte ihn an. Flo schüttelte den Kopf, vorsichtig, da ihm jede Bewegung ein schmerzendes Nasenloch bescherte. Sven und Max sahen tatenlos dabei zu, wie ihr Freund gedemütigt wurde.

Das Mädchen zog ihren Trommelstock zurück und nickte mit dem Kopf in Richtung der Treppe.

»Abflug!«, fauchte sie.

Die drei Fieslinge ließen sich das nicht zweimal sagen und nahmen Reißaus.

Finn, der die ganze Szene vom Boden aus beobachtet hatte, musterte Mia. Sie hielt ihm die Hand hin und zog ihn auf die Füße. Als er vor ihr stand, war er einen ganzen Kopf größer als sie.

»Komische Freunde hast du«, sagte sie und blickte den drei Jungs nach, die die Treppe hinaufhasteten.

»Das sind nicht meine Freunde«, antwortete Finn.

»Was du nicht sagst«, antwortete Mia trocken. Sie hielt den Trommelstock in die Höhe, mit dem sie Flo malträtiert hatte, und betrachtete den Kopf.

»Igitt«, sagte sie. »Jetzt muss ich mir neue Sticks kaufen. Mit dem angerotzten Ding kann ich nicht mehr spielen. Ich glaube, da klebt noch ein wenig Hirn mit dran.«

Finn verzog das Gesicht.

»Das musst du Flo aber unbedingt zurückgeben«, sagte Finn und wischte sich mit den Händen den Müll aus den Haaren. »Hirnmasse ist bei dem Mangelware.«

Mia blickte Finn an und stieß ein lautes, donnerndes Lachen aus.

»Ich bin Mia«, sagte sie und hielt ihm die Hand hin, die in einem fingerlosen Lederhandschuh steckte. Finn schlug ein.

»Ich weiß«, sagte Finn. »Ich bin Finn.«

»Okay, Finn, ich muss weiterproben. Halt dich von Mülleimern fern. Übrigens, ich will dir ja nicht zu nahe treten, aber du könntest eine Dusche vertragen.«

Sie zwinkerte ihm zu und verschwand wieder in dem Raum, aus dem sie gekommen war. Als Finn die Treppe erklomm, drang wieder lautes Trommeln aus dem Probenzimmer. Finn war fast oben angekommen, als er innehielt. Kurz entschlossen drehte er sich um, ging wieder nach unten und betrat den Probenraum. An den Wänden hingen Poster verschiedener Rockbands, die Finn nicht kannte, und in einem Regal an der Rückwand standen alte Schulbücher. An der Seitenwand waren Stühle aufgestapelt. Mia saß auf einem Hocker an einem Schlagzeug, das aus mehreren Trommeln und Becken bestand. Sie war so schmächtig, dass nur ihr Afro hinter dem riesigen Instrument hervorragte, und doch spielte sie mit einer Inbrunst, die die Stapel der Stühle wackeln ließ. Mia hatte Finn noch nicht bemerkt, und dieser versuchte nun, ihre Aufmerksamkeit auf sich zu ziehen, indem er an den Türrahmen klopfte. Natürlich ging das Geräusch in der Klangkulisse des Schlagzeugs völlig unter. Finn hielt sich beide Hände wie einen Trichter an den Mund und rief, so laut er konnte:

»Mia!«

Jetzt hatte das Mädchen ihn entdeckt und hörte mit einem letzten Trommelschlag auf zu spielen.

»Was gibt's?«, fragte sie.

»Klingt echt gut«, sagte Finn. »Was ist das?«

»*Basket Case* von Green Day. Du kennst nicht zufällig jemanden, der gut singen und Gitarre spielen kann? Wir suchen noch einen Frontmann. Bass und Drums sind besetzt.«

Finn schüttelte den Kopf.

»Nein, ich kenne niemanden.«

»Was ist mit dir?«

»Ich habe noch nie eine Gitarre in der Hand gehabt, und wenn ich singe, jaulen die Hunde in der Nachbarschaft.«

Mia lachte.

»Schade.«

»Wie heißt eure Band?«, fragte Finn.

»Einen Namen suchen wir noch. Irgendwas das nach Rock oder Punk klingt.«

Finn dachte nach. Dann kam ihm eine Idee. Er schnippte mit dem Finger.

»Ich hab's: *The Fishheads*!«

Mias Augen leuchteten auf.

»*The Fishheads*. Das gefällt mir.«

Sie spielte einen Lauf auf ihren Tom-Toms und endete mit einem Schlag auf das Becken.

»Ich hab Hunger«, sagte sie und stand auf. »Komm, lass uns was zu essen suchen.«

Eine Viertelstunde später standen Finn und Mia am Tisch einer Würstchenbude und schoben sich Pommes in den Mund. Trotz klarem Himmel und Sonnenschein war es ein kalter Nachmittag, und die heißen Pommes spendeten ihnen ein bisschen Wärme. Finn musterte Mia. Sie trug ein Nietenarmband um ihr rechtes Handgelenk und ein T-Shirt, das eine Hand zeigte, die eine Splittergranate in Form eines Herzens hielt. Ihre Füße steckten in ausgelatschten regenbogenfarbenen Converse-Schuhen. Seit er in ihre Klasse gekommen war, hatte Finn sich immer ein wenig vor ihr gefürchtet. Sie wirkte so selbstsicher und cool, dass er sich nicht getraut hatte, sie anzusprechen.

»Erzähl mir mal, warum du dich so rumschubsen lässt?«, sagte Mia, als sie ihren ersten Heißhunger gestillt hatten.

»Weißt du, ich bin neu hier in der Stadt und kenne noch niemanden. Die Jungs sind wahrscheinlich zu jedem erst mal ein bisschen ruppig.«

Mia schüttelte den Kopf.

»So was darfst du dir nicht gefallen lassen. Das musst du im Keim ersticken.«

»Leicht gesagt, aber die sind zu dritt.«

»Sieh mich an«, sagte Mia und deutete mit der Hand auf sich selbst. »Ich bin ein Dreikäsehoch und habe sie in die Flucht geschlagen. Eins musst du über solche Möchtegern-Schläger wissen: Sie sind immer, immer, immer Feiglinge. Große Klappe, nichts dahinter. Wenn du einmal zurückhaust, lassen sie dich in Ruhe.«

Finn zuckte mit der Schulter.

»Früher hat mein Bruder mich beschützt. Aber jetzt ist er im Internat.«

»Dein Bruder ist nicht dein Babysitter«, sagte Mia. »Du musst auf eigenen Füßen stehen.«

»Das hat er auch gesagt«, meinte Finn. »Lass uns über was anderes reden. Wie läuft's mit der Band? Ist der Bassist auch aus unserer Klasse?«

»Ja. Oskar. Er sagt nicht viel, aber er hat am Bass echt Skills. Die anderen Typen aus unserer Klasse sind alles, nur nicht Punk.«

»Ich nehme an, die stehen mehr so auf Heavy Metal?«, sagte Finn.

Mia prustete.

»Heavy Metal, ja klar! Die gehen alle in dieselbe Tanzschule. Die hören so ganz fürchterlichen Dance-Pop. Zum Weglaufen.«

»Da ist also auch kein Leadsänger darunter?«

»Auf keinen Fall.«

Finn kratzte sich am Kopf.

»Hey, ich habe eine Idee. Warum organisiert ihr kein Casting für euren Sänger? Vielleicht findet ihr so jemanden.«

Mia nickte.

»Das ist eine tolle Idee.«

Mit ihrem Zeigefinger stieß sie ihn in die Brust.

»Und du hilfst uns dabei.«

Finn stutzte.

»Ich?«

»Klar«, sagte Mia. »Warum nicht?«

»Ähhh«, brachte Finn heraus.

»Du hast der Band ihren Namen gegeben. Ob du willst oder nicht, du bist jetzt auch Punk!«

Finn musste lachen.

»O...okay«, murmelte er.

Sie warfen ihre Papierteller in einen Mülleimer neben der Imbissbude, und Finn begleitete Mia zur Bushaltestelle.

Nachdem er mit Mia auf den Bus gewartet hatte, lief Finn nach Hause. Er dachte über die Ereignisse des Nachmittags nach. Es war das erste Mal, dass er sich mit jemand aus seiner Schule richtig gut verstanden hatte. Vielleicht würde er ja doch noch Freunde finden. Mia hatte recht. Er musste endlich lernen, auf eigenen Füßen zu stehen. Wahrscheinlich hatte er seinem Bruder unrecht getan. Oliver war nicht für ihn verantwortlich. Hatte Finn überreagiert, als Oliver ins Internat gefahren war? Er beschloss, seinen Bruder anzurufen, sobald er zu Hause war. Als er durch die Vordertür trat, begrüßte ihn seine Mutter mit einem Kuss auf die Stirn.

»Wie riechst du denn?«, fragte sie entgeistert. Finn wollte ihr nicht die ganze Wahrheit sagen, sie jedoch auch nicht anlügen.

»Ich hatte eine unangenehme Begegnung mit einem Mülleimer«, sagte er deshalb nur.

Seine Mutter blickte ihn verständnislos an.

»Ab unter die Dusche«, sagte sie kopfschüttelnd. »Ich mach uns was zu essen.«

Nachdem er geduscht und erneut gegessen hatte, ging Finn in sein Zimmer. Er nahm sein Handy aus der Hosentasche und wählte Olivers Nummer. Nach kurzem Klingeln nahm dieser ab. Sein Gesicht erschien auf dem Display. Er trug Sportkleidung, und auf seiner Stirn standen Schweißperlen. Im Hintergrund sah Finn einen Sportplatz, auf dem sein Bruder gerade einige Runden drehte. Sein Atem ging schnell und dampfte vor Kälte.

»Was gibt's, Finny?«, fragte Oliver.

»Ich wollte nur anrufen, weil es mir leidtut. Unser Streit neulich Abend«, sagte Finn.

Oliver winkte ab.

»Mach dir nichts draus. Ich weiß, wie schwer es ist, 14 zu sein. Du wirst sehen, das wird besser.«

»Ich glaube, ich habe heute eine Freundin gefunden.«

Oliver pfiff durch die Zähne.

»Holla!«, rief er. »Das ging aber schnell. Das musst du mir aber genauer erzählen.«

»Nein! Keine Freundin-Freundin. Einen Freund, der ein Mädchen ist.«

»Alles klar, Chef.«

Oliver zwinkerte ihm zu.

»Sie heißt Mia und spielt Schlagzeug in einer Punkband.«

Jetzt lachte sein Bruder laut.

»Da lässt man dich einmal eine Woche alleine, und schon hängst du mit einer Punkband rum!«

»Sie ist echt cool.«

»Ich freue mich für dich, Finn. Ehrlich wahr. Ich wünschte, ich könnte mehr für dich da sein.«

»Wie ist das Internatsleben?«

Oliver schien sich seine Worte genau zurechtzulegen.

»Sehr intensiv«, sagte er. »Ich kann dir leider nicht zu viel verraten. Wir sind zum Stillschweigen verpflichtet.«

Finn verstand nicht, was sein Bruder damit meinte.

»Stillschweigen? Wie meinst du das?«

Aber Oliver hatte ihn nicht gehört oder tat jedenfalls so, als ob.

»Ich muss los, Bruderherz. Fühl dich geknuddelt.«

Schon hatte Oliver aufgelegt.

Finn grübelte nach.

»Stillschweigen?«, murmelte er zu sich selbst.

In der Nacht schlich sich Finn allein aus dem Haus. Er packte Olivers Teleskop auf sein Fahrrad und radelte zu dem Acker außerhalb des Dorfes, auf dem sie die Sterne beobachtet hatten. Als er angekommen war, stellte er das Teleskop auf und richtete es auf den Hundsstern aus, der mittlerweile ein wenig nach Westen gewandert war. Er blickte durch das Okular und spielte auf seinem Handy die merkwürdigen Klänge ab, die Sirius durch seine Radiowellen erzeugte. Obwohl es ohne seinen Bruder ein wenig unheimlich hier draußen war, fühlte er sich weniger einsam als noch vor einigen Tagen. Klar, er hatte immer noch jeden Morgen Angst, in die Schule zu gehen und von Flo und seinen Freunden gemobbt zu werden, doch er hatte sich auch ein wenig mit Mia angefreundet, und er spürte zum ersten Mal, dass er ohne Oliver nicht ganz allein war.

Trotzdem, der Gedanke an seinen Bruder machte ihn traurig. Er fühlte sich immer so sicher, wenn Oliver bei ihm war, als könnte ihm niemand auf der Welt etwas anhaben. Finn fiel ein, dass Olivers 18. Geburtstag bald anstand. Als Wiedergutmachung für sein Verhalten wollte er ihm etwas Besonderes schenken, etwas, das Oliver für immer an ihn erinnern würde. Als er die hellen Flammen des Hundssterns durch das Teleskop betrachtete und den sphärischen Klängen der NASA-Webseite lauschte, kam ihm eine Idee. Am nächsten Tag nach der Schule würde er sich auf die Suche machen.

OLIVER

Oliver biss die Zähne zusammen und rannte die letzten Meter, bis er die Ziellinie überquert hatte. Schwer atmend lief er an der Seitenlinie aus. Ein Lehrer, der mit Clipboard und Stoppuhr bewaffnet an der Zielgeraden stand, rief ihm seine Zeit zu.

»Zehn Minuten 23 Sekunden. Das müssen wir unter zehn kriegen.«

Oliver seufzte und lief zu einer Mitschülerin, die ebenfalls gerade ins Ziel gelaufen war.

»Geht das hier immer so ab? Die haben ganz schön krasse Vorstellungen von Fitness.«

Das Mädchen lächelte ihn an.

»Du kennst wohl das offizielle Motto der Schule noch nicht.«

»Und das wäre?«

»*Tantum fortes hortum ingredient.*«

Oliver kratzte sich am Kinn. Das Mädchen nahm zwei Wasserflaschen aus einer Kühlbox, die auf dem Boden stand.

»Da Sprachen nicht meine Stärke sind, bin ich leider mit meinem Latein am Ende«, sagte Oliver.

Sie warf ihm eine der Flaschen zu.

»Nur die Harten kommen in den Garten«, übersetzte sie, lächelte und verließ den Sportplatz in Richtung der Umkleidekabinen. Oliver öffnete die Flasche und nahm einen tiefen Schluck. Den Rest des Wassers leerte er über seinem Kopf aus. Er blickte zum eindrucksvollen Hauptgebäude des Internats hinüber. Hinter dem modernen Bau aus Glas und Beton zeichnete sich ein malerischer Blick auf das Alpenmassiv ab, dessen weiße Gipfel wie ein Gebirge aus Zucker in den Himmel ragten. Um den Sportplatz herum war eine Tribüne errichtet worden, auf der Zuschauer bei öffentlichen Sportveranstaltungen mitfiebern konnten. Auf der obersten Sitzreihe entdeckte Oliver eine kleine Gruppe, die die Schüler aufmerksam zu beobachten schienen. Ihm fiel eine Frau auf, die in einen schwarzen Wintermantel gehüllt war. Auf ihren schulterlangen feuerroten Haaren saß eine weiße Wollmütze. Sie befand sich auf der anderen Seite des Sportplatzes, doch Oliver hätte schwören können, dass die Frau ihn die ganze Zeit beobachtet hatte.

Seine Smartwatch, die er an seinem Handgelenk trug, piepste laut. Er sah auf das Display. Physikseminar in zehn Minuten. Wenn er vorher noch unter die Dusche wollte, musste er sich beeilen. Als er die Treppe zu den Umkleidekabinen hinunterlief, entging ihm nicht, dass die Frau ihm mit ihrem Blick folgte.

Nach einer Stunde Einzelunterricht brummte Oliver der Kopf. Sein Physiklehrer, Herr Kovacz, hatte sechzig Minuten lang fast ohne Pause geredet und auf einem Whiteboard komplizierte Gleichungen, Formeln und Diagramme aufgezeichnet. Oliver hatte sich die Finger wund geschrieben und alle Mühe gehabt, auch nur einen Teil dessen zu verstehen, was der Lehrer ihm da zu vermitteln versucht hatte. Er schätzte Herrn Kovacz auf Mitte sechzig. Was Olivers Verständnis noch erschwerte, war die Tatsache, dass dieser Herr Kovacz aus Ungarn stammte und mit einem starken Akzent sprach.

»Ich weiß, dass das alles ein bisschen viel ist«, sagte der Physiklehrer. »Aber wir haben hier an der Geiger Akademie eben einen anderen Anspruch als an einer normalen Schule.«

»Ist schon in Ordnung«, meinte Oliver mit einem gespielt zuversichtlichen Ton. »Ich beiße mich da schon durch.«

Tantum fortes hortum ingredient, dachte er sich, als sich die Tür des Klassenzimmers öffnete und eine Frau den Raum betrat. Sie war Mitte vierzig und hielt ein Clipboard in der Hand, welches sie nun konsultierte.

»Oliver Janssen?«, fragte sie.

»Ja?«, antwortete Oliver.

»Folge mir bitte.« Ohne auf ihn zu warten, verließ die Frau das Klassenzimmer. Oliver fegte sein Buch, sein Heft und seine Stifte vom Tisch in seinen Rucksack und eilte ihr hinterher. Die Frau trug einen hellblauen Kittel, an den ein Namensschild gepinnt war. »Dr. Lavoisier« stand darauf.

»Wo geht es denn hin, Frau Doktor?«, fragte Oliver, während sie den Gang entlangliefen.

»Du bist für einige Tests angemeldet.«

»Tests?«

»Ja«, antwortete die Frau knapp.

Oliver folgte ihr in einen Aufzug. Sie drückte den Knopf für das zweite Untergeschoss, und der Lift setzte sich in Bewegung. Wie immer, wenn er mit jemandem im Aufzug fuhr, kam sich Oliver ziemlich blöd dabei vor, so still nebeneinanderzustehen. Er versuchte, das Eis zu brechen.

»Wie lange arbeiten Sie schon hier, Doktor Lavoisier?«, fragte er.

»Ich bin angewiesen worden, persönliche Gespräche mit Schülern zu vermeiden«, sagte sie kühl.

»Verstehe«, meinte Oliver und kam sich noch blöder vor. Sie setzten die Fahrt in einer unangenehmen Stille fort. Oliver hatte bald nach seiner Ankunft in der Akademie bemerkt, dass hier eine gewisse Geheimniskrämerei herrschte. Am ersten Tag hatte er seitenweise Dokumente unterschrieben, in denen er sich dazu verpflichtet hatte, über alles, was an der Schule passierte, Stillschweigen zu bewahren.

Doktor Lavoisier schien die Stille nun auch ein bisschen peinlich zu werden.

»Ich bin vor zwei Jahren hergekommen«, sagte sie.

In diesem Moment kam der Aufzug zum Stehen, und die Tür öffnete sich. Sie betraten einen unterirdischen Gang, von dem mehrere Räume abzweigten. Doktor Lavoisier nahm die erste Tür, und Oliver folgte ihr und fand sich in einem Untersuchungsraum wieder. Schränke mit Medikamenten und medizinischen Instrumenten standen an den grün gestrichenen Wänden. Lavoisier setzte sich an einen Schreibtisch, auf dem ein Computer mit einem großen Bildschirm stand. Sie bedeutete Oliver, auf einem Stuhl auf der anderen Seite Platz zu nehmen. Er sah ihr dabei zu, wie sie Olivers Datei auf dem Computer aufrief. Dann begann sie, ihn auf Herz und Nieren zu untersuchen.

»Wenn du dir bitte diesen Kittel anziehen würdest«, sagte sie und deutete auf ein weißes, formloses Gewand, dass über einem Sichtschutz hing. Oliver zog sich um.

Lavoisier maß Gewicht und Größe, hörte seinen Herzschlag und seine Lunge mit einem Stethoskop ab und prüfte seine Reflexe mit einem Gummihammer, mit dem sie auf die Stelle unter seiner Kniescheibe klopfte. Zu guter Letzt nahm sie ihm mit einer Kanüle Blut ab, das sie in zwei kleine Glascontainer füllte. Diese beklebte sie mit Aufklebern, auf denen Olivers Name und ein Strichcode vermerkt waren. Oliver ließ die ganze Prozedur gelassen über sich ergehen.

»Sind wir jetzt fertig?«, fragte er schließlich.

»Nicht ganz«, antwortete Lavoisier. »Folge mir bitte.«

Durch eine Seitentür verließ sie den Raum, und Oliver ging ihr hinterher.

Oliver kam sich vor wie eine Ölsardine. Er lag in der engen Röhre des Kernspintomografen und versuchte, gleichmäßig zu atmen.

»Jetzt bitte nicht mehr bewegen«, hörte er die Stimme Lavoisiers, die aus einem Lautsprecher drang, der in die Maschine eingebaut war. Oliver schloss die Augen und versuchte, sich zu entspannen. Kurz darauf setzte ein lautes, rhythmisches Wummern ein, das ihm verriet, dass der Kernspintomograf seine Arbeit aufgenommen hatte. Eine halbe Stunde lang lag Oliver da und hörte dem ohrenbetäubenden Krach zu, der immer wieder aussetzte und von Neuem begann.

Das ist die langweiligste Disco der Welt, dachte er sich und musste über seinen eigenen Witz schmunzeln. Schließlich war die Prozedur vorbei, und Lavoisier betätigte den Schalter, der die Liege, auf der Oliver lag, aus der Maschine gleiten ließ.

»War's das?«, fragte Oliver.

»Wir sind fertig«, antwortete Lavoisier. »Du darfst dich wieder anziehen.«

Fünf Minuten später verließ Oliver das Untersuchungszimmer und fuhr mit dem Lift wieder nach oben. Das Lauftraining, das Physikseminar und die Untersuchung hatten ihn hungrig gemacht, und er ging in die Mensa des Internats, deren große Glasfassade das Alpenmassiv überblickte. Er holte sich ein Tablett und suchte sich von den angebotenen Speisen ein halbes Hähnchen mit Bratkartoffeln aus. Dann blickte er sich im Speisesaal um. Er entdeckte das Mädchen, mit dem er auf dem Sportplatz einige Worte gewechselt hatte. Kurz entschlossen ging er zu ihr.

»Ist hier noch frei?«, fragte er.

»Klar«, sagte sie und lächelte ihn an.

»Ich bin Oliver.«

»Franziska«, antwortete sie.

Oliver schnitt sich einen Bissen von seinem Huhn ab und verschlang ihn gierig.

»Tut mir leid, dass ich so unhöflich bin«, sagte er. »Aber ich habe einen Mordshunger. Die nehmen einen hier ganz schön durch die Mangel. Gerade hat mir eine etwas unterkühlte Dame circa einen Liter Blut abgenommen und mich dann eine Stunde lang in einen Scanner gesteckt. Ich komme mir vor wie dieses Huhn.«

Franziska lächelte. Oliver entging nicht, dass sie ein süßes Lächeln besaß. Überhaupt war sie mit ihren langen braunen Haaren und ihren dunklen Augen ziemlich hübsch.

»Das ging mir genauso, als ich vor einem Jahr hier ankam«, sagte sie. »Es gehen allerlei Gerüchte um, dass es sich bei diesem Internat nicht um eine normale Schule handelt. Man munkelt irgendwas von einer Geheimorganisation, die finstere Dinge im Schilde führt. Aber ich glaube das alles nicht.«

»Klingt spannend«, sagte Oliver. »Sag mal, hast du am Wochenende schon was vor?«

Franziska hob ihre Augenbrauen.

»Da müsste ich mal in meinem Kalender nachsehen«, sagte sie.

»Falls es hinhaut, dachte ich, wir könnten doch einen entspannten Nachmittag unten im Dorf verbringen«, schlug Oliver vor. »Ich kenne mich hier noch nicht so gut aus.«

Franziska stand auf.

»Das hört sich nett an«, sagte sie und stellte ihr Tablett in einen Geschirrwagen, der an der Seite des Speisesaals stand. Bevor sie den Raum verließ, drehte sie sich noch mal zu Oliver um und blickte ihn an. Oliver war optimistisch, dass Franziska einen Termin für ein Date in ihrem Kalender finden würde.

FINN

Finn lief die Treppe zum Probenraum hinunter, Mia und Oskar dicht auf den Fersen. Oskar, der seine Bassgitarre über die Schulter geschlungen hatte, war fast zwei Meter groß und sah mit seiner Brille und seinen aschblonden Haaren eher unscheinbar aus. Vor dem Probenraum hatte sich eine Schlange gebildet. Mia hatte Finn damit beauftragt, das Casting zu organisieren, und dieser hatte ganze Arbeit geleistet. Er hatte überall im Dorf Flugblätter aufgehängt, auf denen Ort und Zeit des Vorsingens standen. Außerdem hatte er am Computer ein Band-Logo entworfen und eine Instagram-Seite für die *Fishheads* erstellt, wie sich die Band nun auch offiziell nannte. Auf dieser hatte er ein Video gepostet, das ein Schlagzeug-Solo mit Bass-Untermalung von Mia und Oskar zeigte, mit einem Aufruf für angehende Sänger und Gitarristen, sich beim Casting anzumelden. Anscheinend hatten seine Bemühungen Früchte getragen, denn die Schlange vor dem Zimmer ging bis hinauf ins Erdgeschoss. Sie bestand aus Jungen und Mädchen im Alter von 13 bis 18 Jahren, die nun auf ihre große Chance warteten, Teil der *Fishheads* zu werden.

Finn erreichte die Tür und schloss sie auf.

Mia setzte sich ans Schlagzeug und spielte sich warm, während Oskar seinen Bass an den Verstärker anschloss und einige Fingerübungen spielte

»Okay, wir sind bereit für den ersten Kandidaten«, sagte Mia schließlich.

Finn stellte sich vor die Tür des Probenraums. Er spürte die Blicke der wartenden Castingteilnehmer und wurde nervös.

»Äh, hallo«, begann er. »D... Danke, das ihr gekommen seid.«

Er schluckte. Seine Stimme klang auf einmal viel zu hoch in seinen eigenen Ohren. Er bemerkte, dass einige der wartenden Anwärter ungeduldig wurden. Finn dachte daran, was Oliver ihm gesagt hatte: »Du musst lernen, auf eigenen Füßen zu stehen.«

Er riss sich zusammen und setzte erneut an.

»Also, danke, dass ihr gekommen seid. Wir fangen jetzt mit dem Casting an. Jeder darf einmal mit der Band singen. Am Ende geben wir demjenigen Bescheid, den wir ausgewählt haben. Viel Glück.

Finn bat die erste Casting-Teilnehmerin hinein, ein 15-jähriges Mädchen mit Akustikgitarre, das sich ans bereitgestellte Mikrofon stellte. Mia zählte an: »One-two-three-four«, und die Band begann, *Basket Case* zu spielen. Finn filmte die Performance des Mädchens mit dem Handy. Während er versuchte, sein Smartphone so still wie möglich zu halten, ging ihm seine Ansprache an die Kandidaten durch den Kopf. Hatte er sich verhaspelt? Hatte er wie ein Kleinkind geklungen? Wahrscheinlich machten sie da draußen Witze über ihn. Er verscheuchte den Gedanken.

Nachdem das Mädchen fertig war, bat Finn den nächsten Kandidaten herein. Sie ließen zehn potenzielle Sänger vorsingen, bevor sie eine Pause einlegten, um sich zu beratschlagen.

»Die Erste konnte echt gut singen, aber Akustikgitarre passt halt nicht zu uns«, sagte Mia.

»Es waren auch einige starke Gitarristen dabei«, antwortete Oskar. »Aber niemand, der gleichzeitig richtige Leadsänger-Qualitäten mitbringt.«

Mia und Oskar sahen sich die Videos an, die Finn gedreht hatte, und beschlossen dann, weitere Kandidaten hereinzubitten. Finn ging vor die Tür und winkte den nächsten potenziellen Sänger herein. Dabei handelte es sich um einen 18-jährigen Jungen, der eine verspiegelte Sonnenbrille und eine Lederjacke über einem weißen T-Shirt trug. Um seinen Hals hing eine schwarze Fender-Stratocaster-E-Gitarre, die über und über mit Horror-Stickern beklebt worden war. Er händigte Finn seine Jacke aus, als wäre dieser sein persönlicher Butler, und nickte ihm dabei zu.

»Hi«, murmelte er. »Ich bin Kai. Geh schon mal vor die Tür und schick die anderen nach Hause. Das Ding hier ist gelaufen.«

Finn schüttelte genervt den Kopf.

Kai stellte sich nun mit dem Rücken zum Mikrofon, die Beine breit, die Arme wie die Schwingen eines Adlers ausgebreitet. Mia und Oskar tauschten vielsagende Blicke aus, als könnten sie nicht glauben, wie sehr dieser Typ sich aufspielte.

Mia zuckte mit der Schulter und zählte an. Sie begannen zu spielen. Kai drehte sich mit einem Hüftschwung um und sang. Seine Stimme klang wie flüssiges Gold. Innerhalb einer Strophe war klar, dass dieser Kai ein Naturtalent war. Er traf nicht nur die Töne, er erfüllte das Lied mit so viel Gefühl und Energie, dass Mia und Oskar die Kinnlade herunterfiel. Dabei spielte er auf seiner Gitarre, als wäre der Teufel hinter ihm her. Selbst das Solo, das er mit völlig übertriebenen Tanzbewegungen darbot, saß. Als das Lied zu Ende war, ging Kai, ohne sich auch nur umzudrehen, zu Finn, nahm ihm die Jacke ab und verließ den Probenraum. Er ließ die Bandmitglieder sprachlos zurück.

»Der Typ ist zwar ein eitler Fatzke, der sich für die Wiedergeburt von Kurt Cobain hält…«, begann Oskar.

»…aber er kann verdammt noch mal singen«, vollendete Mia. Oskar nickte.

»Wollt ihr euch echt so einen Angeber in die Band holen?«, fragte Finn.

»Lasst uns doch noch mal das Video ansehen«, schlug Mia vor. Sie versammelten sich um Finns Handy, und dieser spielte das Video ab, das er von Kais Casting gemacht hatte. Es bestand kein Zweifel. Kai war einfach umwerfend.

»Ein geborener Frontman«, murmelte Oskar. »Verdammt noch mal.«

»Machen wir es kurz«, sagte Mia. »Wer dafür ist, dass Kai unser Leadsänger wird, hebt die Hand.«

Finns Hand ging in die Höhe, und auch Mia hob zögernd die Hand. Oskar rollte mit den Augen.

»Ich werde es noch bereuen, aber …«

Auch seine Hand hob sich.

»Dann sind wir uns einig. Finn, kannst du Kai die gute Nachricht übermitteln?«

Finn nahm sein Handy heraus und öffnete die Chat-App. Dann schrieb er Kai eine kurze Mitteilung:

Hallo Kai, herzlichen Glückwunsch, wenn du willst, bist du der neue Leadsänger und Gitarrist der Fishheads.

Es dauerte nur wenige Sekunden, bis Kai zurückschrieb:

Ich weiß.

Oskar schüttelte den Kopf.

»Au Mann, das wird noch Ärger geben«, sagte er und seufzte.

OLIVER

Es war ein weiterer anstrengender Tag in der Geiger Akademie gewesen, und Oliver kehrte erschöpft auf sein Zimmer zurück. Als er durch die Tür trat, fiel ihm ein Zettel auf, der wohl unter dem Türspalt hindurchgeschoben worden sein musste. Er hob ihn auf und entfaltete ihn. Eine knapp verfasste Nachricht stand auf dem Papier:

Raum 400 –
22:00 Uhr

Oliver blickte auf seine Armbanduhr. 21:53 Uhr. Wenn er herausfinden wollte, was hinter der geheimnisvollen Nachricht steckte, dann musste er sich beeilen. Dabei hatte er sich so sehr auf sein Bett gefreut. Er stellte seinen Rucksack neben seinem Schreibtisch ab und machte sich auf den Weg. Knapp sechs Minuten später stand er vor der Tür des Zimmers mit der Nummer 400. Er kannte es gut, denn es handelte sich dabei um einen größeren Raum, der oft für Versammlungen und Examen benutzt wurde. Oliver klopfte an und ging hinein. Er war wohl nicht der Einzige, der diese Nachricht erhalten hatte, denn an den in ordentlichen Reihen aufgestellten Bänken saßen mehrere seiner Mitschülerinnen und Mitschüler. Einige von ihnen erkannte er wieder. Er setzte sich auf einen freien Platz und wartete.

Zwei Minuten später öffnete sich die Tür, und Herr Kovacz kam herein. Er ging durch die Reihen zum Lehrerpult, das an der Vorderseite des Zimmers stand. Dort stellte er sich an das große Whiteboard und ließ seinen Blick über das Klassenzimmer schweifen.

»Ich bin Professor Kovacz«, begann er. »Einige von euch werden mich kennen. Ihr fragt euch wahrscheinlich, warum ihr zu dieser späten Stunde hier seid. Nun, ich will es euch erzählen. Die Geiger Akademie nimmt nur die Besten der Besten auf, und ihr seid aus dieser Gruppe diejenigen, die am obersten Ende des Leistungsspektrums angesiedelt sind. Seht euch um.«

Oliver war verwundert, dass man ihn zu diesem erlesenen Kreis zählte. Er hatte das Gefühl, dass er ganz schön büffeln musste, um in der Klasse mitzuhalten. Er blickte zu seinen Mitschülern. Man konnte ihnen ansehen, wie stolz sie waren. Als Kovacz seine Ansprache fortsetzte, entdeckte Oliver die Dame mit den roten Haaren vom Sportplatz, die in der hintersten Ecke des Klassenzimmers Platz genommen hatte.

»Es gibt eine Tradition im Hause Geiger, die wir auch dieses Jahr wieder fortsetzen wollen«, fuhr Kovacz fort. »Dabei handelt es sich um einen Wettbewerb, bei dem die besten Schülerinnen und Schüler sich geistig und sportlich messen. Die Gewinnerin oder der Gewinner erhält den Miriam-König-Preis, der aus einem vollen Stipendium an einer beliebigen internationalen Universität besteht.«

Oliver pfiff leise durch die Zähne. Er träumte insgeheim davon, an einer der großen amerikanischen Universitäten zu studieren, doch die exorbitanten Studiengebühren waren bisher ein kaum überwindbares Hindernis gewesen. Jetzt schien eine Finanzierungsmöglichkeit greifbar nahe zu sein. An dem Raunen, dass durch den Saal ging, konnte er erkennen, dass die anderen genauso beeindruckt waren wie er. Als der Saal sich wieder beruhigt hatte, ergriff Kovacz erneut das Wort.

»Der Wettbewerb besteht aus drei Prüfungen in drei Kategorien: Improvisation, Orientierung und physische Belastbarkeit. Jede der Prüfungen ist schwieriger als die vorhergegangene. Wir werden heute mit der ersten Prüfung beginnen. Nehmt sie ernst, aber habt auch ein bisschen Spaß dabei. Es wäre nett, wenn ihr nun die Tische in zwei parallelen Reihen anordnen könntet.«

Die Schülerinnen und Schüler erhoben sich und begannen, die Tische so nebeneinanderzuschieben, dass in der Mitte ein freier Platz entstand und jeder von ihnen seinen eigenen Tisch zur Verfügung hatte. Nun erhielten sie je einen Pappkarton, der mit Klebeband verschlossen war.

»Bitte öffnet eure Kartons«, sagte Kovacz.

Oliver stellte seine Kiste vor sich auf den Tisch und zog

das Klebeband ab. Dann klappte er den Karton auf und nahm den Inhalt heraus. Es handelte sich dabei um eine merkwürdige Ansammlung von Gegenständen. Ein Kartenspiel, ein Set stumpfer Bleistifte, ein Ball aus Gummibändern, ein Teelöffel und ein kleiner Sack mit Plastikmurmeln. Oliver konnte sich keinen Reim darauf machen.

»Wie ich bereits erwähnte, handelt es sich bei der ersten Aufgabe um einen Test eurer Improvisationsfähigkeit. Geschick spielt jedoch auch eine Rolle. Ihr habt folgende Aufgabe: Mit dem Kartenspiel müsst ihr ein Kartenhaus von mindestens drei Ebenen errichten. Aus den Bleistiften, den Gummibändern und dem Teelöffel gilt es nun, ein Minikatapult zu bauen, mit dem ihr die Plastikmurmeln verschießen könnt. Wer das Kartenhaus seines Gegenübers trifft und zerstört, gewinnt den ersten Teil des Wettbewerbs und bekommt Punkte gutgeschrieben. Die Zeit läuft jetzt.«

Sobald Kovacz den Satz beendet hatte, begannen die Schüler damit, ihre Kartenhäuser zu bauen. Oliver nahm sein Kartenspiel aus dem Karton und entfernte die durchsichtige Plastikfolie. Dann stellte er vorsichtig zwei Karten schräg aneinander, sodass sie sich gegenseitig abstützten. Er baute zwei weitere Stützen und legte dann zwei Karten horizontal darüber. Dann fügte er schnell zwei weitere Ebenen hinzu. Er riskierte einen Blick zu seinen Mitschülern. Sein Gegenüber, ein gleichaltriger Junge mit kurzen schwarzen Haaren, errichtete ein robusteres Kartenhaus mit mehreren Stützpfeilern. Sofort machte sich Oliver daran, sein Katapult zu konstruieren. Wenn sein

Gegner so viel Zeit damit verschwendete, sein Kartenhaus zu perfektionieren, dann konnte Oliver sich mehr Zeit für seine Schleuder nehmen. Er erinnerte sich an einen Dokumentarfilm über die alten Römer, den er mit Finn zusammen angesehen hatte. Der Film hatte die Waffen beschrieben, mit denen die Römer ihre Schlachten bestritten hatten. Auch ein Katapult war dort vorgekommen, dessen Wurfarm durch verdrehte Seile angetrieben wurde. Oliver baute nun aus den Bleistiften und den Gummibändern einen einfachen Quader. Dann spannte er den Teelöffel zwischen zwei Gummis, die er so lange verdrehte, bis der Teelöffel unter Spannung stand. Als Letztes fügte er einen weiteren Bleistift hinzu, der die Bewegung des Teelöffels im richtigen Moment stoppen würde, um das Geschoß im idealen Winkel abzuschießen.

Als er fertig war, legte er eine der Murmeln in den Löffel und ließ ihn nach vorne schnellen. Die Plastikkugel beschrieb einen hohen Bogen und prallte weit hinter seinem Gegner von der Wand ab. Oliver justierte sein Katapult und versuchte es erneut. Dieses Mal verfehlte er das Kartenhaus nur knapp. Der Schüler blickte auf und funkelte Oliver böse an. Oliver legte eine weitere Murmel ins Katapult und schoss es ab. Volltreffer. Die Kugel schlug in der unteren Ebene des Kartenhauses ein, und es fiel in sich zusammen. Oliver hob die Arme und jauchzte. Er war der Erste gewesen, der ein Kartenhaus zerstört hatte.

»Oliver Janssen ist Erster!«, rief Kovacz. Die anderen Schüler blickten kurz auf und widmeten sich dann wieder ihren

Schleudern. Oliver konnte ganz entspannt zusehen, wie ein ums andere Kartenhaus fiel. Als auch das letzte Katapult sein Ziel getroffen hatte, klatschten die Schüler Beifall. Die Punkte wurden verteilt.

»Vielen Dank für euren Enthusiasmus«, sagte Kovacz. »Bereitet euch auf die nächste Prüfung vor. Zur Erinnerung, es geht dann um Orientierung.«

Damit verließen die Schüler den Raum. Oliver wartete im Korridor, bis sein schwarzhaariger Kontrahent an ihm vorbeilief. Er hielt ihm freundschaftlich die Hand hin.

»Ich bin Oliver«, sagte er lächelnd. »Nimm es mir nicht übel. Da war viel Glück dabei.«

»Spar dir dein falsches Mitleid«, sagte der Junge. »Du hast eh keine Chance auf das Stipendium.«

»Äh … okay?«, murmelte Oliver etwas verwundert.

»Du kommst dir wohl toll vor, weil du aus ein paar Bleistiften ein Kinderspielzeug gebastelt hast.«

Langsam wurde Oliver sauer.

»Ich komme mir überhaupt nicht toll vor. Ich finde halt Fairplay wichtig.«

»Fairplay! Fairplay«, äffte der Junge ihn nach. »Du bist so eine Witzfigur.«

Der Junge rammte Oliver absichtlich mit der Schulter und lief dann an ihm vorbei.

»Wohl mit dem falschen Fuß aufgestanden, der Typ«, sagte Oliver zu sich selbst. Ein nachkommender Schüler hatte die ganze Szene miterlebt.

»Das ist Torben«, erklärte dieser. »Der hat die Selbstbeherrschung eines Kleinkindes und den Ehrgeiz eines Tennisprofis.«

»Explosive Mischung«, meinte Oliver.

»Halt dich von dem fern«, sagte der Schüler. »Der geht über Leichen.«

FINN

Mia saß hinter ihrem Schlagzeug auf dem Hocker und ließ gelangweilt ihre Drumsticks durch ihre Finger wirbeln. Oskar hatte sich auf eine umgedrehte Getränkekiste gesetzt und spielte Tonleitern auf seinem Bass. Sie befanden sich in der Garage von Finns Elternhaus, denn Finns Mutter hatte ihnen unter der Bedingung die Erlaubnis erteilt, dort zu spielen, dass sie das Garagentor so weit wie möglich herunterrollen mussten. Ihre Nachbarin, Frau Schneider, war schon über achtzig und glücklicherweise ziemlich taub, sodass sie von ihr keine Beschwerden über die laute Musik fürchten mussten. Vom Speicher hatte Finn einen alten Elektroheizkörper geholt, der ihnen ein wenig Wärme spendete. Jetzt fehlte nur noch einer, um mit der Probe zu beginnen: Kai, der neue Sänger.

Sie hatten sich um zwei Uhr verabredet. Es war nun halb drei, und von ihrem Frontmann war immer noch nichts zu sehen. Finn wählte zum dritten Mal seine Nummer und rief ihn an. Mailbox. Na super.

»Kai, hier ist Finn. Ich hoffe, du bist unterwegs. Melde dich bitte.«

Er legte auf. Mia setzte zu einem Trommelwirbel an.

»Wenn er in fünf Minuten nicht da ist, fliegt er wieder aus der Band«, sagte sie.

Vier Minuten und fünfzig Sekunden später drang ein Knattern von der Straße zu ihnen herein. Eine knallrote Vespa hielt vor dem halb heruntergerollten Garagentor. Kurz darauf bückte sich Kai unter dem Tor hindurch und betrat den improvisierten Probenraum. Er nahm seine Lederjacke ab und warf sie Finn zu, als wäre er ein menschlicher Kleiderständer. Dann hängte er sich seine Gitarre um und klatschte in die Hände, als wären die anderen diejenigen, die die Bandprobe aufgehalten hatten.

»Los, los, Oskar, an die Klampfe, Zeit für Rock 'n' Roll.«

Oskar warf ihm einen mordlüsternen Blick zu, doch er stellten sich neben seinen Verstärker und schloss seine Bassgitarre an. Mia zählte.

»One, two, three, four …«

Die Band begann einen neuen Song zu spielen, den Mia und Oskar zusammen geschrieben hatten. Kai sang los, doch in der zweiten Strophe vergaß er den Text.

»Stopp, stopp, stopp!«, rief er. »Mimi …«

»Mia«, korrigierte ihn Mia.

»Mia, halt den Rhythmus bitte gleichmäßig. Ich komme voll aus dem Takt.«

Mia konnte es gar nicht leiden, wenn jemand ihr Trommelspiel kritisierte.

»Wie bitte? Ich halte den Rhythmus perfekt. Du kannst den Text nicht.«

Kai ignorierte sie.

»Noch mal von vorne«, befahl er.

Wieder zählte Mia an, und Kai begann zu singen. Dieses Mal konnte er sich zwar an den Text erinnern, doch mitten im Lied ging er zu Oskars Verstärker hinüber und drehte die Lautstärke seiner Bassgitarre leiser. Oskar hörte auf zu spielen.

»Geht's noch?«, fragte er.

»Ich kann mich nicht singen hören«, sagte Kai. Oskar legte seine Gitarre ab und baute sich vor Kai auf.

»Du hast nicht an meinem Verstärker rumzudrehen, kapiert?«

»Ich bin der Bandleader. Ich sage, wie wir zu klingen haben.«

»Du bist von gar nichts der Leader«, gab Oskar zurück. »Du bist nur hier, weil du einigermaßen singen und spielen kannst. Aber wenn du dich so aufführst, dann such dir eine andere Band.«

»Kein Problem«, entgegnete Kai. Er nahm Finn seine Jacke wieder ab und duckte sich unter dem Rolltor durch.

»Und was jetzt?«, fragte Finn betreten.

»Du bist der Bandmanager«, antwortete Mia. »Tu was!«

»O... okay«, stotterte Finn und hastete Kai hinterher. Ihm wurde heiß und kalt. Wie sollte er diesem 18-Jährigen die Stirn bieten? Dieser Kai würde doch niemals auf ihn hören. Kai hatte sich auf seine Vespa gesetzt und wollte gerade den Motor anlassen.

»Äh... Kai?«

»Ich hau ab«, antwortete Kai.

Finn stellte sich der Vespa in den Weg.

»Moment mal.«

»Aus dem Weg. Ich habe keine Zeit für so einen Kindergeburtstag«, murmelte Kai.

Finn nahm all seinen Mut zusammen.

»Nein. Komm schon, lass uns darüber reden.«

»Ich habe es nicht nötig, mich mit euch Zwergen abzugeben.«

Finn merkte, wie seine Ängstlichkeit sich in Ärger wandelte.

»Warum bist du dann überhaupt hier?«, fragte er.

»Das frage ich mich auch.«

»Hör mal zu«, meinte Finn. »Die Band ist echt gut. Das hast du auch gemerkt. Und du hast es als Sänger wirklich drauf.«

»Das weiß ich selber«, meinte Kai. Finn riss der Geduldsfaden.

»Warum führst du dich dann wie so ein Vollidiot auf?«

»Meine letzte Band hat's voll verhauen«, sagte Kai in einem etwas verhaltenen Ton. »Wir haben bei einem Bandwettbewerb mitgemacht, und die haben es vergeigt. Ich will mich nicht noch mal blamieren.«

»Das ist die erste Probe«, antwortete Finn. »Jetzt spielt doch erst mal zusammen. Über Wettbewerbe und Konzerte können wir uns später noch Gedanken machen.«

Kai wog den Kopf hin und her.

»Na gut. Wenn du meinst«, sagte er schließlich.

Finn und Kai gingen zurück in die Garage. Kai stellte sich

ans Mikrofon. Mia zählte erneut an. Dieses Mal schafften sie es sogar ganz bis ans Ende des Songs. Mia nickte zufrieden.

»Für den ersten Versuch nicht schlecht.«

»Könnte schlimmer sein«, murmelte Kai. Finn seufzte. Das würden noch lange Bandproben werden.

OLIVER

Olivers Vermutung hatte sich bewahrheitet. Franziska hatte tatsächlich Zeit für ein Date am Wochenende gefunden. Sie hatten sich in der Eingangshalle des Internats getroffen und waren dann zusammen ins Dorf geschlendert. Das Wetter spielte mit, und nur vereinzelte Wolken hingen am sonnigen Himmel. Engelsbach war ein beschauliches kleines Dorf, das aus einer Hauptstraße, einem kleinen Bahnhof und einem Marktplatz bestand. Es lag auf einer Anhöhe, und die Straße, die aus dem Tal hinaufführte, besaß eine beträchtliche Steigung. Neben dem Dorf plätscherte die Wimmer in die Tiefe, ein breiter Fluss, der aus einem Gletscherrandsee gespeist wurde, der hoch über dem Dorf lag.

Oliver und Franziska saßen draußen vor einem Café, das den Dorfplatz überblickte. Sie hatten sich in warme Decken gehüllt, die für die Gäste bereitlagen, und tranken heiße Schokolade.

»Bei diesem Wetter ist es hier traumhaft«, sagte Franziska.

»Da hast du recht«, meinte Oliver. »Der Frühling ist sicher atemberaubend.«

»Hast du noch Geschwister?«, fragte Franziska.

»Ich habe einen kleinen Bruder«, antwortete Oliver. »Er heißt Finn. Und du?«

»Eine große Schwester. Sophie. Sie studiert in Hamburg.«

Oliver nippte an seiner Schokolade.

»Meine Freundin Hanna hat dich neulich Abend bei diesem Wettbewerb gesehen.«

»Ach, sie ist auch mit dabei?«

»Ja. Sie meinte, dass du dich ganz gut geschlagen hast.«

Oliver grinste.

»Ich habe mir dabei wohl aber Feinde gemacht. Mindestens einen. Kennst du den Typen mit den kurzen schwarzen Haaren, der immer so aussieht, als wäre er mit dem falschen Fuß aufgestanden?«

»Du meinst doch nicht etwa Torben?«

»Genau den«, bestätigte Oliver.

»Schrecklicher Typ«, sagte Franziska. »Mit dem war ich mal auf einem Date. Ich hatte die ganze Zeit das Gefühl, dass er mir gerade einen Riesengefallen damit tut, sich mit mir abzugeben.«

»Ich glaube, er hat es persönlich genommen, dass ich sein Kartenhaus kaputtgemacht habe.«

Jetzt war es Franziska, die grinste.

»Ich hätte zu gerne sein Gesicht gesehen«, sagte sie.

Ein lautes Motorengeräusch unterbrach ihre Unterhaltung. Ein großer Betonmischer fuhr an ihnen vorbei die Hauptstraße hinauf. Oliver und Franziska drehten sich danach um.

»Der fährt sicher zu der Baustelle oben am Fluss«, sagte Franziska. »Dort wird ein neues Wasserkraftwerk errichtet.«

In diesem Moment tauchte plötzlich ein etwa vierzigjähriger Mann an ihrem Tisch auf. Seine Winterjacke stand offen, und darunter war ein rotes T-Shirt sichtbar, auf dem ein Logo zu sehen war, das einen altmodischen Wecker darstellte. Er hielt Oliver einen Zettel hin, den dieser mehr aus Höflichkeit als aus Interesse annahm.

»Das ist kein Wasserkraftwerk«, raunte der Mann in einem verschwörerischen Tonfall. »Das ist eine chemische Anlage, mit der das Flusswasser verseucht werden soll. Die wollen Chemikalien in den Fluss leiten, die uns alle gefügiger machen. Mehr Informationen findet ihr auf unserem YouTube-Kanal.« Damit ging der Mann zum nächsten Tisch.

Oliver runzelte die Stirn und blickte auf den Flyer, den der Mann ihm gegeben hatte. In großer roter Schrift stand dort:

Der Weckruf

Darunter war das Logo des Weckers zu sehen. Oliver drehte den Flyer um und fand auf der anderen Seite den Link zu dem YouTube-Kanal, den der Mann erwähnt hatte.

»Der Weckruf?«, fragte Oliver. »Hast du davon schon mal was gehört?«

»Klingt nach irgendwelchen Verschwörungsfuzzis«, sagte Franziska. »Der Typ hatte auf jeden Fall nicht alle Tassen im Schrank. Chemikalien, die einen gefügiger machen. So ein Quatsch.«

»Jetzt bin ich aber doch neugierig«, meinte Oliver und zog

sein Handy aus der Hosentasche. Er hielt es so hin, dass Franziska mit auf das Display sehen konnte, und navigierte zu dem YouTube-Kanal, der auf dem Flyer stand. Dann las er die Titel vor.

»Chemtrails – Hirnwäsche aus den Wolken. Mini-Mikrochips in Impfstoffen – Die finstere Seite der Pharmaindustrie. Neue Beweise – die Erde ist eine Scheibe.«

Er prustete los.

»Was sind denn das für Spinner?«

»Aber sieh mal«, meinte Franziska. »Eine Million Abonnenten. Das ist schon krass.«

Kaum hatte sie ihren Satz beendet, da ertönte ein neues Geräusch, das ihre Unterhaltung unterbrach. Doch dieses Mal war es nicht das Rattern eines Motors, sondern ein lautes durchdringendes Scheppern, das ihnen durch Mark und Bein ging. Oliver und Franziska blickten sich um und trauten ihren Augen nicht. An allen Ecken des Dorfplatzes standen Menschen, die wie auf Kommando alle gleichzeitig altmodische Wecker über ihre Köpfe hielten, die dröhnend schellten. Auch sie trugen rote T-Shirts mit dem Wecker-Logo, wie der Mann mit dem Flyer. Jetzt begannen sie zu skandieren:

»Das ist ein Weckruf! Das ist ein Weckruf!«

Die restlichen Anwesenden murmelten und schüttelten die Köpfe. Der Mann mit dem Flyer nutzte das Durcheinander, um auf die Rückseite des Betonmischers zu klettern, der an einer roten Ampel angehalten hatte. Er betätigte den Hebel, der die hintere Klappe des Mischers öffnete. Flüssiger Beton quoll daraus hervor und floss in einem breiten Rinnsal die Straße hinunter. Eine ältere Dame, die gerade dabei war, mit ihrem Handwagen die Kreuzung zu überqueren, wurde von dem zähflüssigen Bach überrascht. Die Wecker schepperten. Der Beton erreichte die Dame, sie fiel hin und wurde mitsamt ihrem Handwagen vom Beton erfasst.

Oliver und Franziska sprangen auf und eilten zu ihr. Sie halfen ihr auf die Füße, retteten den Handwagen und brachten die Dame sicher zum gegenüberliegenden Gehsteig.

»Vielen Dank euch«, sagte die Dame. »So eine Schweinerei!«

Die Weckrufer hatten sich inzwischen um den Betonmischer versammelt und versuchten, den Fahrer daran zu hindern, die hintere Klappe wieder zu schließen.

»Keine Hirnwäsche in unserem Fluss!«, riefen sie wieder und wieder, während der Fahrer ihnen lauthals Schimpfwörter an den Kopf warf.

Oliver rannte zu dem Mann, der die Klappe geöffnet hatte, und packte ihn am Kragen.

»Sie sind ja nicht ganz dicht!«, rief er wütend.

Der Mann grinste nur und setzte seinen Sprechgesang fort. Oliver ließ von ihm ab und half dem Fahrer dabei, die Klappe zu schließen. Daraufhin setzte der Mischer seine Fahrt fort. Kurz darauf verstummten die Wecker.

»Das war ein Weckruf!«, rief der Mann über den Dorfplatz, was mit allgemeinem Kopfschütteln quittiert wurde. Oliver ging zu Franziska zurück. Sie sahen an sich herunter. An ihren Hosen und Schuhen klebte feuchter Beton.

»So hatte ich mir unser Date nicht vorgestellt«, sagte Oliver.

»Eins ist klar«, antwortete Franziska. »Ich werde es so schnell nicht vergessen.«

Ein Streifenwagen rückte an. Zwei Polizeibeamte stiegen aus und begannen damit, sich ein Bild von der Lage zu machen. Sie nahmen den Mann fest, der die Klappe des Betonmischer geöffnet hatte, und bugsierten ihn auf den Rücksitz ihres Wagens. Als er an Oliver und Franziska vorbeifuhr, funkelte der Festgenommene Oliver an.

»Kranker Typ«, meinte Oliver.

»Lass uns zurück ins Internat gehen«, meinte Franziska. »Ich glaube, ich ziehe mich besser um.«

In der Akademie verabschiedeten sich die beiden voneinander, und Oliver ging auf sein Zimmer. Er entledigte sich seiner ruinierten Kleidung und nahm dann eine heiße Dusche. Als er das Badezimmer verließ, fiel ihm ein Zettel auf, der unter seiner Tür hindurchgeschoben worden war. Oliver hob ihn auf und entfaltete ihn:

Auch das noch! Gerade heute musste der zweite Teil dieses mysteriösen Wettbewerbs stattfinden. Wenigstens hatte er

Zeit für ein kleines Nickerchen, um für die nächste Prüfung Kraft zu tanken. Er stellte die Weckfunktion seines Handys auf 21:30 Uhr und legte sich ins Bett. Als das Handy einige Stunden später klingelte, stand Oliver widerwillig auf. Er zog sich an und ging aus dem Zimmer. Als er in der Eingangshalle eintraf, hatten sich dort bereits die anderen Mitstreiter versammelt. Oliver entdeckte Torben, der an einer Säule neben der Eingangstür lehnte. Kovacz kam durch die Tür und hielt eine Ansprache.

»Draußen stehen zwei Kleinbusse parat, die euch zu eurer nächsten Wettbewerbsetappe bringen. Bevor wir ans Ziel kommen, werden wir eure Handys einsammeln. Jeder Teilnehmer bekommt einen Beutel. Darin findet ihr eine Landkarte, eine Taschenlampe und einen Kompass. Ihr werdet an einer bestimmten Stelle im Dunkeln ausgesetzt und müsst zu einem Treffpunkt gelangen, der auf der Karte eingezeichnet ist. Punkte gibt es in der Reihenfolge, in der ihr ins Ziel kommt. Gibt es Fragen?«

Niemand stellte eine Frage.

»Gut, dann lasst uns losfahren.«

Kovacz stellte sich an die Tür und sammelte die Handys der Schüler ein. Ein Lehrer, der ihm half, teilte die Beutel aus, auf denen die Namen der Schüler vermerkt waren. Als Oliver einen Beutel erhielt, sprach Torben ihn an.

»Ich habe aus Versehen deinen bekommen«, meinte er und hielt Oliver seinen Beutel hin. Tatsächlich, Olivers Name stand groß darauf.

»Danke«, antwortete Oliver.

Von Torbens Feindseligkeit war nichts mehr zu spüren. Hatte er sich inzwischen beruhigt? Oliver wollte nicht, dass zwischen ihm und Torben böses Blut herrschte, doch so ganz traute er dem Frieden nicht.

Sie traten durch die Tür nach draußen und stiegen in die beiden schwarzen Kleinbusse ein, auf deren Türen das Logo und der Schriftzug der Geiger Akademie aufgeklebt waren. Kovacz und der andere Lehrer schlossen die Schiebetüren, und die beiden Fahrer fuhren los.

Zuerst ging es die Einfahrt des Internats hinunter, und dann bogen die Busse in die Hauptstraße ein, die zum nächsten Dorf führte. Dieses durchquerten sie und fuhren etwa eine halbe Stunde lang durch die Nacht. Einer der Busse hielt, und der erste Schüler stieg aus.

»Auf jeder Karte ist ein anderer Startpunkt eingezeichnet«, erklärte Kovacz. »Findet diesen und startet dann um Punkt 23:00 Uhr zu eurem Ziel. Wir werden euch per GPS überwachen, also nicht vorher loslaufen.«

Als der Bus zum dritten Mal hielt, war Oliver an der Reihe auszusteigen. Er nahm seinen Beutel und sprang aus dem Wagen. Als die Tür sich hinter ihm schloss bemerkte er, dass Torben ihn anlächelte. Es war kein freundliches Lächeln. Was führte er im Schilde?

Fünf Minuten später erreichte Oliver seinen Startpunkt und nahm den Kompass aus seinem Beutel. Sofort wusste er, warum Torben ihn so sonderbar angesehen hatte. Der Kompass war zerbrochen. Die Nadel hing nutzlos auf dem Ziffernblatt.

»Verdammt«, rief Oliver in die Nacht hinein. Wut stieg in ihm hoch und gab ihm Auftrieb. Er nahm die Taschenlampe aus dem Beutel und schaltete sie ein. Beim schwachen Lichtschein der Lampe betrachtete Oliver die Landkarte und versuchte, sich zu orientieren. Diese Gegend war ihm jedoch völlig unbekannt. Er wusste nicht einmal, wie das Dorf hieß, das sie im Kleinbus durchquert hatten. Wie sollte er jemals ohne Kompass ins Ziel finden, geschweige denn schneller als die anderen?

Er blickte nach oben und atmete eine Dampfwolke in die kalte Abendluft. Sofort kam ihm der rettende Gedanke. Natürlich! Der Sternenhimmel. Er hatte Glück, denn es war eine klare Nacht, und er konnte die Konstellationen hoch über ihm gut erkennen. Schnell hatte er den Stern Sirius gefunden, der im Süden am Firmament hing. Westlich davon erkannte er den Gürtel des Orion – drei Sterne in der Mitte eines Sternbildes, die ein helles Band bildeten. Jetzt, da er die Himmelsrichtungen festgestellt hatte, legte er die Karte so auf den Boden, dass Norden nach Norden zeigte. Er fand das Internat, folgte der Ausfahrt mit dem Finger, bis er das Dorf erreicht hatte, und schätzte dann, wo er sich momentan befand. Als er die Stelle gefunden hatte, blickte er auf die Uhr. 23:05 Uhr. Er hatte schon fünf Minuten verschwendet. Der Zielpunkt lag südlich von seiner jetzigen Position.

Oliver packte die Karte ein und machte sich auf den Weg.

Er hielt genau auf den Hundsstern zu, der ihm den Weg nach Süden leuchtete. Zuerst ging es über einen großen Acker, dann durch ein Waldstück und schließlich über einen großen Fluss. Hier musste Oliver einige Minuten lang am Ufer entlangwandern, bis er an eine schmale Brücke kam, die er überqueren konnte. In der Mitte der Brücke hielt er an und kramte die Landkarte aus seinem Beutel hervor. Er fand den Fluss und fuhr seinen Lauf ab, bis er die Brücke gefunden hatte. Bestürzt stellte er fest, dass er sich weiter nördlich befand, als er angenommen hatte. Es herrschte klirrende Kälte, und Oliver ballte die Hände zu Fäusten und massierte seine Finger. Das Einzige, was ihm ein wenig Wärme spendete, war der Zorn auf Torben, der ihn in diese missliche Lage gebracht hatte. Mit einem funktionierenden Kompass wäre er sicher schon am Zielpunkt angekommen!

Oliver orientierte sich neu und brach dann in Richtung des Ziels auf. Dieses lag auf einem kleinen Hügel in der Mitte einer großen Wiese. Er rannte durch die Nacht und sog dabei eiskalte Luft ein, die in seinen Lungen stach. Wenig später erreichte er die eingeschneite Wiese. Er blickte sich um und entdeckte das Licht einer Mitstreiterin, die gerade ihre Position auf der Karte überprüfte. Oliver war zwar von seiner nächtlichen Wanderung ziemlich müde, doch der Anblick der anderen Teilnehmerin spornte ihn innerlich an. Er lief, so schnell er konnte, los. Die Teilnehmerin musste ihn gehört haben, denn auch sie begann, auf den Hügel in der Mitte der Wiese zuzurennen.

Oliver erreichte ihn knapp vor ihr. Er lief den Weg hinauf und fand dort eine Gruppe Schüler, die schon ins Ziel gekommen war. Kovacz stand mit einem Tablet an der Ziellinie und notierte die Ankunftszeiten der Schüler. Oliver sprintete los und überquerte die Linie nur Sekunden vor dem Mädchen, das er auf der Wiese entdeckt hatte.

»Du hast die letzten Punkte ergattert«, sagte Kovacz.

»Mist«, keuchte das Mädchen, als es erfuhr, dass es leer ausgegangen war.

»War mehr Glück als Verstand«, meinte Oliver beschwichtigend. Sein Blick fand Torben, der abseits einer Teilnehmergruppe stand. Während seiner Nachtwanderung hatte Oliver sich immer wieder vorgestellt, wie er Torben zur Rede stellen würde, wenn er ins Ziel kam, doch jetzt war seine Wut wie verflogen. Wieder lächelte Torben ihn an, doch Oliver ignorierte ihn. Dieser Typ war es nicht wert, hier eine Szene zu machen.

FINN

Finn konnte es kaum erwarten, seine guten Nachrichten mit den Bandmitgliedern zu teilen. Nach anfänglichen Schwierigkeiten hatten die *Fishheads* jetzt zwei Wochen lang jeden Nachmittag geprobt. Kai hatte seine Diva-Anflüge ein wenig gemäßigt und endlich die Texte gelernt, und die Band klang nun wie ein eingespieltes Team. Sie hatten bisher nur fünf Lieder in ihrem Repertoire, aber die hatten sie voll drauf.

Umso mehr freute sich Finn darauf, den anderen seine Neuigkeiten zu erzählen. Er lenkte sein Fahrrad in seine Einfahrt. Aus der Garage drang ein Song der *Fishheads*, den Mia zusammen mit Kai geschrieben hatte. Finn duckte sich unter das Tor und stellte sich vor die Band.

»Hört mal her«, sagte er laut.

Die Band hörte auf zu spielen

»Ihr werdet es nicht glauben, aber ich habe unser erstes Konzert organisiert.«

»Was?«, rief Mia überrascht.

»Yeah«, sagte Oskar.

»Ich war eben auf dem Dorfplatz«, erklärte Finn. »Da findet bald eine Demonstration für den neuen Windpark statt, der in der Nähe von Pappelberg entstehen soll. Die bauen gerade die Bühne auf. Ich habe gefragt, ob sie Musikuntermalung brauchen.«

»Und wann soll das sein?«, fragte Kai.

»Morgen Mittag«, antwortete Finn.

Mias Kinnlade fiel herunter.

»Okay«, meinte sie. Ihre Stimme klang ein wenig mutlos.

»Supercool!«, rief Oskar. Kai hatte unter seiner Sonnenbrille ein Pokerface aufgesetzt.

»Ich dachte, du freust dich?«, sagte Finn zu Mia.

»Ja, klar«, wiegelte Mia ab. »Ich weiß nur nicht, ob wir schon für eine Liveshow bereit sind.«

»Ich bin immer bereit«, sagte Oskar.

»Okay, geht klar«, meinte Mia, obwohl Finn ihr ansah, dass sie sich weniger selbstbewusst fühlte, als sie klang. »Dann spielen wir Morgen live. Kein Problem. Puh!«

»Gute Arbeit!«, sagte Kai. »Rock 'n' Roll!«

Finn lächelte.

Am nächsten Tag herrschte auf dem Marktplatz von Pappelberg ein riesiger Andrang. Vor dem Rathaus war eine Bühne aufgebaut worden, an der der Schriftzug »Ja zur Windkraft!« prangte. Darunter stand: »Wir unterstützen den Windpark Moosheide«. Finn, Mia, Oskar und Kai waren gerade dabei, die Instrumente und Verstärker der *Fishheads* auf der Bühne aufzubauen. Aus den Lautsprechern drang zur Untermalung Musik vom Band.

Finn blickte von der Bühne in die Menge, die sich auf dem Platz eingefunden hatte. Es war ein Meer aus Hellblau, denn das war die offizielle Farbe des Windpark-Projekts. Die meisten der Zuschauer hatten sich in dieser Farbe gekleidet. Die Stimmung war ausgelassen, die Menschen unterhielten sich, und einige sangen bei den Songs mit, die über die Beschallungsanlage eingespielt wurde.

»Wir sind in fünf Minuten dran«, sagte Finn. Mia nickte. Sie setzte sich an ihr Schlagzeug und begann, probeweise auf ihre Tom-Toms zu schlagen. Oskar zupfte an seinem Bass und justierte die Stimmschrauben.

Finn sah zu Kai und runzelte die Stirn. Der Leadsänger stand wie angewurzelt hinter dem Schlagzeug und blickte stur geradeaus, als hätte er am Horizont eine Elefantenherde entdeckt, die unaufhaltsam auf ihn zuraste. Finn ging zu ihm.

»Alles okay mit dir?«, fragte er.

»Äh, ich muss noch mal kurz weg«, stammelte Kai und verschwand über die Hintertreppe der Bühne.

»Wir haben aber keine Zeit mehr!«, rief Finn hinterher. Kai antwortete nicht. Mia warf Finn einen besorgten Blick zu.

»Wenn der nicht wiederkommt, musst du singen.«

Finn blickte auf die Uhr. Zwei Minuten. Mist.

Hastig folgte er Kai durch den hinteren Ausgang der Bühne. Dort lief er die Treppe hinunter und suchte den Backstagebereich ab. Er lief zwischen den Lieferwägen, Zelten und Kabelsträngen herum, die hinter der Bühne eine wilde Landschaft bildeten, in der geschäftiges Treiben herrschte. Kai war nirgends zu entdecken. Als Finn schon aufgeben wollte, hörte er das unmissverständliche Geräusch von jemandem, dem das Mittagessen wieder hochkam. Er folgte dem Geräusch hinter einem Generator, der die Licht- und Tonanlage der Bühne mit Strom versorgte. Dort fand er Kai, der gegen eine Wand lehnte. Seine Gesichtsfarbe hatte einen moosgrünen Ton angenommen.

»Was ist los?«, fragte Finn. »Warum bist du nicht auf der Bühne? Hast du was Schlechtes gegessen?«

»Komm, verschwinde«, sagte Kai. Finn sah ihm jedoch an, dass er keineswegs so gelassen war, wie er tat. Kais Hand zitterte. Als Kai sah, dass Finn auf seine Hand blickte, ballte er sie schnell zur Faust, um das Zittern zu unterdrücken.

»Ich habe keine Lust auf diesen Kinderkram.«

»Ich verstehe dich nicht«, sagte Finn. »Erst spielst du dich auf wie der Obercoole, und jetzt ziehst du den Schwanz ein.«

»Ich ... ich kann das nicht«, sagte Kai schließlich. Plötzlich war von dem selbstbewussten Typen, den er ihnen vorgespielt hatte, nichts mehr übrig.

Finn sah auf die Uhr. Sie hätten schon vor einer Minute anfangen sollen.

»Was ist los?«, fragte er Kai.

»Letztes Mal ...«, stotterte dieser. »Letztes Mal, bei dem Bandwettbewerb mit meiner alten Band, da hatte ich auf der Bühne voll den Aussetzer. Ich wusste auf einmal den Text nicht mehr und konnte nicht mehr spielen. Danach haben die mich hochkant rausgeworfen. Deshalb habe ich mich überhaupt bei eurem Kindergeburtstag beworben. Ich dachte nicht, dass ihr so schnell live spielt.«

Kai sah auf den Boden. Finn konnte nicht so recht glauben, was dieser ihm da erzählt hatte. Er war wirklich überzeugt davon gewesen, dass Kai nichts aus der Ruhe bringen konnte.

Sie waren schon fünf Minuten über der Zeit. Die Zuschauer begannen, rhythmisch zu klatschen.

»Kai, hör mir zu, du singst großartig und spielst Gitarre wie der Teufel. Du gehst jetzt auf die Bühne und zeigst denen, was du kannst. Es sind drei Songs, danach findet die Kundgebung statt. Das schaffst du.«

Er hielt Kai die Hand hin, um ihm auf die Beine zu helfen. Kai sah ihn an und nickte.

»Okay. Drei Songs.«

Er nahm Finns Hand und stand auf. Gemeinsam machten sie sich auf den Rückweg zur Bühne. Finn klopfte Kai auf die Schulter, und dieser lief in die Mitte der Bühne. Er nahm seine Gitarre vom Ständer, zeigte mit dem Finger auf Mia, und diese zählte an. Oskar lies den Bass wummern, und Kai schredderte auf der Gitarre. Das Publikum tobte. Ein Lächeln huschte über Kais Gesicht. Finn stieß einen erleichterten Seufzer aus. Die Zuschauer begannen mitzuklatschen, und Mia, Oskar und Kai wechselten begeisterte Blicke. Als der erste Song vorbei war, hallte rauschender Beifall über den Dorfplatz. Kai schnappte sich das Mikro und zeigte auf Oskar.

»Am Bass, Oskar ›The Boss‹ Schafreiter!«

Die Menge johlte. Kai deutete auf Mia.

»An den Drums, Mia ›Master-Blaster‹ Madueke!«

Mia spielte ein kurzes Solo.

»Ich bin King Kai, und wir sind *The Fishheads*!«

Den Namen der Band brüllten die drei Bandmitglieder gemeinsam in die Mikrofone. Sofort gingen sie in den nächsten Song über. Endlich lief es. Finn atmete durch.

Doch als die Stimmung in der Mitte des Lieds auf dem Höhepunkt war, passierte etwas Merkwürdiges. Vom Marktplatz her drang ein grelles Scheppern an Finns Ohr. Er ließ seinen Blick über die Zuschauer schweifen und entdeckte in der Mitte der Menge eine Frau, die einen altmodischen Wecker in die Höhe hielt. Sekunden später vervielfachte sich das Geräusch, und Dutzende von Weckern wurden, überall auf dem Platz verteilt, von Anwesenden in die Höhe gehalten. Kai warf Finn einen verwirrten Blick zu und zuckte mit den Schultern. Dabei entging ihm, dass aus der ersten Reihe des Publikums jemand auf die Bühne kletterte.

Es war Flo, der Schüler aus Finns Klasse, der ihn mit seinen Freunden gemobbt hatte. Er trug ein rotes T-Shirt, auf dem das Logo eines Weckers zu sehen war. Er schnappte sich Kais Mikro und begann, der Menge etwas zuzurufen. Mia und Oskar hörten auf zu spielen.

»Das ist ein Weckruf!«, brüllte Flo in das Mikrofon. »Dieser Windpark darf nicht gebaut werden. Die Windturbinen erzeugen Geräusche, die krank machen! Sogar Krebs kann man davon bekommen!«

Den Zuschauern, die sich auf dem Platz versammelt hatten,

gefiel die Unterbrechung des Konzerts überhaupt nicht. Erste Pfiffe und Buh-Rufe ertönten. Anstatt ihm Einhalt zu gebieten, spornte das Flo jedoch nur an.

»Die da oben wollen uns den Windpark aufzwingen! Aber das lassen wir mit uns nicht machen…«

Weiter kam Flo nicht. Kai hatte ihm das Mikro wieder entrissen und ihm am Kragen gepackt. Oskar ging dazwischen, bevor die beiden sich noch prügelten. Finn wusste nicht, was er tun sollte. Er sah von der Bühne aus, dass die Anhänger des Weckrufs, die die klingelnden Wecker in Händen hielten, von den anderen Zuschauern geschubst und beleidigt wurden.

Eine Dame vom Organisationskomitee betrat hastig die Bühne und sprach ins Mikrofon. Sie trug das hellblaue T-Shirt der Windpark-Unterstützer.

»Leute, bitte Ruhe bewahren!«, rief sie. »Es muss alles fair zugehen. Wir müssen auch mit Gegenstimmen zivilisiert umgehen.«

Die Menge beruhigte sich ein wenig, und bald darauf zogen die Weckruf-Anhänger ab. Flo grinste Finn an, hielt sich die Nase zu, als wollte er andeuten, dass Finn immer noch nach Müll stank, und kletterte von der Bühne.

»Was war das denn?«, fragte Mia.

»Keine Ahnung«, sagte Finn. »Aber ich habe irgendwie kein gutes Gefühl dabei.«

»Kommt«, meinte Mia. »Wir schulden den Leuten noch einen Song.«

Sie setzte sich ans Schlagzeug, Kai ergriff das Mikrofon, und sie begannen, für die tobende Menge zu spielen. Finn beobachtete Flo, der sich am Rande des Dorfplatzes mit den anderen Weckrufern traf. Er wurde wie ein Held gefeiert, der aus einer Schlacht zurückgekehrt war.

Nach dem Konzert packten die *Fishheads* ihre Instrumente zusammen und liefen zu einem Foodtruck, der am Rande des Geschehens Bratwürstchen servierte. Während sie ihre Würstchen aßen, besprachen sie das Konzert.

»Ich glaube, Flo hat nicht mehr alle Tassen im Schrank«, meinte Mia. »Der ist unter die Megaspinner gegangen.«

»So wie es aussieht, führt er sie sogar an«, meinte Oskar und biss in seine Wurst.

»Ich muss los«, meinte Kai.

»Warum hast du es denn so eilig?«, fragte Mia.

»Ich habe heute Nachmittag Führerscheinprüfung. Drückt mir die Daumen. Wenn es klappt, kann ich uns vielleicht einen Bandbus organisieren.«

»Cool«, meinte Finn. »Dann können wir auf Clubtour gehen.«

»Klar«, meinte Kai. »London, Paris, Madrid, wir kommen!«

»Ich dachte eher an Bielefeld, Bamberg, Buxtehude«, meinte Finn trocken.

Kai lief rückwärts und deutete auf ihn.

»Wir sind die *Fishheads*. Uns gehört die Welt!«

Damit verschwand er um eine Straßenecke. Finn konnte sich ein Grinsen nicht verkneifen.

»Ganz schön starke Worte für einen, der sich vor dem Konzert noch vor Angst die Seele aus dem Leib gekotzt hat«, murmelte er.

Als Finn am Nachmittag wieder zu Hause war, ließ ihm der Zwischenfall auf dem Konzert keine Ruhe. Er wollte Oliver davon berichten, was auf dem Dorfplatz passiert war, also legte er sich auf sein Bett, kramte sein Handy hervor und wählte Olivers Nummer. Nach kurzem Klingeln nahm sein großer Bruder ab. Er saß in seinem Zimmer am Schreibtisch und schien gerade Physik zu büffeln.

»Was gibt's, Finny?«, fragte Oliver. Finn erzählte ihm kurz und knapp, was ihnen bei dem Konzert widerfahren war.

»Das ist ja merkwürdig«, antwortete Oliver. »Ich habe auch Bekanntschaft mit diesen Weckruf-Typen gemacht.«

»Ehrlich?«, fragte Finn.

»Ja, neulich im Dorf. Ich war auf einem Date und …«

»Ein Date?«

Finn schnalzte anerkennend mit der Zunge.

»Ich habe hier ein nettes Mädchen kennengelernt«, sagte Oliver grinsend. »Franziska heißt sie. Jedenfalls haben wir uns draußen vor einem Café unterhalten, als plötzlich dieser Typ an unseren Tisch kam.«

Mit kurzen Sätzen umriss Oliver, was sich an dem Nachmittag im Dorf zugetragen hat.

»Das ist ein Weckruf«, murmelte Finn. »Genau das hat Flo auch gesagt. Und diese Typen hatten auch alle diese altmodischen Wecker dabei.«

»Echt komisch«, meinte Oliver.

»Wenn das bei uns und bei euch passiert, dann muss das ja eine richtig große Bewegung sein«, mutmaßte Finn.

»Ich höre mich mal um«, sagte Oliver. »Aber herzlichen Glückwunsch zu eurem ersten Gig.«

»Was ist ein Gig?«, fragte Finn.

»Na, ein Konzert«, antwortete Oliver. »Das müsstest du als Bandmanager aber wissen.«

OLIVER

Nach dem Telefonat mit seinem Bruder widmete sich Oliver wieder seinem Physikbuch. Er hatte gerade die Stelle wiedergefunden, an der er durch Finns Anruf unterbrochen worden war, als er hörte, wie jemand einen Zettel unter seiner Tür hindurchschob. War dies schon die Einladung zum dritten Abschnitt des Wettbewerbs? Als er den Zettel entfaltete, war darauf jedoch keine Angabe zum nächsten Teil des Wettstreits, sondern eine kurze, aber deutliche Nachricht zu lesen.

Darunter war das kleine Logo eines Weckers gezeichnet. Sofort öffnete Oliver die Tür und trat auf den Korridor hinaus. Es war niemand zu sehen. Im Internat herrschten strenge Sicherheitsvorkehrungen. Gäste konnten das Haus nur mit vorheriger Anmeldung betreten. Hieß das, dass unter den Schülern schon Anhänger des Weckrufs waren?

Eine Woche später stand tatsächlich der dritte Wettbewerb an. Oliver zögerte einen Moment, als er eines Abends erneut einen Zettel am Boden seines Zimmers fand, doch dieses Mal war es tatsächlich eine Aufforderung, sich in Kürze unten in der Eingangshalle einzufinden. Er verlor keine Zeit, verstaute seinen Rucksack und ging durchs Treppenhaus ins Erdgeschoss. In der Halle warteten die anderen Teilnehmerinnen und Teilnehmer und Kovacz bereits. Von den ursprünglich zwanzig Kandidaten waren nur noch zehn übrig geblieben, die sich für das Finale qualifiziert hatten. Einer von ihnen war Torben, der Oliver einen kurzen, missbilligenden Blick zuwarf und ihn dann ignorierte. Kovacz ergriff das Wort.

»Herzlichen Glückwunsch«, begann er. »Ihr seid die letzten zehn verbliebenen Wettbewerber, die genug Punkte gesammelt haben, um am Finale teilzunehmen. Heute wartet mit Sicherheit die schwierigste Aufgabe des Wettstreits auf euch. Es geht nämlich unter Wasser. Macht euch keine Sorgen, wir haben Schwimmzeug und Neoprenanzüge für jeden dabei. Ich bitte euch, jetzt einzusteigen.«

Draußen wartete schon ein Bus auf sie, mit dem sie etwa eine Stunde durch die Nacht fuhren, bis sie einen Parkplatz erreichten, der zu einem großen, kastenförmigen Gebäude gehörte. »Ultramarin-40« stand auf einem Schild mit einem Logo, das einen Taucher zeigte, der mit langen Flossen abwärtsschwamm. Kovacz verteilte beim Aussteigen Tragetaschen, die mit den Namen der Teilnehmer versehen waren.

»Bitte zieht euch um. Wir treffen uns im Schwimmbad.«

Oliver folgte den Jungen zur Herrenumkleide. Dort öffnete er seine Tragetasche. Sie enthielt eine Badehose, eine Schwimmbrille, eine Badehaube und einen Neoprenanzug. Diese zog er an und begab sich durch die Duschen in die Schwimmhalle. Oliver fragte sich, was wohl im letzten Teil des Wettbewerbs auf sie wartete. Handelte es sich um ein Wettschwimmen? Oliver war ein guter Schwimmer, doch er wusste nicht, ob er sich mit den anderen Teilnehmern messen konnte. Außerdem hatte Kovacz doch erwähnt, dass es bei dem letzten Teil um physische Belastbarkeit ging, und das klang eigentlich nicht nach einem Rennen. Alle Spekulation half nichts, er würde ja sowieso bald erfahren, auf welche Probe man sie stellen würde.

Als alle bereit waren, führte Kovacz sie an dem 50-Meter-Becken vorbei und öffnete eine Tür, die in einen benachbarten Bereich der Anlage führte. Sie liefen durch einen kurzen Gang und dann durch eine Tür mit dem Schild »Deep Pool«. Kovacz hielt diese Tür auf, und die Schüler gingen hindurch. Oliver staunte nicht schlecht. Sie fanden sich in einem Raum wieder, in dessen Boden ein quadratisches Schwimmbecken eingelassen worden war. Doch es handelte sich dabei nicht um einen normalen Pool, denn in der Mitte befand sich ein kreisrundes Loch, das meterweit in die Tiefe ging. »40 Meter« stand dort auf den Kacheln des Pools. Oliver pfiff durch die Zähne. Kovacz stellte sich an den Rand des Beckens.

»Willkommen im Deep Pool des Ultramarin-Bads«, sagte er. »Wie ihr sehen könnt, geht es dort unten vierzig Meter in die Tiefe. Keine Angst, ganz so weit hinunter werden wir euch nicht schicken. Euer Ziel ist die Zwanzig-Meter-Marke. Dort haben wir an der Leiter, die an der Seite eingelassen ist, eine Trophäe in Form eines Seesterns angebracht. Der- oder diejenige, der die Trophäe an die Oberfläche bringt, ist der Gewinner des diesjährigen Wettbewerbs. Jeder von euch bekommt ein paar Flossen, doch es wird keine Taucherausrüstung bereitgestellt.«

Ein Raunen ging durch die Teilnehmer. Hatten sie das richtig verstanden? Sie sollten ohne Atemgerät zwanzig Meter tief tauchen? Kovacz hob beschwichtigend die Hände.

»Wir haben im Pool Sauerstoffflaschen platziert, an denen ihr Atempausen einlegen könnt. Außerdem haben wir Manfred hier gebeten, uns zu helfen.«

Er deutete auf einen Mann, der im Wasser des Schwimmbeckens schwamm. Er trug eine Taucherausrüstung auf dem Rücken. Auf seinem Kopf saß eine Taucherbrille. Er winkte ihnen freundlich zu.

»Manfred ist zur Stelle, falls einer von euch in Schwierigkeiten gerät. Einfach nur winken, und er kommt zu euch. Bitte stellt euch nun am Rand des Beckens auf. Eine Regel gibt es natürlich. Ihr dürft die anderen Schwimmer nicht berühren oder gar handgreiflich werden. Wir werden euch per Unterwasserkameras überwachen. So, und nun wünsche ich euch viel Glück.«

Oliver und die anderen positionierten sich in gleichmäßigem Abstand um den Beckenrand herum. Kovacz sah auf die Uhr.

Oliver blickte zu seinen Mitschülern. Einer von ihnen würde den Wettbewerb gewinnen. Einer von ihnen würde ein Stipendium erhalten, das sein ganzes Leben verändern würde. Er versuchte die wachsende Nervosität in den Griff zu bekommen. Von einem Tauchkurs, den er letztes Jahr im Urlaub absolviert hatte, wusste er, dass man unter Stress mehr Sauerstoff verbrauchte. Langsam atmete er ein und aus, um seinen Herzschlag zu beruhigen. Nicht an den Preis denken. Einfach zum Ziel schwimmen.

Kovaczs gab ihnen einen Countdown.

»Fünf, vier, drei, zwei, eins, Start!«

Oliver sprang ins Wasser. Sofort tauchte er wieder auf und atmete tief ein. Dann ließ er sich unter die Oberfläche sinken. Er blickte sich um. Der Pool hatte etwa die Größe eines Tennisplatzes. Genau in der Mitte führte das kreisrunde Vierzig-Meter-Loch in die Tiefe, in dem, auf halbem Wege, die Trophäe wartete. Am Rande des Lochs waren zwei Taucherflaschen gelagert. Oliver schwamm mit kräftigen Zügen in Richtung einer der Flaschen. Durch den Schlag mit seinen Flossen beschleunigte er seine Bewegung, und trotzdem kam er unter Wasser nur langsam vorwärts. Die Wassermassen über ihm pressten von allen Seiten auf ihn ein. Er entdeckte Torben, der von der gegenüberliegenden Seite aus ins Wasser gesprungen war. Oliver wollte unbedingt vor ihm die Sauerstoffflasche erreichen. Mit all seiner Kraft schwamm er abwärts, doch Torben konnte durchaus mithalten. Etwa zeitgleich erreichten sie die beiden Flaschen, die auf entgegengesetzten Seiten am Rande des Lochs am Boden des Beckens lagen. Oliver nahm das Atemgerät und sog tief Luft in seine Lungen. Sie befanden sich jetzt etwa sieben Meter unter Wasser, und der Druck auf seinen Kopf und seinen Körper nahm zu. Es fühlte sich an, als säße sein Schädel in einem Schraubstock, der mit jedem Meter Tiefe fester auf seine Knochen drückte. Oliver riskierte einen Blick nach oben. Er und Torben hatten als erste die Taucherflaschen erreicht, doch ein Mädchen, das neben Torben ins Wasser gesprungen war, war ihm dicht auf den Fersen. Torben ließ das Atemgerät sinken und schwamm zum Rand des Lochs. Er hielt sich an den Sprossen der Leiter fest, die an der Seite angebracht waren, und zog sich in die Tiefe. Oliver wollte ihm keinen Zentimeter schenken und schwamm nun auch wieder los. Er ergriff die Sprossen, die auf der anderen Seite des Lochs aus dem Mauerwerk ragten. Seine Hand packte die nächste Sprosse, und er zog sich abwärts, während er mit den Flossen schlug, um seine Bewegung zu beschleunigen. Er wagte einen Blick zu Torben, der mit ihm gleichauf war. Sie passierten gerade eine Linie, die zehn Meter anzeigte. Der Druck auf seinen Körper wuchs. Er fühlte sich wie ein Käfer, der unter einem immensen Schuh zerdrückt wurde. Fast geschafft, dachte Oliver. Ein Studium in den USA, zum Greifen nahe.

Fünf Meter tiefer entdeckte Oliver eine weitere Sauerstoffflasche. Kurz darauf hatte er sie erreicht. Er steckte den Atemregler in den Mund und sog gierig das kühle Luftgemisch ein, das aus dem Gerät strömte. Er blickte nach oben. Das Mädchen, das ihnen gefolgt war, lag nicht weit hinter Torben zurück, der auf der anderen Seite des Lochs an einem Regler frische Atemluft tankte. Ganz oben am Loch schien es Schwierigkeiten zu geben. Oliver konnte sehen, wie Manfred einem anderen Schüler half. Er war zu ihm geschwommen und gab ihm den zweiten Atemregler, der an seiner Pressluftflasche angebracht war. Oliver sah wieder zu Torben und stellte verwundert fest, dass dieser ihn mit einem merkwürdigen Blick ansah. Einen Augenblick später war er jedoch auf dem Weg in die Tiefe. Oliver verlor keine Zeit. Fünf Meter noch. Er musste Torben schlagen.

Die frisch getankte Luft in seiner Lunge gab ihm Kraft. Er schlug mit seinen Flossen und war bald eine Nasenspitze vor Torben. Einige Meter weiter unten konnte er die Form eines Seesterns erkennen, der an der Wand angebracht war. Er lag vorne. Er würde Torben schlagen. Aus den Augenwinkeln entdeckte er eine Bewegung und blickte nach oben. Das Mädchen, das auf Torbens Seite hinabgetaucht war, hatte die nächste Flasche erreicht – doch irgendetwas schien nicht in Ordnung zu sein. Sie steckte immer wieder den Lungenautomat in den Mund und betätigte den Knopf der Luftdusche, doch nichts geschah. Oliver konnte sehen, dass sie langsam in Panik geriet. Wo war Manfred? Wahrscheinlich hatte er immer noch mit dem Teilnehmer zu tun, der in Schwierigkeiten gekommen war. Oliver hatte nur Bruchteile einer Sekunde Zeit, sich zu entscheiden, was er nun tun sollte. Die Trophäe und damit ein voll bezahltes USA-Studium war so nah, dass er nur danach greifen musste, doch konnte er wirklich zusehen, wie diesem Mädchen möglicherweise ein schlimmes Unglück widerfuhr? Die Frage beantwortete sich eigentlich von selbst. Er machte kehrt, stieß sich von seiner Seite des Tunnels ab und schwamm zu dem Mädchen. Mit einigen Gesten schaffte er es, sie zu beruhigen, dann begleitete er sie zu der anderen Taucherflasche hinüber. Sie nahm den Atemregler und sog tief Luft ein. Olivers Mut sank. Er konnte nur tatenlos zusehen, wie Torben aus der Tiefe nach oben schwebte, den Seestern fest umklammernd, der seinen Triumph besiegeln würde.

Das Mädchen bedankte sich mit einem Handsignal bei Oliver und schwamm dann aufwärts. Oliver stieß sich von der Wand ab und schwebte zur anderen Leiter. Er hielt sich an einer Sprosse fest und nahm sich den Atemregler vor. Bald hatte er den Fehler gefunden. Der Schlauch hatte sich vom Ventil der Flasche gelöst. Die Wahrscheinlichkeit, dass das von allein passiert war, war so gering, dass es sich nur um Sabotage handeln konnte. Jetzt wusste Oliver auch, warum Torben ihn so merkwürdig angesehen hatte: Er hatte den Schlauch gelöst und wollte sichergehen, dass Oliver ihn nicht dabei beobachtet hatte. Wütend begann Oliver, wieder emporzuschwimmen.

Als er die Wasseroberfläche durchbrach, hörte er Applaus von den Wänden des Pools widerhallen. Torben stand an der Seite des Beckens und hielt freudestrahlend die Trophäe in die Höhe.

»Der Gewinner steht fest«, rief Kovacz. »Torben erhält den diesjährigen Miriam-König-Preis. Glückwunsch.«

Einen Moment lang überlegte Oliver, ob er hier eine Szene machen sollte, doch schließlich entschied er sich dafür, Torben später allein zur Rede zu stellen. Das würde noch ein Nachspiel haben.

FINN

Finn saß an seinem Schreibtisch und klappte seinen Laptop auf. Er öffnete ein Browserfenster und suchte nach dem Stichwort »Weckruf«. Bald hatte er die Seite der merkwürdigen Organisation gefunden. Er las die Einträge, die vollkommen ernsthaft über die wildesten Verschwörungstheorien berichteten. Die Ermordung des ehemaligen amerikanischen Präsidenten John F. Kennedy, der Tod von Prinzessin Diana, die Terroranschläge am 11. September, nichts war, wie es zu sein schien, hinter allem steckten finstere Mächte, unheimliche Strippenzieher, globale Geheimorganisationen. Die Erde war eine Scheibe, die Mondlandung war gefälscht, und der US-Präsident war ein Roboter. Finn klickte auf den Instagram-Link der Seite und fand dort Fotos der Aktion, die bei der Demonstration für den Windpark durchgeführt worden war. Auf einem Foto war Flo zu sehen, der zusammen mit seinen Eltern in die Kamera grinste und einen Wecker hochhielt.

Finn suchte nach Informationen über die Hintergründe dieser seltsamen Vereinigung. Er fand heraus, dass diese ursprünglich unter dem Namen »Wake-Up Call« in den USA gegründet worden war. Dort wurde die Gruppe sogar für mehrere Anschläge verantwortlich gemacht, darunter auch den auf die Rakete, die vor einigen Wochen sechs Astronauten zur Internationalen Raumstation bringen sollte. Finn begriff das alles nicht. Wie konnte man solchen Wahnvorstellungen verfallen? Flo war zwar nicht gerade Finns bester Freund, aber er war doch auch nicht ganz dumm. Glaubte er wirklich, dass die Welt eine Scheibe war? Finn klappte den Computer zu und legte sich auf sein Bett. Er dachte an Oliver. Mit ihm hätte er jetzt gerne über all diese Dinge gesprochen. Er konnte ihn zwar anrufen, doch er vermisste es einfach, in sein Zimmer zu gehen und mit ihm zu quatschen. Als hätte Oliver seine Gedanken gelesen, rief er in diesem Moment an. Finn freute sich, als er den Namen seines Bruders auf dem Display seines Handys sah.

»Hi! Wie geht's?«, fragte Oliver, als Finn abgehoben hatte.

»Geht schon. Ich habe mich gerade über den Weckruf informiert. Das ist ja eine komische Truppe.«

In knappen Sätzen erzählte er Oliver, was er über die Organisation erfahren hatte.

»Wir leben echt in merkwürdigen Zeiten«, sagte Oliver. »Wir können jederzeit das gesamte Wissen der Menschheit mit unseren Handys abrufen, und trotzdem gibt es immer mehr solche Spinner. Habe ich dir erzählt, dass mir jemand einen Zettel mit einer Drohung unter der Tür hindurchgeschoben hat?«

»Was?«, fragte Finn entgeistert.

»Da stand: Wir bringen dich noch zum Schweigen. Darunter war ein Wecker gemalt.«

»Meinen die das ernst?«

»Ach wo. Die wollen mich nur einschüchtern, weil ich den Typen im Dorf angebrüllt habe, der die Sauerei mit dem Betonmischer inszeniert hat. Erzähl aber Mama und Papa nichts davon. Ich will nicht, dass sie sich Sorgen machen.«

Sie wechselten das Thema. Oliver erzählte Finn, was ihm beim dritten Teil des Wettbewerbs widerfahren war.

»Und du meinst, dieser Torben hat echt die Taucherflasche sabotiert?«, fragte Finn erstaunt.

»Ich bin mir fast sicher«, meinte Oliver. »Das wäre schon ein merkwürdiger Zufall, wenn das ganz von alleine passiert wäre. Vor allem, weil Torben ja selbst kurz vorher an dem Lungenautomaten Sauerstoff eingeatmet hatte.«

»Hast du ihn zur Rede gestellt?«

»Ich habe Professor Kovacz, der den Wettbewerb leitet, davon erzählt. Er meinte, es gäbe keine Beweise dafür, dass sich Torben an dem Gerät zu schaffen gemacht hat. Der Preis geht jedenfalls an ihn.«

»Das ist echt unfair.«

»So ist die Welt, Finny«, murmelte Oliver.

»Da fällt mir ein, dein Geburtstag steht doch an«, sagte Finn. »Du kommst doch, oder?«

»Klar. Nächstes Wochenende sehen wir uns.«

»Ich habe eine Überraschung für dich. Nein, also eigentlich zwei Überraschungen. Ich hoffe so, dass du dich freust.«

»Bin jetzt schon gespannt!«, sagte Oliver und gähnte.

»Hör mal, ich muss mich ein wenig aufs Ohr hauen. Hab wenig geschlafen in letzter Zeit. Wir reden später, okay?«

»Ciao!«, rief Finn und legte auf. Er hatte sich von dem Gespräch mit Oliver erhofft, dass dieser ihn ein wenig von seinen Sorgen ablenkte, doch das Gegenteil war eingetreten. Oliver hatte einen Drohbrief erhalten. Finn wusste, dass sein Bruder das wie so oft auf die leichte Schulter nahm, doch er war wirklich beunruhigt. Was, wenn diese Weckruf-Typen doch gefährlicher waren, als sie beide dachten? Finn versuchte, an etwas anderes zu denken. Morgen war das Geburtstagsgeschenk fertig, das er für seinen Bruder hatte anfertigen lassen. Er hoffte sehr, dass es Oliver gefallen würde.

Oliver öffnete die Augen. Kurz nach seinem Telefonat mit Finn war er eingenickt. Er lag voll bekleidet auf seinem Bett. Ein Geräusch an der Tür hatte ihn geweckt. Auf dem Boden, unter der Tür, lag ein zusammengefalteter Zettel. Oliver konnte sich keinen Reim darauf machen. Der Wettbewerb war doch schon vorbei. Ob es sich wieder um eine Drohung der Wecker-Typen handelte? Oliver hob den Zettel auf und entfaltete ihn. Ein einziges Wort stand in der Mitte:

Eingangshalle.

Oliver sah auf die Uhr. Kurz vor Mitternacht. Sollte er dieser verdächtigen Einladung wirklich folgen? Seine Neugier siegte über seine Müdigkeit, und er verließ das Zimmer. Als er in der Eingangshalle ankam, war der Raum wie ausgestorben. Seine

Schritte hallten unheimlich von den hohen Wänden. Durch die Eingangstür sah Oliver einen Kleinbus, der vor dem Internat geparkt war. Die Seitentür stand offen. Gab es vielleicht noch einen geheimen vierten Teil des Wettbewerbs? Wahrscheinlich waren die anderen Schüler schon eingestiegen. Er ging durch den Ausgang und stieg in den Bus ein. Er war leer. Als er sich umdrehte, um den Kleinbus wieder zu verlassen, schloss sich die Seitentür automatisch. Der Bus setzte sich in Bewegung.

»Hey, was soll das?«, rief Oliver laut. Er klopfte an die geschwärzte Trennscheibe, die sich zwischen der Fahrgastzelle und dem Cockpit befand.

»Sofort anhalten!«

Aus den Lautsprechern, die in die Seitenwände des Busses eingelassen waren, erklang eine Stimme.

»Bitte setz dich hin, und schnall dich an. Es wird eine kurze Fahrt.«

Die Stimme klang männlich und nicht besonders alt. Oliver ließ sich in einen der Sitze fallen und befestigte den Sicherheitsgurt.

»Wer sind Sie?«, fragte Oliver. »Wo fahren wir hin?«

»Bald werden wir dir alles erklären.«

Damit schaltete sich der Lautsprecher ab. Olivers weitere Nachfragen blieben unbeantwortet. Er fühlte, wie die Panik in ihm hochstieg. Wer saß am Steuer des Wagens? Hatte es etwas mit dem Wettbewerb zu tun? Oder war es eine Aktion des »Weckrufs«? Machten sie ihre Drohung wahr, ihn zum Schweigen zu bringen? Oliver dachte an Finn. Wenn ihm jetzt etwas zustieße, würde er es sich nie verzeihen, seinen Bruder so im Stich gelassen zu haben. Er versuchte, etwas durch die Fensterscheiben zu erkennen, doch diese waren vollkommen verdunkelt, sodass er nur vereinzelt eine Lichtquelle erkennen konnte.

Zwanzig Minuten später hielt der Bus an, und die Stimme erklang erneut.

»Unter dem Sitz findest du eine Augenbinde. Bitte lege sie dir an.«

»Ihr könnt mich mal«, rief Oliver.

»Es ist zu deiner eigenen Sicherheit. Sobald du sie anlegst, kannst du den Bus verlassen.«

»Zu meiner eigenen Sicherheit? Das ist aber beruhigend zu hören.«

»Dir wird nichts geschehen. Das garantiere ich dir.«

Er griff unter den Sitz und fand dort ein schwarzes Tuch, das er sich so um den Kopf band, dass er nichts mehr sehen konnte.

»Augenbinde ist dran«, murmelte Oliver.

Er hörte, wie sich die Seitentür des Kleinbusses öffnete und jemand den Bus betrat. Der Mann ergriff seinen Oberarm und geleitete ihn aus dem Fahrzeug. Am Geräusch seiner Schritte erkannte Oliver, dass sie einen Korridor betreten haben mussten. Sie liefen eine Weile geradeaus, dann ging es einige Treppenabsätze bergab. Schließlich betraten sie einen Raum.

»Setz dich bitte«, sagte der Mann. Oliver ließ sich in einen Stuhl sinken.

»Und jetzt?«, fragte er.

Ein quietschendes Geräusch näherte sich. Eine zweite Stimme sprach ihn an. Diese war auch männlich, jedoch jünger als die aus dem Bus.

»Du kannst die Augenbinde jetzt abnehmen«, sagte sie.

Oliver löste den Knoten an seinem Hinterkopf und machte die Binde los.

Er blickte in ein Gesicht, das er kannte.

FINN

»Haltet euch bereit, er kommt!«

Finn hatte durch das kleine Seitenfenster geblickt und das Auto seiner Eltern entdeckt, das um die Straßenecke gebogen war. Sie waren zum Bahnhof gefahren, um Oliver abzuholen, der seinen Geburtstag an diesem Wochenende zu Hause feiern wollte.

Finn wartete in der Garage, wo die *Fishheads* ihre Instrumente aufgebaut hatten. Kai stand am Mikrofonständer, Oskar neben dem Verstärker seiner Bassgitarre, und Mia saß hinter dem Schlagzeug.

»Wenn ich das Rolltor öffne, legt ihr los«, sagte Finn. Er horchte an der Tür und hörte, wie draußen in der Einfahrt das Auto anhielt. Die Türen öffneten sich. Im selben Moment drückte Finn auf den Knopf, der das Tor hochfahren ließ. Es hob sich mit einem lauten Rattern. Mia zählte an, und die Band begann zu spielen.

Das Timing hatte perfekt gepasst, denn Oliver stand völlig verdutzt vor der Garage, als die Band eine laute Punk-Version von Happy Birthday für ihn spielte.

Finn grinste seinen Bruder an. Er und seine Eltern sangen

laut mit. Nachdem sie ihn noch dreimal hatten hochleben lassen, jubelten sie Oliver zu. Diesem schien es vor Rührung die Sprache verschlagen zu haben, denn er stand nur kopfschüttelnd da und grinste.

»Darf ich vorstellen«, sagte Finn. »*The Fishheads*.«

»Vielen Dank für das Ständchen«, antwortete Oliver. »Ihr habt's echt drauf!«

Er umarmte Finn fest.

»Danke, Finny! Das war toll!«

Finn, Oliver, die Bandmitglieder und seine Eltern gingen durch das Haus in den Garten, wo Tische und Stühle für die Geburtstagsparty aufgebaut worden waren. Finns Vater schmiss den Grill an, und Finn half seiner Mutter dabei, Chips, Getränke und kleine Snacks aus der Küche zu holen. Es herrschte traumhaftes Wetter, und nach und nach trudelten die Gäste ein. Bald war der ganze Garten von Stimmengewirr und Musik erfüllt, und der Duft von brutzelnden Würstchen stieg in die Luft.

Finn war froh, dass seine erste Überraschung so gut geklappt hatte, und er hoffte, dass Oliver sich auch über seine zweite Überraschung freuen würde.

Er ging in sein Zimmer, um das Geschenk zu holen, dass er vergangene Nacht sorgsam eingepackt hatte. Als er gerade wieder nach unten gehen wollte, machte er auf dem Flur halt. Olivers Tür stand einen Spaltbreit offen, und er konnte seinen Bruder erkennen. Er saß auf seinem Bett. Finn merkte sofort, dass etwas nicht stimmte. Sein Bruder sah alles andere als glücklich aus, im Gegenteil, er wirkte, als hätte er alle Mühe, Tränen zurückzuhalten. Was war mit ihm los? Aus dem Erdgeschoss drang ein Scheppern nach oben, das Oliver dazu brachte, aufzublicken. Er entdeckte Finn, der ihn durch den Türspalt beobachtete. Sofort lächelte er, doch Finn spürte, dass dieses Lächeln nur aufgesetzt war.

»Komm her, Finny«, sagte er und winkte ihn zu sich.

»Alles okay mit dir?«, fragte Finn besorgt.

»Klar, was sollte sein?«, antwortete Oliver und rang sich ein Grinsen ab.

»Ich hab was für dich«, sagte Finn. »Dein Geschenk.«

Finn gab Oliver das Päckchen. Er hatte es in dunkelblaues Papier eingewickelt, das mit silbernen Sternen verziert war.

»Das war echt nicht nötig«, sagte Oliver.

»Ich hoffe, es gefällt dir«, meinte Finn.

Oliver packte das Geschenk vorsichtig aus, ohne das Papier einzureißen. Eine weiße Schachtel kam zum Vorschein. Diese öffnete er. Darin lag, auf Samt gebettet, eine silberne Halskette mit einem Anhänger. Finn hatte ihn extra anfertigen lassen. Es handelte sich um ein kreisrundes versilbertes Plättchen. Sterne waren daraus ausgeschnitten, die die Konstellation *Canis Major* darstellten. Der größte Stern war Sirius A, der Hundsstern. Sirius B, der kleinere Stern, der um seinen großen Bruder kreiste, war als Edelstein auf dem Anhänger eingelassen worden. Oliver hielt die Kette hoch und betrachtete den Anhänger. Finn war enttäuscht. Er hatte gehofft, dass Oliver sich darüber freuen würde, doch sein Bruder warf die

Stirn in Falten, als würde er sich fragen, was er mit so einem Kram anfangen solle.

»Das ist wegen Sirius«, erklärte Finn. »Ich dachte, du freust dich.«

Erst als Oliver nicht antwortete, begriff Finn, dass er die Reaktion seines Bruders völlig falsch eingeschätzt hatte. Er war nicht enttäuscht. Er war so gerührt, dass ihm die Worte fehlten.

»Finny ...«

Weiter kam er nicht. Finn konnte sehen, dass sein Bruder plötzlich mit den Tränen rang. Er musste einen Schluchzer unterdrücken.

»Finny. Das ist wirklich toll. Ich werde es tragen, solange ich lebe. Ich werde es niemals abnehmen.«

Er verlor den Kampf mit den Tränen, und Finn sah, wie seine Augen rot wurden.

»Was ist denn los mit dir?«, fragte er Oliver.

Einen Moment lang sagte Oliver nichts und blickte ihn nur an. Finn kam es so vor, als würde er nach den richtigen Worten suchen, doch dann wischte er sich die Tränen weg und setzte sein übliches Lächeln wieder auf.

»Tut mir leid, dass ich ein bisschen ... emotional geworden bin«, sagte Oliver. »Ich freue mich echt.«

Oliver legte sich die Kette um den Hals.

»Der Edelstein ist nicht echt«, sagte Finn. »Also kein echter Diamant. Dafür hat mein Taschengeld nicht gereicht.«

Oliver umgriff den Anhänger, als würde er ihm Kraft schenken. Finn wusste, dass hier irgendetwas nicht stimmte.

»Bist du sicher, dass alles mit dir in Ordnung ist?«, fragte er.

»Klar«, sagte Oliver und schüttelte den Kopf, als wollte er einen störenden Gedanken verscheuchen. »Mann, Papas Würstchen riechen echt fantastisch. Komm, lass uns ein paar Hotdogs essen.«

Damit stand Oliver auf und verließ das Zimmer. Finn folgte ihm.

Den Rest des Nachmittags verbrachten sie damit, Würstchen und Kuchen zu essen und den *Fishheads* zu lauschen, die den Partygästen ein Minikonzert boten. Oliver war ausgelassen, unterhielt sich mit neuen und alten Freunden und verhielt sich so, als sei nichts gewesen. Doch Finn kannte ihn zu gut, um seinem Bruder die unbeschwerte gute Laune abzunehmen. Er sah ihm an, wie sehr er sich anstrengte, seine Schwermut zu überwinden. Doch was war der Auslöser dieser Betrübtheit? Lief irgendetwas im Internat schief? War es Liebeskummer? Finn hatte keine Erklärung.

Am nächsten Morgen begleiteten Finn und seine Eltern Oliver zum Bahnhof. Finn saß auf dem Rücksitz neben seiner Mutter und beobachtete Oliver genau, der auf dem Beifahrersitz Platz genommen hatte. Oliver hatte seinen Blick abgewendet und sah aus dem Fenster. Langweilte er sich bloß, oder wollte er nicht, dass Finn oder seine Eltern seinen Gesichtsausdruck lesen konnten? Sie kamen am Bahnhof an und stiegen aus. Da Oliver nur für eine Nacht angereist war, hatte er nur einen Rucksack dabei. Am Bahnsteig verabschiedete sich Oliver zuerst von seinen Eltern. Er umarmte seine Mutter und seinen Vater. Als Finn an der Reihe war, konnte er spüren, dass Oliver am ganzen Körper zitterte. Finn ließ von ihm ab. Schon wieder war Oliver kurz davor, in Tränen auszubrechen.

»Pass auf dich auf, Finny«, sagte Oliver mit belegter Stimme.

»Mache ich«, antwortete Finn.

Der Zug fuhr ein und kam mit kreischenden Rädern zum Stehen.

»Macht's gut«, sagte Oliver. Er drehte sich um und stieg in den Wagen. Vom Fenster aus winkte er ihnen zu. Der Zug setzte sich in Bewegung. Oliver blieb am Fenster, bis der Zug hinter einer Biegung verschwunden war.

Finn hatte das dumpfe Gefühl, dass sein Bruder in Schwierigkeiten steckte.

OLIVER

Als Oliver in sein Abteil zurückkehrte, lies er seinen angestauten Gefühlen freien Lauf und begann, hemmungslos zu weinen. Hatte er die richtige Entscheidung getroffen? Konnte er das tun, seiner Familie für immer den Rücken kehren? Er hatte keine Wahl.

Zu viel stand auf dem Spiel.

Die untergehende Sonne warf ihr purpurnes Licht auf die Wolkenstreifen am Horizont und verwandelte die Alpengipfel in eine Landschaft aus einem Traum. Die Schüler der Geiger Akademie waren am Mittag zum alljährlichen Wandertag aufgebrochen, und nun war es an der Zeit, die Zelte aufzubauen. Oliver hämmerte Heringe in den steinigen Boden, an dem ein Mitschüler die Seile festmachte, die das Vier-Mann-Zelt stützten. Auf der Bergwiese entstand so eine kleine Zeltstadt, die den teilnehmenden Schülern genug Schlafplatz bot. Eine zweite Gruppe war damit beauftragt worden, ein Lagerfeuer aufzuschichten, das sie nun entzündeten. Als die Zelte aufgestellt waren, setzten sich die Schüler um das Lagerfeuer und begannen, ihre mitgebrachten Mahlzeiten zu essen und Marshmallows an Stöcken über dem offenen Feuer zu grillen. Oliver entdeckte Franziska, die allein an einem Platz nahe dem Feuer saß. Als sie ihn sah, winkte sie ihn herüber. Nichts hätte er lieber getan, als sich neben sie zu setzen und sich mit ihr zu unterhalten. Sie hatten in den letzten Wochen viel Zeit miteinander verbracht, und obwohl sie noch kein Paar waren, hatte es doch merklich zwischen ihnen gefunkt. Schweren Herzens wandte Oliver sich ab. Er wollte nicht mit ihren Gefühlen spielen, denn er wusste, dass er nicht bleiben würde.

In der Nacht wartete Oliver, bis seine Zeltnachbarn eingeschlafen waren. Er hatte einen Platz in der Nähe des Ausgangs gewählt, um das Zelt verlassen zu können, ohne dass seine Kameraden aufwachten. Gleichmäßiges Schnarchen erfüllte die Stille. Oliver stieg aus seinem Schlafsack, in dem er voll bekleidet gelegen hatte, und öffnete den Ausgang. Er trat ins Freie.

»Bist du bereit?«, fragte Herr Kovacz, der auf ihn gewartet hatte. Oliver nickte. Der Zeitpunkt war gekommen. Es gab kein Zurück. Er musste es tun.

Er folgte Kovacz, der ihn zum anderen Ende der Bergwiese führte.

»Folge dem Pfad etwa einen Kilometer nach unten. Dort wirst du abgeholt.«

Oliver nickte. Kovacz reichte ihm die Hand.

»Entschuldige, wenn ich persönlich werde, aber ich wollte

dir dafür danken, was du bereit bist zu tun. Ich glaube nicht, dass ich jemals größeren Mut gesehen habe.«

Oliver schüttelte die Hand des Lehrers.

»Ich will Sie nicht enttäuschen, aber ich fühle mich gerade alles andere als mutig«, sagte er.

»Ich weiß. Wahrer Mut ist die Angst, das Richtige zu tun und es dann trotzdem zu tun.«

Oliver nickte. Er drehte sich um und folgte dem Pfad. Glücklicherweise schien der Mond in dieser Nacht, und so musste er nicht in völliger Dunkelheit den schroffen Weg hinabsteigen. Es ging steil bergab. Nach einigen Minuten kam er an einen Bach, der sich durch die Landschaft ins Tal schlängelte. Er sprang ans andere Ufer und setzte seinen Weg fort. Wenig später erreichte er einen befestigten Wanderweg, der quer durch das Tal führte. Dort wartete ein Mann auf ihn, der auf einem Quad-Bike saß. Oliver nickte ihm zu.

»Einen Moment bitte«, sagte er.

Aus seiner Hosentasche zog er ein Taschenmesser hervor und näherte sich einer alten Fichte, die am Ufer des Bachs wuchs. Er begann damit, etwas in die dicke Rinde zu ritzen. Als er fertig war, steckte er sein Messer wieder ein und ging zu dem Bike zurück. Er setzte sich hinter den Mann in den Sattel. Der Mann gab Gas, und das Bike raste knatternd davon.

FINN

Eine Woche war vergangen, seit sie Oliver am Bahnhof abgesetzt hatten. Finn hatte seinem Bruder einige Textnachrichten geschrieben, doch seit zwei Tagen hatte ihm dieser nicht mehr geantwortet. Finn checkte sein Handy, doch auch in der vergangenen Nacht hatte sein Bruder ihm nicht geschrieben. Finn machte sich jetzt ernsthafte Sorgen. Es verging kaum ein Tag, an dem sie sich nicht mindestens zwei Nachrichten schickten. Er zog sich an und ging die Treppe hinunter, um vor der Schule noch einen Happen zu essen. Sein Vater saß am Küchentisch und aß einen Toast mit Käse. Finn ging zum Kühlschrank und nahm die Milch heraus. Das Handy seiner Mutter klingelte. Sie nahm ab. Mit jedem Wort, das sie sagte, wurde ihre Stimme panischer. Schließlich legte sie auf. Ein bestürzter Ausdruck lag auf ihrem Gesicht.

»Oliver ist verschwunden«, sagte sie.

FINN

Seit 48 Stunden hatte niemand mehr von Oliver gehört. Finns Eltern waren im ständigen Kontakt mit dem Internat und der Polizei, doch es gab keinen Anhaltspunkt dafür, was mit Oliver geschehen war. Während einer Bergwanderung war er eines Nachts aus seinem Zelt verschwunden. Es gab kein Anzeichen für ein Verbrechen. Seinen Rucksack hatte Oliver zurückgelassen, er hatte sich nicht auffällig verhalten oder irgendwelche Andeutungen gemacht, dass er mit dem Gedanken spielte zu verschwinden.

»Wir stehen vor einem Rätsel«, hatte der Leiter des Internats beteuert, als er mit Olivers Eltern telefoniert hatte. »Keiner kann sich das Verschwinden Ihres Sohnes erklären. Aber wir setzen natürlich alles daran, ihn wiederzufinden.«

Finn saß im Matheunterricht, doch er konnte sich nicht auf den Stoff konzentrieren, den der Lehrer ihnen beizubringen versuchte. Immer wieder ging ihm Olivers merkwürdiges Verhalten an seinem Geburtstag durch den Kopf. Warum hatte er fast losgeheult, als Finn ihm sein Geschenk gegeben hatte? Warum war Finn das Gefühl nicht losgeworden, dass Oliver ihnen das ganze Wochenende lang etwas vorgespielt hatte? Es klingelte, und Finn packte seine Sachen in seine Schultasche. Er verließ das Klassenzimmer und ging in den Keller zum Proberaum, wo die *Fishheads* nach der Schule neue Songs einstudierten.

»Gibt es Neuigkeiten von Oliver?«, fragte Mia besorgt, als er das Zimmer betrat.

Finn schüttelte den Kopf. Er spielte zwar in der Band kein Instrument und musste daher nicht zur Probe erscheinen, doch er wollte nicht allein sein. Ihm wurde klar, dass die Bandmitglieder inzwischen zu seinen besten Freunden geworden waren. Oskar und Kai, die sich immer besser verstanden, trudelten ein, und die Band begann zu spielen. Die Musik war sehr laut, doch Finn war es lieber, von Krach umgeben zu sein als von der trübseligen Stille, die zu Hause herrschte.

Sein Handy vibrierte in seiner Hosentasche. Schnell zog Finn es hervor. Er blickte aufs Display. Seine Hoffnung sank. Jedes Mal, wenn er einen Anruf erhielt, wünschte er sich, dass Olivers Nummer auf dem Bildschirm erschien, doch auch dieses Mal wurde er enttäuscht. Unbekannter Anrufer. Finn verließ den Probenraum und nahm den Anruf entgegen. Er presste das Handy an sein Ohr. Zuerst drang nur ein Rauschen aus dem Lautsprecher. Wahrscheinlich verwählt, dachte Finn. Er wollte schon auflegen, als sich der Ton veränderte. Plötzlich gesellten sich Instrumente zu dem wabernden Geräusch, die einen unheimlichen Klangteppich woben, der wie Musik aus einer anderen Welt klang. Auf eine merkwürdige Weise weckte der Ton eine Erinnerung in ihm. Es dauerte einen Moment, bis Finn begriff, was er da hörte. Als es ihm einfiel, begann sein

Herz, wie wild zu schlagen. Bei dem Geräusch handelte es sich um den Ton, den Oliver ihm in der Nacht vorgespielt hatte, als sie das Sternbild *Canis Major* beobachtet hatten.

Es gab keinen Zweifel.

Es war das Sirius-Signal.

»Hallo?«, rief Finn in sein Handy. »Oliver? Bist du es? Sag doch was!«

Einen Moment später war die Leitung tot. Finns Puls raste. Es gab nur eine Person auf der Welt, die ihm dieses Geräusch vorgespielt haben konnte, und das war Oliver. Für Finn bestand kein Zweifel. Nur er war in der Nacht bei ihm gewesen, als sie das Sternbild beobachtet und den Klängen gelauscht hatten, die man auf der NASA-Webseite abrufen konnte. Finn war felsenfest davon überzeugt, dass Oliver ihn angerufen hatte. Er rannte zurück in den Probenraum.

»Er lebt!«, rief Finn. »Er hat mich gerade angerufen!«

Die *Fishheads* brachen mitten im Song ab.

»Wer hat dich angerufen?«, fragte Mia.

»Oliver«, rief Finn.

Mia sprang von ihrem Hocker auf.

»Du hast mit ihm gesprochen?«, fragte Kai.

»Nein, nicht direkt. Aber er hat mir eine Nachricht zukommen lassen.«

Kurz erklärte er, was es mit dem Sirius-Signal auf sich hatte.

»Es war genau das gleiche Geräusch, dass ich durchs Handy gehört habe. Ich bin mir sicher, dass er es war. Wer sonst würde mir dieses Geräusch vorspielen?«

»Wahrscheinlich hast du recht«, sagte Mia. »Ich bin so froh! Ich habe mir solche Sorgen gemacht. Aber wo ist er?«

»Keine Ahnung«, meinte Finn. »Aber ich werde es herausfinden. Jetzt muss ich aber los und meinen Eltern Bescheid sagen.«

Finn nahm seine Jacke von der Stuhllehne, über die er sie gehängt hatte, und rannte aus dem Proberaum. Er lief die Treppe in Rekordgeschwindigkeit empor und verließ das Gebäude. Vor der Schule schwang er sich auf sein Fahrrad und fuhr, so schnell er konnte, nach Hause. Dort angekommen ließ er sein Rad einfach in der Einfahrt fallen und lief in die Küche. Seine Eltern saßen am Küchentisch. Seine Mutter hatte ihren Kopf in die Hände gestützt, und sein Vater war leichenblass.

»Ihr werdet es nicht glauben«, rief Finn. »Aber ...«

Weiter kam er nicht. Jetzt erst bemerkte er, dass seine Eltern weinten.

»Wir haben gerade mit der Polizei telefoniert«, sagte sein Vater. »Sie haben Oliver gefunden. Er ist tot.«

»Was?«, rief Finn entsetzt.

»Sie haben ihn gefunden«, murmelte sein Vater. »Er ist in eine Schlucht gestürzt.«

»Wann soll das gewesen sein?«, fragte Finn.

»Vorgestern Nacht«, meinte sein Vater. »Er ist wohl aus seinem Zelt gelaufen und eine Klippe hinabgestürzt. Ein Gesteinsbrocken hat sich gelöst, und er ist mit ihm in die Tiefe gefallen. Ein Unfall.«

Finn schüttelte den Kopf.

»Aber das ist unmöglich«, sagte er.

»Es ist leider die Wahrheit«, antwortete sein Vater. Seine Mutter schluchzte.

»Ich habe doch gerade eben mit ihm telefoniert«, sagte Finn.

Seine Mutter blickte auf. Hoffnung lag in ihrem Blick.

»Was hast du? Du hast mit ihm gesprochen?«

»Das nicht«, meinte Finn. »Aber er hat mir eine Nachricht geschickt. Ich bin sicher, dass er es war.«

»Kann ich die Nachricht sehen?«, fragte sein Vater.

»Es war keine Textnachricht«, antwortete Finn. »Es war ein Geräusch.«

»Ein Geräusch?«, fragte sein Vater. »Ich verstehe nicht …«

Erneut musste Finn die Bedeutung des Rauschens erklären, das er am Handy gehört hatte.

»Ein Rauschen?«, fragte seine Mutter. »Und das soll von Oliver kommen?«

»Ich bin mir ganz sicher. Hundertprozentig. Es gibt keinen Zweifel.«

Sein Vater sah ihn mit müden Augen an.

»Finn, ich weiß, wie sehr du an deinem Bruder hängst und wie schwer das für dich ist, aber du musst der Wahrheit jetzt ins Auge sehen. Er ist … nicht mehr da.«

Sein Vater konnte die Tränen nicht mehr zurückhalten.

Finn schüttelte den Kopf.

»Nein. Er lebt! Ich bin mir sicher, er lebt!«

»Mach es nicht noch schwerer«, sagte seine Mutter. »Sie haben seine Leiche …«

Weiter kam sie nicht. Finns Vater legte seinen Arm um sie, und sie weinten gemeinsam. Finn wusste nicht, was er denken sollte. Hatte er sich das Geräusch nur eingebildet? Was, wenn es tatsächlich nur eine Störung in der Leitung gewesen war? Es kamen doch dauernd komische Geräusche aus dem Handy, wenn die Verbindung schlecht war.

Die kalte Hand der Trauer griff nach seinem Herzen. Er lief nach oben in Olivers Zimmer und warf sich auf das Bett seines Bruders. Er wollte ihm nahe sein, als könnte er ihn in seinem Zimmer wieder zum Leben erwecken. Auf Olivers Nachttisch lag der Sternenatlas, in dem sie oft zusammen geblättert hatten. Er schlug die Seite mit dem Sternbild Canis Major auf, das sie damals, in der kalten Februarnacht, beobachtet hatten.

Ein Zettel steckte zwischen den Seiten. Finn entfaltete ihn:

Lieber Finn,
wenn du das liest, dann

Das war alles. Nur dieser eine Halbsatz. Die Nachricht war ohne Zweifel in der Handschrift seines Bruders verfasst worden. Ein Datum stand am oberen Rand. Der Tag vor Olivers Geburtstag. Immer wieder las Finn den einen Satz. Was hatte er zu bedeuten? War es ein Abschiedsbrief? Wenn Oliver wirklich versehentlich in die Schlucht gestürzt war, dann hatte er das doch unmöglich vorher wissen können. Finn nahm den Zettel und lief zurück in die Küche.

»Schaut mal, was ich gefunden habe«, sagte er. »Das ist Olivers Handschrift. Es sieht so aus, als wollte er mir einen Abschiedsbrief schreiben. Wenn er vorher wusste, dass er verschwinden würde, dann kann es doch unmöglich ein Unfall gewesen sein.«

Sein Vater nahm ihm den Brief ab und las den Satz. Lange starrte er nachdenklich auf das Papier.

»Ich kann es mir nicht erklären«, meinte er schließlich. »Alles, was ich weiß, ist, dass die Schule uns informiert hat, dass sie Oliver gefunden haben.«

»Sind sie sich da ganz sicher?«, fragte Finn. »Vielleicht war es ein anderer Bergsteiger.«

»Es wird ein DNA-Test gemacht«, meinte sein Vater. »Dann werden wir es genau wissen.«

Finn nickte. Wenigstens konnte er sich jetzt an die Hoffnung klammern, dass der DNA-Test bestätigen würde, dass Oliver noch lebte.

EINE SCHEIBE

In dieser Nacht machte Finn kein Auge zu. Seine Gedanken fuhren Achterbahn. Hatte er wirklich die Aufnahme des Sirius-Signals über das Handy gehört? Wenn ja, gab es irgendeine andere Erklärung, als dass Oliver ihn angerufen hatte, zwei Tage nachdem er angeblich in den Tod gestürzt war? Was sollte dieser Abschiedsbrief? Und warum hatte er an seinem Geburtstag so traurig gewirkt? Und dann war da noch dieser Drohbrief, den ihm die Weckruf-Typen unter der Tür durchgeschoben hatten. Hatten die etwas mit seinem Verschwinden zu tun? Doch wenn er entführt worden war, ergab dieser Abschiedsbrief ja keinen Sinn. Finn konnte sich keinen Reim darauf machen. Am Morgen stand er auf, zog sich an und fuhr in die Schule. Er saß wie benebelt im Erdkundeunterricht. Der fehlende Schlaf und seine Sorge um Oliver machten es ihm unmöglich, den Ausführungen der Lehrerin zu folgen.

Frau Babel, die Lehrerin, erklärt ihnen gerade anhand eines Globus, wie sich die Kontinentalplatten in der Erdgeschichte verschoben hatten.

Flo meldete sich zu Wort, indem er die Hand hob. Finn bemerkte, dass er ein T-Shirt mit einem Aufdruck des Wecker-Logos trug.

»Ja, Florian?«, sagte Frau Babel.

»Ich glaube das mit den Kontinentalplatten nicht«, sagte Flo.

Frau Babel runzelte die Stirn.

»Wie meinst du das?«, fragte sie.

»Ich glaube nicht, dass die Erde eine Kugel ist. Ich habe da einige Videos im Internet gesehen, die das Gegenteil beweisen.«

Frau Babel sah ihn entgeistert an.

»Dann würde ich dir empfehlen, weniger Videos im Internet zu gucken und mehr Bücher zu lesen«, antwortete sie. »Das ist natürlich völliger Blödsinn.«

Einige Mitschüler kicherten und drehten sich zu Flo um. Dieser ließ sich nicht beirren.

»Ein Mann hat ein Video aus einem Flugzeug gedreht«, sagte er. »Der Horizont war völlig gerade. Wenn die Erde eine Kugel wäre, wäre er doch rund.«

»Ist das dein Ernst?«, fragte Frau Babel. »Oder willst du mich verhohnepiepeln?«

Jetzt lachten die anderen laut los. Auch Finn konnte sich, trotz seiner Sorgen, ein Schmunzeln nicht verkneifen. Er blickte zu Mia und Oskar, und die beiden zuckten grinsend mit den Schultern. Oskar tippte sich mit dem Zeigefinger an die Stirn, als wollte er andeuten, dass Flo einen Vogel hatte.

»Wir wissen schon seit den alten Griechen, dass die Erde

rund ist«, sagte Frau Babel schließlich. »Ich möchte jetzt gerne mit dem Stoff weitermachen, aber wenn du willst, erkläre ich es dir nach der Stunde noch mal im Detail.«

»Nicht nötig«, sagte Flo. »Sie gehören eben auch dazu.«

Frau Babel musterte Flo.

»Wo gehöre ich dazu?«, fragte sie.

»Zu denen da oben, die im Hintergrund die Fäden ziehen.«

Frau Babel blickte ihn an, und zum ersten Mal wirkte sie beunruhigt.

»Also, wie gesagt, die Kontinente haben sich über die Jahrtausende in folgender Weise verschoben.«

Finn beobachtete, wie Flo die Lehrerin mit unverhohlener Feindseligkeit ansah.

Am Nachmittag trafen sich die *Fishheads* wieder im Proberaum. Finn erzählte den anderen, was sich am gestrigen Tag ereignet hatte.

»Das ist wirklich schlimm«, meinte Mia. »Und du meinst, die Bergwacht hat sich geirrt?«

»Je länger ich darüber nachdenke, desto sicherer bin ich, dass Oliver mich angerufen hat, um mir das Signal vorzuspielen. Ich habe mir das nicht eingebildet. Und der Brief beweist, dass er vorher wusste, dass er verschwinden würde.«

»Und du meinst, es ist ausgeschlossen, dass er ... Ich meine, dass es ein Abschiedsbrief war, weil er ...«

»Nein. Auf keinen Fall. Das hätte Oliver niemals getan. Ich hätte es bemerkt, wenn es ihm so schlecht gegangen wäre, dass er keinen Ausweg mehr gesehen hätte. Das Einzige, was einen Sinn ergibt, ist, dass er absichtlich verschwunden ist. Und dafür muss es einen Grund gegeben haben.«

»Das ist alles so krass«, meinte Kai, der sich auf Mias Hocker gesetzt hatte und mit ihren Sticks auf den Rand der Snaredrum schlug.

»Wenn du meine Snaredrum kaputt machst, schneide ich mir aus deiner Lederjacke ein neues Trommelfell«, sagte Mia. Kai legte die Sticks ab und hob beschwichtigend die Hände.

Oskar war gerade dabei, neue Saiten auf seine Bassgitarre zu ziehen.

»Können wir dir irgendwie zu helfen?«, fragte er Finn. »Dein Bruder ist echt ein korrekter Typ. Ich habe mich an seinem Geburtstag ein wenig mit ihm unterhalten. Wenn wir irgendetwas tun können, sag Bescheid.«

»Ja«, pflichtete Mia bei. »Egal, was es ist.«

»Auf jeden Fall«, meinte Kai.

»Danke«, antwortete Finn. »Aber vorerst können wir nur abwarten.«

Nach der Probe stiegen Finn und die anderen die Treppe hinauf und betraten die Aula. Als sie zum Ausgang des Schulhauses gingen, hörten sie Stimmen, die aus dem Zimmer der Direktorin kamen. Eine laute Auseinandersetzung schien dort im Gange zu sein, denn die Unterhaltung klang alles andere als freundlich. Die vier Freunde blieben in Sichtweite der Tür stehen. Diese öffnete sich, und Flo trat aus dem Raum. Begleitet wurde er von seiner Mutter, die, wie ihr Sohn, ein Weckruf-T-Shirt trug. Sie drehte sich zu der Direktorin und Frau Babel um, die jetzt im Türrahmen erschienen waren.

»Und wenn so etwas noch einmal vorkommt, dann kriegen Sie es mit uns zu tun! Ich dulde nicht, dass mein Sohn in dieser sogenannten Schule einer solchen Gehirnwäsche ausgesetzt wird. Außerdem fordere ich eine Entschuldigung vor der ganzen Klasse.«

Damit drehte sie sich um und ging. Flo tappte, zufrieden grinsend, hinter ihr her.

Die Direktorin seufzte und sprach Frau Babel an.

»Ich weiß, es ist unangenehm, aber ich bitte Sie trotzdem, im Unterricht mehr Rücksicht auf diese – nennen wir es – ›alternativen Meinungen‹ zu nehmen. Und um die Entschuldigung werden Sie nicht herumkommen.«

Frau Babel nickte betrübt.

Finn und die *Fishheads* verließen die Schule.

»Ich frage mich, worum es da ging«, sagte Kai.

»Das kann ich dir erzählen«, antwortete Finn. »Flo glaubt, die Erde sei eine Scheibe, und Frau Babel hat ihn in der Klasse zurechtgewiesen.«

»Das ist nicht dein Ernst«, meinte Kai. »Er ist zwar ein Vollpfosten, aber ich kann nicht glauben, dass er so dämlich ist.«

»Doch«, sagte Finn.

Kai dachte nach.

»Na ja, eigentlich wäre es doch ganz cool«, sagte er. »Das wäre so, als würden wir auf einer dieser altmodischen Schallplatten wohnen.« Er schwang seine Hüften wie Elvis Presley und tat so, als würde er sich dabei im Kreis drehen.

Die anderen drei lachten.

»Anscheinend hat er zu viele YouTube-Videos geschaut«, sagte Finn.

»Toll«, meinte Oskar. »Er benutzt eine Technologie aus dem 21. Jahrhundert, um seinen Wissensstand auf Mittelalterniveau zu bringen. Das muss man erst mal fertigbringen.«

Am Abend erhielt Familie Janssen den befürchteten Anruf. Der Direktor des Internats teilte ihnen mit, dass der DNA-Test der gefundenen sterblichen Überreste bewiesen hatte, dass es sich bei dem Toten um Oliver handelte. Finns Eltern saßen wie versteinert am Küchentisch. Finn steckte ein dicker Kloß im Hals. War es wirklich Oliver? Wieso passten die Ereignisse nicht zusammen? Was war hier geschehen? Bildete er sich die ganze Sache doch nur ein? Machte er sich nur etwas vor, in der Hoffnung, dass Oliver noch lebte?

Finn kam ein beunruhigender Gedanke. Vielleicht war er auch nicht besser als Flo, der sich aus fadenscheinigen Beweisen zusammengereimt hatte, das die Erde eine Scheibe war. Er ging auf sein Zimmer, legte sich auf sein Bett und ließ seinen Tränen freien Lauf. Wahrscheinlich war es doch die Wahrheit. Oliver war nicht mehr da. Sirius-Rauschen hin oder her.

Doch dann fiel sein Blick auf den Zettel, den Oliver ihm hinterlassen hatte. Wenn du das liest, dann …

Wer schrieb für einen unvorhersehbaren Unfall einen Abschiedsbrief?

Die Schulleitung des Internats hatte die Janssens zu einer Trauerfeier eingeladen, die am Wochenende stattfinden sollte. Finn nahm sich vor, bei dieser Gelegenheit mehr über die Umstände von Olivers Verschwinden zu erfahren. Er wollte die Hoffnung nicht aufgeben. Jedenfalls noch nicht.

TRAUERFEIER

Am Freitagmorgen hatten sie wieder Erdkunde. Am Anfang der Stunde stellte sich Frau Babel vor die Klasse und bat um Ruhe.

»Ich möchte gerne ein paar Worte sagen, bevor wir weitermachen«, begann sie. »In der letzten Stunde habe ich ein wenig über die Stränge geschlagen. Ein Schüler hat eine Meinung geäußert, die nicht dem entspricht, was als wissenschaftlich erwiesen angesehen wird. Trotzdem liegt es an uns allen, anderwärtige Meinungen zu akzeptieren. Nur, wenn wir mit dem nötigen Respekt miteinander umgehen, können wir in Harmonie miteinander leben. Deshalb will ich mich hier für mein Verhalten entschuldigen. Es wird nie wieder vorkommen. Wir müssen uns im Klassenzimmer zwar an die vorherrschende wissenschaftliche Meinung halten, doch es gibt auch andere Erklärungen, die wir respektieren müssen.«

Finn traute seinen Ohren nicht. Sofort meldete sich Mia. Frau Babel erteilte ihr das Wort.

»Entschuldigung, Frau Babel, aber was Flo letzte Stunde erzählt hat, ist doch, gelinde gesagt, völliger Stuss. Die Erde ist eine Scheibe? Ich glaube, mein Schwein pfeift.«

Die anderen Schüler murmelten zustimmend. Frau Babel sah aus, als würde sie an einem extrem sauren Bonbon lutschen.

»Mia, du hast mich gehört. In dieser Klasse respektieren wir andere Meinungen. Und jetzt zum Stoff zurück.«

Das ließ Mia jedoch nicht auf sich sitzen. Sie hob erneut die Hand, und Frau Babel erteilte ihr das Wort.

»Okay, mal angenommen ich schreibe im nächsten Erdkundetest, dass die Erde eine Scheibe ist. Bekomme ich dann auch eine Eins, oder wie? Was machen wir dann überhaupt hier? Dann schreibt halt jeder seine eigene Wirklichkeit auf, und gut ist.«

Frau Babel verschränkte die Arme.

»Mia, ich habe dich gewarnt. Eine Stunde nachsitzen.«

Mia blickte die Lehrerin mit offenem Mund an. Finn sah zu ihr herüber und zuckte verständnislos mit den Schultern. Flo hingegen lächelte zufrieden.

Nach der Schule fuhr Finn mit dem Fahrrad nach Hause. Er stellte es in der Garage ab und ging durch die Vordertür. Man konnte die Trauer förmlich spüren, die von seinem Elternhaus Besitz ergriffen hatte. Das Haus war von einer unnatürlichen Stille erfüllt, die sich um sein Herz legte. Seine Eltern saßen in der Küche am Tisch. Sein Vater hatte zwei Tassen Kaffee gemacht, die unangetastet vor sich hin dampften.

»Hast du Hunger?«, fragte seine Mutter, als Finn die Küche betrat.

»Äh, geht so«, meinte Finn. »Ich habe mir bei der Bäckerei eine Brezel geholt.«

Seine Mutter nickte. Es klingelte an der Tür. Finn drehte sich um und sah nach, wer draußen wartete. Ein Streifenwagen war vorgefahren, und zwei Beamte waren ausgestiegen. Sie hatten ihre Mützen abgenommen.

»Wohnen hier die Janssens?«, fragte der ältere der beiden.

Finn nickte.

»Du musst Finn sein. Zuerst möchten wir unser herzliches Beileid aussprechen. Sind deine Eltern zu Hause?«

Finn nickte und führte die beiden Polizisten in die Küche. Dort stellten sie sich bei seinen Eltern vor.

»Mein Name ist Tarnat«, begann der Polizist. »Wir möchten Ihnen unser ganz herzliches Beileid für Ihren schlimmen Verlust aussprechen.«

Die Eltern nickten wortlos.

»Ich wollte Sie über den Stand der Ermittlungen im Falle Ihres Sohnes unterrichten. Wir gehen zum jetzigen Zeitpunkt davon aus, dass Fremdeinwirkung oder ein Vorsatz Ihres Sohnes ausgeschlossen werden kann. Es handelt sich also um einen Unfall.«

Finn ergriff das Wort.

»Was ist in der Nacht passiert?«

Tarnat drehte sich zu ihm.

»Dein Bruder muss wohl das Zelt verlassen haben. In der Dunkelheit hat er sich verlaufen und ist dann in eine Schlucht gestürzt.«

Finn schnaubte ungläubig.

»Es war aber nicht dunkel. Ich habe nachgesehen. Es

war fast Vollmond. Sie wollen mir erzählen, dass mein Bruder, ein erfahrener Bergsteiger, eines Nachts so mir nichts, dir nichts durch die Landschaft torkelt und dann in eine Schlucht fällt?«

»Es ist sicher für dich schwer zu verstehen, aber Unfälle passieren nun mal«, sagte Tarnat.

»Was ist mit dem Brief und dem Anruf?«

Tarnat runzelte die Stirn.

»Was für ein Brief?«

Finn verließ die Küche und kehrte mit dem Brief zurück, den er zwischen den Seiten des Sternenatlas gefunden hatte. Er händigte ihn dem Polizisten aus. Dieser las den Satz, den Oliver geschrieben hatte.

»Wer schreibt bitte für einen Unfall vorher einen Abschiedsbrief?«, fragte Finn.

Tarnat gab ihm das Papier zurück.

»Das kann alle möglichen Gründe haben«, sagte er. »Du hattest einen Anruf erwähnt?«

»Ja, ich habe nach Olivers… Verschwinden einen Anruf erhalten. Er hat mir das Signal des Stern Sirius vorgespielt.«

»Was für ein Signal?«, fragte Tarnat.

»Es ist ein Rauschen. Mit Musik. Es wird dadurch erzeugt, dass man die Signale eines Sterns in Schallwellen umwandelt. Wir haben es gehört, als wir zusammen die Sterne beobachtet haben. Nur er hätte mir dieses Geräusch vorgespielt.«

Tarnat blickte ihn verwundert an.

»Kann ich diesen Anruf hören?«, fragte er.

»Nein«, gab Finn zu. »Ich habe ihn nicht aufgenommen.«

»Von wem kam dieser Anruf?«

Finn senkte den Blick.

»Unbekannter Teilnehmer.«

Tarnat wiegte den Kopf hin und her.

»Du hast also einen Anruf einer unbekannten Nummer erhalten und dann nur ein Rauschen gehört, als du abgenommen hast?«

»Ja, aber ...«

Finns Mutter legte ihre Hand auf seinen Arm.

»Finny, ich weiß, dass es schwer für dich ist ...«, sagte sie.

Jetzt platzte Finn der Kragen.

»Warum glaubt mir keiner?«, brüllte er. »Ich bin mir sicher, dass Oliver noch lebt. Ganz sicher!«

Gegen Finns Willen traten ihm die Tränen in die Augen. Tarnat nickte seinem Kollegen zu. Dieser stellte einen Pappkarton auf den Tisch.

»Das sind die Habseligkeiten Ihres Sohnes, die er bei dem Unfall bei sich trug«, sagte Tarnat. »Wenn Sie weitere Fragen haben, wenden Sie sich bitte umgehend an mich.«

Er legte eine Visitenkarte auf den Karton und machte mit seinem Kollegen kehrt. Finn hörte, wie sich die Tür hinter ihnen schloss.

»Ich glaube, ich muss mich einen Moment hinlegen«, sagte Finns Mutter.

»Ich gehe in den Supermarkt«, meinte sein Vater. »Wir haben nichts mehr fürs Abendessen.«

Sie ließen Finn allein mit der Kiste zurück. Finn hatte den Eindruck, dass seine Eltern vor ihrem Inhalt Angst hatten, als würde er Olivers Tod für sie unwiederbringlich wahr machen. Finn wusste nicht, was er glauben sollte. Alle Beweise sprachen dafür, dass Oliver wirklich nicht mehr da war, doch irgendetwas in ihm sträubte sich dagegen, es zu akzeptieren.

Er öffnete die Kiste.

Olivers Winterjacke war sorgsam zusammengefaltet worden. In seinem Rucksack fand er ein Taschenmesser, Handschuhe, eine Wollmütze und einen Schal. Der Rest seiner Kleidung steckte in einer Plastiktüte. Finn wusste zuerst nicht, wonach er suchte, doch irgendetwas fehlte in diesem Bild. Er hielt sich Olivers Armbanduhr ans Ohr. Sie tickte zuverlässig. Es schien alles da zu sein, was Oliver auf so einer Wanderung dabeigehabt haben könnte. Selbst die Bergschuhe, die er getragen hatte, waren eingepackt worden. Als er den Deckel der Kiste wieder schloss, fiel es Finn ein. Die Halskette mit dem Sirius-Anhänger! Sein Geburtstagsgeschenk. Oliver hatte ihm geschworen, dass er es nie abnehmen würde. Die Kette fehlte. Er hatte sie also bei seinem vermeintlichen Unfall nicht getragen. Oliver hatte sein Versprechen gebrochen. Hatte er ihm nur erzählt, dass er sie für immer tragen würde, um ihn aufzumuntern? Vielleicht hatte ihm die Kette gar nicht gefallen? Oder war es ein weiteres Indiz, dass sein Bruder noch lebte? Hatte er die Kette mitgenommen, als er verschwunden war? Finn konnte sich nicht sicher sein, doch es war die Version der Dinge, an die er glauben wollte.

Das Auto der Janssens fuhr durch das Tor der Geiger Akademie und hielt auf den modernen Bau zu, der in dem traumhaften Alpenpanorama errichtet worden war. Es war ein sonniger Tag, und die Gipfel ragten wie steinerne Riesen hinter dem Gebäude aus Glas und Metall empor. Die Janssens hielten vor dem Eingang an und stiegen aus. Der Direktor des Instituts begrüßte sie persönlich und begleitete sie in die Aula der Schule, wo eine Trauerfeier organisiert worden war. Auf der Bühne war ein Bild Olivers aufgestellt worden, das ihn lächelnd im Kreise seiner Mitschüler zeigte. Es wurde Musik gespielt, und einige seiner Klassenkameraden sprachen über ihn. Finns Eltern waren sehr gerührt.

Finn wusste nicht, was er denken und fühlen sollte. Schon die Beerdigung, die einige Tage zuvor auf dem Pappelberger Friedhof stattgefunden hatte, hatte in ihm ein Wechselbad der Gefühle ausgelöst. Seine Eltern, ihre Angehörigen und Olivers Freunde waren vor Trauer wie gelähmt gewesen, doch Finn hatte Olivers geschlossenen Sarg betrachtet und immer wieder darüber spekuliert, ob er wirklich die sterblichen Überreste seines Bruders enthielt. Einen Moment war er sich sicher gewesen, dass die ganze Sache eine groß angelegte Täuschung war, und im nächsten Moment war er wieder von eiskalter Trauer erfüllt, die ihm die Kehle zuschnürte. Jetzt blickte er das Foto Olivers an, das ihn von der Bühne aus anblickte. Finn wäre am liebsten aufgesprungen, um es an sich zu reißen, um es nach Rat zu fragen – doch das wäre natürlich völlig sinnlos gewesen.

Nach der Feier beschloss Finn, in Olivers Zimmer zu gehen. Er wollte nachsehen, ob er dort die Halskette finden würde, die er ihm geschenkt hatte. Er betrat den Raum, den er bisher nur aus Videochats mit seinem Bruder kannte, und setzte sich an den Schreibtisch. Gerahmte Fotos seiner Familie waren dort aufgestellt. Eins zeigte ihn und Oliver beim Fahrradfahren. Finn kam sich wie ein Einbrecher vor, als er die Schubladen des Schreibtisches durchsuchte, doch die Halskette war nirgendwo zu finden. Er warf einen Blick in den Kleiderschrank und den Nachttisch, doch auch hier war Fehlanzeige.

Finn hatte die Tür offen stehen gelassen, und so hörte er nicht, dass jemand das Zimmer betrat.

»Oh, entschuldige«, sagte eine weibliche Stimme hinter ihm.

Finn drehte sich um und entdeckte eine Mitschülerin Olivers, die in der Tür stand.

»Ich habe jemanden gehört und wollte nur nachsehen, wer es ist«, sagte sie.

»Ich bin Finn. Olivers Bruder.«

»Hi. Franziska«, antwortete das Mädchen. »Ich war mit Oliver … befreundet. Es tut mir so leid.«

Finn nickte. Er wollte einer fremden Person nicht erzählen, dass er die Geschichte von Olivers Unfall nicht glaubte.

»Kanntest du ihn gut?«, fragte er.

»Wir sind ein paar Mal ausgegangen«, sagte Franziska. »Wir waren gerade dabei, uns kennenzulernen. Er hat oft über dich gesprochen. Echt schlimm mit dem Unfall.«

Finn sah, dass Franziska sich beherrschen musste, um nicht die Fassung zu verlieren.

»Weißt du, wie es dazu kam?«, fragte Finn.

»Ich war auf der Wanderung mit dabei«, sagte Franziska. »Ich habe ihn am Abend vorher noch gesehen. Wir hatten ein Lagerfeuer gemacht.«

»Ist dir irgendetwas aufgefallen?«, fragte Finn. »Hat er sich merkwürdig verhalten?«

»Eigentlich nicht«, sagte Franziska. Einen Moment lang dachte sie nach. »Na ja, er war mir gegenüber ein wenig… kalt. Ich dachte, vielleicht setzt er sich zu mir ans Feuer, doch er ist dann wieder gegangen. Wahrscheinlich bilde ich mir das nur ein, weil in dieser Nacht der Unfall passiert ist.«

Oliver hatte sich also doch komisch verhalten, dachte Finn.

»Ist dir ein Anhänger aufgefallen, den er getragen hat? An einer Halskette?«

Finn kramte sein Handy hervor und zeigte Franziska ein Bild des Anhängers, das er geschossen hatte, bevor er ihn als Geschenk verpackt hatte.

»Oh ja, der ist mir aufgefallen. Oliver hat gesagt, dass du ihn ihm geschenkt hast. Er war sehr stolz darauf.«

»Er hat ihn also auf der Wanderung getragen«, fragte Finn voller Hoffnung.

»Ja, ganz sicher. Ich habe ihn gesehen.«

»Danke«, sagte Finn. »Du hast mir sehr geholfen.«

Finn erinnerte sich an den Moment, an dem er Oliver die

Halskette geschenkt hatte. Seine Worte hatten sich unauslöschlich in Finns Gedächtnis gebrannt:

»Ich werde sie tragen, solange ich lebe.«

Vielleicht war es pures Wunschdenken, doch Finn war nun doch wieder fest davon überzeugt, dass sein Bruder noch lebte. Es gab für ihn keinen Zweifel mehr.

Er würde ihn finden.

Irgendwie.

Finn kehrte zu seinen Eltern zurück, die gerade dabei waren, sich von dem Schulleiter zu verabschieden.

»Wenn ich irgendetwas für Sie tun kann, rufen Sie mich jederzeit an«, sagte er und händigte Finns Mutter seine Visitenkarte aus. Diese nahm sie an sich und schüttelte die Hand des Direktors. Die Janssens stiegen in ihr Auto und fuhren los.

Finn blickte aus dem Fenster. Als das Auto Engelsbach durchquerte, entdeckte er ein Gebäude mit drei großen Garagentoren. »Feuerwehr« und »Bergwacht« stand in großen Buchstaben über der Eingangstür. Finn beugte sich zu seinem Vater vor.

»Halt bitte hier an«, rief er.

Sein Vater fuhr in eine Parkbucht und schaltete den Motor aus.

»Was gibt es denn?«, fragte er Finn.

»Ich möchte kurz da rein«, antwortete er und deutete auf das Gebäude der Bergwacht. Ohne eine Antwort seines Vaters abzuwarten, stieg er aus und ging zur Eingangstür hinüber.

Er betrat das Gebäude und lief durch eine Tür, die zu einem Empfangsschalter führte. Hinter dem Schalter saß eine junge

Frau, die eine Uniform der Bergwacht trug. Sie lächelte ihn freundlich an.

»Was kann ich für dich tun?«, fragte sie.

»Äh, also, es geht um meinen Bruder«, begann Finn. »Er ist vor ein paar Tagen hier in den Bergen tödlich verunglückt.«

Die Frau sah ihn mit einem betroffenen Gesichtsausdruck an.

»Nein, wie schrecklich. Das tut mir so leid.«

»Ich wollte fragen, ob es vielleicht einen Bericht über die Bergung gibt.«

Die Frau nickte und ergriff die Maus ihres Computers.

»Wie war der Name?«

»Janssen. Oliver Janssen.«

»Ach ja, von dem Fall habe ich gehört. Wirklich schlimm.«

Sie öffnete eine Suchmaschine auf ihrem Bildschirm und gab Olivers Namen ein. Als die Ergebnisse erschienen, biss sie sich verwundert auf die Lippe.

»Ich kann hier gar keinen Eintrag finden«, sagte sie. »Weißt du, ich bin gerade aus dem Urlaub zurück. Warte bitte einen Moment.«

Die Dame stand auf und verschwand in einem Hinterzimmer. Finn konnte beobachten, wie sie sich mit einem Kollegen unterhielt. Dabei deutete sie in Richtung des Empfangsschalters. Gemeinsam konsultierten sie einen Computer. Kurze Zeit später kehrten die beiden zum Empfangsschalter zurück.

»Hallo. Herzliches Beileid«, sagte der Mann, der die gleiche Uniform trug wie die Frau.

»Können Sie mir weiterhelfen?«, fragte Finn. »Ich wollte mich erkundigen, ob es einen Bericht zu der Bergung meines Bruders gibt.«

»Leider nicht«, sagte der Mann. »Wir haben nämlich die Bergung gar nicht durchgeführt. Ich habe mich an dem Tag selbst gewundert, dass wir nicht gerufen wurden. Aber das Internat hat ein privates Unternehmen damit beauftragt, den Leichnam zu bergen.«

Finn runzelte die Stirn.

»Kennen Sie den Namen des Unternehmens?«, fragte er.

»Nein. Leider nicht«, antwortete der Mann.

»Danke für Ihre Hilfe«, sagte Finn und verließ das Gebäude. Er kehrte zum Auto seiner Eltern zurück und stieg ein.

»Was war denn?«, fragte seine Mutter.

»Ich wollte nach einem Bericht der Bergung fragen«, sagte Finn. »Aber die Bergwacht wurde gar nicht gerufen.«

»Ja, der Schulleiter erwähnte, dass ein anderes Unternehmen damit beauftragt wurde.«

»Ist das nicht ein wenig merkwürdig?«, fragte Finn.

Seine Mutter zuckte mit den Schultern. Das Auto fuhr los und hatte Engelsbach bald hinter sich gelassen. Finn ließ die Sache mit der Bergung keine Ruhe. Er tippte seiner Mutter auf die Schulter.

»Mama, hast du die Visitenkarte des Schulleiters noch?«, fragte er. Seine Mutter holte die Karte aus ihrem Geldbeutel und gab sie Finn. Dieser zog sein Handy heraus und wählte die Nummer des Schulleiters, der nach kurzem Klingeln abhob.

»Hallo, hier ist Finn Janssen«, meldete sich Finn. »Ich wollte Sie um einen Gefallen bitten. Könnten Sie mir den Namen der Firma geben, die die Bergung durchgeführt hat?«

»Natürlich«, antwortete der Schulleiter. »Wir haben einen Sicherheitsdienst namens Talos SR beauftragt. Das ist eine Organisation mit einem hervorragenden Ruf.«

»Vielen Dank«, sagte Finn. »Gibt es einen Bericht, den Sie mir zusenden könnten?«

»Das mache ich gerne«, antwortete der Direktor.

Finn gab seine E-Mail-Adresse durch und legte dann auf. Den Rest der Fahrt verbrachte er damit, schweigend aus dem Fenster zu blicken und nachzugrübeln. Warum hatte die Schule eine Privatfirma beauftragt? Handelte es sich dabei um ein harmloses Vorgehen, oder war es ein weiteres Puzzleteil, das ihn zum wahren Schicksal seines Bruders führen würde?

Mia saß hinter ihrem Schlagzeug kratzte sich mit einem ihrer Sticks am Rücken. Oskar zupfte gelangweilt an den Saiten seiner Bassgitarre. Finn stand in der Einfahrt und hielt Ausschau. Wieder einmal war Kai zu spät dran.

»Das ist ja wie in alten Zeiten«, sagte Mia. »Als King Kai einen auf großen Rockstar gemacht hat.«

»Alten Zeiten?«, murmelte Oskar. »Das ist vielleicht zwei Monate her.«

»Ist unser Herr Leadsänger im Anflug?«, fragte Mia an Finn gerichtet.

»Nein«, antwortete dieser. »Ich sehe nur einen grünen Lieferwagen, der näher kommt.«

Kurz darauf hatte der Lieferwagen das Haus der Janssens erreicht. Er war grasgrün angestrichen, wobei die Farbe an den Kotflügeln bereits abplatzte, und an der Seitenwand war ein großes Logo aufgeklebt. »Gärtnerei Sommer« stand dort in großen knallgelben Buchstaben. Der Motor ratterte und keuchte. Er wurde abgestellt. Die Tür öffnete sich, und Kai stieg aus. Die drei anderen blickten ihn mit offenen Mündern an.

»Hey, darf ich vorstellen, unser Bandbus!«

Kai streckte die Hände in die Höhe, wie ein Showmaster, der den Auftritt eines Superstars ankündigte.

»Hä?«, sagte Finn.

»Habe ich euch's nicht erzählt«, sagte Kai. »Ich habe meine Führerscheinprüfung bestanden, und mein Onkel hat mir diesen Bus geschenkt.«

»Ganz schöne Rostlaube«, meinte Mia spöttisch.

»Spinnst du?«, sagte Kai entrüstet. »Das ist doch echt cool. Jetzt können wir auf Konzerte fahren. Wir können unser Band-Logo auf der Seitenwand anbringen.«

Finn grinste.

»Ist vielleicht einfacher, wenn wir die Band in Gärtnerei Sommer umbenennen.«

Oskar und Mia lachten los.

»Mann, seid ihr bescheuert«, meinte Kai. »Ich organisiere uns einen Bandbus, und als Dank ernte ich nur blöde Sprüche.«

Finn lächelte ihn beschwichtigend an.

»War nur ein Scherz. Ich find es echt klasse.«

Kai ging zur Rückseite des Wagens und öffnete die Ladeluke.

Oskar, Mia und Finn gingen zu ihm.

»Nicht schlecht«, gab Mia zu, als sie den Innenraum betrachtete. »Da passt ganz schön was rein.«

»Sag ich doch«, meinte Kai und wandte sich an Finn. »Jetzt musst du uns nur noch die Konzerte organisieren.«

»Okay, aber wenn wir auf Welttournee gehen wollen, dann müsst ihr mehr als drei Lieder beherrschen. Also, ab an die Instrumente.«

Die Probe verlief gut. Kai war bester Laune, und Mia und Oskar waren in Topform. Nach der Probe holte Finn ein paar Snacks aus der Küche, die sie in der Garage aßen.

»Erzähl doch mal vom Internat«, sagte Mia. »Hast du noch was über Oliver erfahren?«

Finn nickte und schilderte kurz, was er in der Geiger Akademie und von der Bergwacht erfahren hatte.

»Ich habe inzwischen noch etwas herausgefunden«, fügte er hinzu. »Der Schulleiter hat mir den Bericht der Firma geschickt, die die Bergung durchgeführt hat. Talos SR. Dabei handelt es sich um eine Tochtergesellschaft eines großen Konglomerats namens Worldwide Security Services. Ich habe ein bisschen nachgeforscht. WSS kontrolliert eine Menge von Subunternehmen.«

»Und?«, fragte Oskar.

»Der Schulleiter hat mir auf meine Anfrage hin auch den DNA-Test zugeschickt, der angeblich die Identität meines Bruders belegen sollte. Dieser wurde von einer Firma namens Pro Medical durchgeführt. Und jetzt ratet mal, wem diese Firma gehört.«

»Auch WSS?«, riet Oskar.

»Genau«, sagte Finn. »Aber das Beste kommt noch. WSS gehören nicht nur mehrere Firmen, sondern auch diverse Bildungsstätten, und darunter befindet sich auch …«

»Das Internat deines Bruders«, rief Mia.

»Du hast es erraten«, sagte Finn. »Und dann ist da noch dieser komische Wettbewerb.«

»Was für ein Wettbewerb?«, fragte Mia.

Finn erzählte knapp von den drei Prüfungen, die Oliver im Internat absolviert hatte.

»Es kann sich dabei natürlich um einen harmlosen Wettstreit handeln«, sagte Finn. »Aber ich werde das Gefühl nicht los, das die Sache etwas mit seinem Verschwinden zu tun hat.«

»Du meinst also, das Internat hat irgendwie deinen Bruder verschwinden lassen und dir und deiner Familie seinen Tod vorgegaukelt. Das wäre ja ultrakrass!«, meinte Mia.

»Das wäre noch untertrieben«, sagte Oskar.

»Ich kann mir da natürlich nicht sicher sein«, meinte Finn. »Ich habe überhaupt keine Beweise.«

»Dann finden wir eben welche«, sagte Mia.

»Ja, wenn wir die Einzigen sind, die daran glauben, dass

Oliver noch lebt, dann bleibt uns keine andere Wahl, als selbst nachzuforschen«, sagte Oskar.

»Glaubt ihr mir denn wirklich? Ich bin mir fast selbst nicht sicher«, meinte Finn.

»Du hast das Signal am Handy gehört«, sagte Mia. »Der Brief ist eindeutig von deinem Bruder, und die Halskette ist verschwunden. Für mich reicht das mindestens, um mehr herausfinden zu wollen.«

Die anderen nickten.

»Ich würde mir gerne die Stelle ansehen, wo es angeblich passiert ist«, sagte Finn. »Aber dazu müssten wir irgendwie in die Berge kommen.«

»Kein Problem«, meinte Kai. »Wir nehmen einfach Ozzy.«

»Wer ist Ozzy?«, fragte Mia.

Kai hielt den Autoschlüssel des Lieferwagens in die Höhe.

»Ozzy ist unser Punkmobil!«, rief er.

Finn, Mia und Oskar blickten zu dem betagten Fahrzeug hinüber.

»Der Name passt irgendwie«, sagte Oskar. »Klingt nach einem Rockstar, der seine besten Zeiten hinter sich hat.«

Der Gedanke, damit in die Berge zu fahren, erfüllte sie nicht gerade mit Zuversicht.

UNFALLORT

Ozzy, der Lieferwagen, röhrte wie ein tollwütiger Hirsch, er hatte sie jedoch jetzt schon seit drei Stunden sicher über die Autobahn gebracht. Kai hielt das Lenkrad lässig mit einer Hand und spielte mit der anderen an dem alten Kassettenradio des Wagens herum. Neben ihm saßen, dicht gedrängt, Finn, Mia und Oskar auf der langen Sitzbank, die die gesamte Breite des Cockpits einnahm.

»Hände ans Lenkrad«, rief Mia Kai zu.

»Komm schon«, entgegnete dieser. »Ich kann diese seichte Pop-Mucke nicht mehr hören.«

»Dann lass mich mal suchen«, antwortete Mia und schlug ihm leicht auf den Handrücken. Kai ließ von dem Radio ab, und Mia machte sich daran zu schaffen, doch auch sie hatte kein Glück mit der Musikauswahl.

»Sieht so aus, als hätten wir die Wahl zwischen ›Best of the Eighties‹, Top-40-Hits oder Volksmusik«, meinte sie mürrisch.

Oskar, der ganz auf der rechten Seite saß, öffnete das Handschuhfach. Er kramte darin herum, bis er zwischen Betriebsanleitungen, einer Packung Duftbäumchen und einer leeren Zigarettenschachtel eine alte Musikkassette fand.

»Ich hätte hier die größten Hits der Rolling Stones im Angebot«, sagte er.

»Hau sie rein«, meinte Kai. »Die Stones gehen immer.«

Oskar schob die Kassette in den Schacht des Autoradios. Kurz darauf dröhnte laute Rockmusik aus den Lautsprechern.

»Ja!«, rief Kai. »Huuuuuu!«

Die Freude währte jedoch nur kurz. Mitten im ersten Song dehnte sich die Musik plötzlich wie Kaugummi. Die Stimmlage des Sängers wurde dunkler, bis das Lied völlig aussetzte. Oskar drückte den Auswurfknopf. Die Kassette sprang aus dem Fach und zog einen langen Streifen Magnetband hinter sich her, dessen Ende noch im Mechanismus des Radios feststeckte.

»Bandsalat«, stellte Oskar lapidar fest.

»Na super«, maulte Kai.

Sie setzten ihre Fahrt schweigend fort. Einige Minuten später wandte sich Mia an Finn, der neben ihr saß.

»Haben deine Eltern Stress gemacht, als du ihnen gesagt hast, dass wir wegfahren?«, fragte sie.

»Sie waren nicht begeistert. Ich habe ihnen erzählt, dass wir ein Konzert in Manning haben und dass wir abends wieder da sind. Außerdem habe ich ihnen von Kais fantastischen Fahrkünsten vorgeschwärmt.«

Kai blickte zu ihm und wackelte hinter seiner Sonnenbrille mit seinen Augenbrauen.

»Sie machen sich natürlich Sorgen«, fuhr Finn fort. »Besonders, seit die Sache mit Oliver passiert ist.«

»Das kann ich mir vorstellen«, meinte Mia.

»Nächste Ausfahrt Maiburg, Pfarrhofen, Engelsbach«, sagte Oskar.

»Jetzt haben wir es nicht mehr weit«, meinte Mia.

Eine halbe Stunde später fuhr der Lieferwagen eine kleine Straße entlang, die an einem Parkplatz endete. Kai fuhr in eine Parkbucht und schaltete den Motor ab. Die vier Freunde stiegen aus. Es war ein sonniger Tag. Sie befanden sich in einem Tal, von dem links und rechts die Gipfel der Alpen in die Höhe wuchsen. Finn hatte eine Landkarte aus dem Haus seiner Eltern mitgenommen, auf der er nun, mit einem Stift, ihre Position markierte.

»Wir sind hier«, sagte er und deutete auf die Straße, die sie entlanggefahren waren. »Ich habe den Bericht des Unfalls gelesen. Es muss hier oben passiert sein.«

Er kreiste ein Gebiet ein, das oberhalb ihrer Position lag.

»Wenn wir dem Pfad da drüben folgen, sollte er uns genau zu der Schlucht führen.«

Die anderen stimmten zu, und sie liefen los. Mia, Finn und Oskar waren gut vorbereitet. Sie hatten sich feste Schuhe angezogen und Rucksäcke mit Proviant und Wasserflaschen mitgenommen. Kai hingegen trug ausgelatschte Skaterschuhe und seine Lederjacke, unter der er nun mächtig ins Schwitzen geriet.

Sie folgten dem Weg durchs Tal, bis sie einen Bach erreichten, der irgendwo in den Bergen über ihnen entsprang. Der Weg gabelte sich hier. Man konnte ihm entweder über einen kleinen Steg durch das Tal folgen oder nach links abbiegen, wo er dem Lauf des Baches bergauf folgte. Die vier Freunde folgten dem linken Pfad. Der Aufstieg war mühsam, denn der Pfad war mit spitzen Steinen und dicken Wurzelsträngen gespickt. Nach einer halben Stunde machten sie Rast. Sie setzten sich unter einen Baum, der neben dem Bach wuchs, und packten ihre Wasserflaschen aus.

»Äh, hätte jemand für mich auch einen Schluck?«, fragte Kai.

»Hast du etwa kein Wasser mitgebracht?«, fragte Mia.

»Ich wusste ja nicht, dass hier so eine krasse Reinhold-Messner-Bergtour auf mich wartet.«

»Hast du nicht mitbekommen, dass wir zu einer Schlucht unterwegs sind?«, fragte Mia. »Wo, meinst du, findet man so eine Schlucht? Am Strand?«

»Na ja, ich dachte, da gibt's vielleicht eine Seilbahn oder so.«

»Hier«, sagte Finn und hielt Kai seine Wasserflasche hin. »Aber lass mir was übrig.«

Kai nahm einen tiefen Schluck und gab Finn die Flasche zurück. Nachdem sie sich ein wenig erholt hatten, setzten sie ihren Aufstieg fort. Es dauerte etwa eine Stunde, bis sie den Ort erreicht hatten, den Finn auf der Karte eingekreist hatte. Es handelte sich um ein Felsplateau, das an einer Seite steil abfiel. Die Landschaft war trocken und zerklüftet, und überall lag Geröll herum. Finn und die anderen näherten sich vorsichtig der Klippe, unter der eine tiefe Schlucht aufklaffte.

»Hier ist es angeblich passiert«, sagte Finn.

Er blickte in die Schlucht hinab, deren Boden im Schatten der Felswände lag.

»Also, wenn man da runterfällt, dann ...«, Mia musste nicht aussprechen, dass ein Sturz in diese Tiefe mit Sicherheit tödlich enden würde.

»Aber was soll er hier gemacht haben, mitten in der Nacht«, meinte Finn. »Hier ist doch nichts Sehenswertes.«

»Vielleicht hat er sich mit jemandem getroffen. Romantisches Date im Mondschein und so weiter«, meinte Kai.

»Na ja, er hat sich wohl für eine Mitschülerin interessiert«, sagte Finn. »Aber die hat mir erzählt, dass Oliver ihr auf der Wanderung die kalte Schulter gezeigt hat.«

»Und wenn ihn jemand dazu gezwungen hat, zu springen?«, sagte Oskar.

»Möglich, aber da ist doch der Abschiedsbrief, den er mir geschrieben hat.«

Mia machte einige Schritte zurück.

»Kommt, lasst uns die Gegend absuchen. Vielleicht finden wir ja einen Hinweis.«

Die nächste halbe Stunde verbrachten sie damit, jeden Winkel des Felsplateaus abzusuchen, doch ohne Erfolg.

»Nichts«, stöhnte Finn schließlich. »Gar nichts, außer ein paar Gämsenhäufchen.«

Niedergeschlagen ließ er sich auf einem großen Stein nieder.

»Es tut mir leid, dass ich euch hierhergeschleift habe. Ich weiß auch nicht, was ich mir davon erhofft habe.«

»Ist schon okay«, sagte Mia. »Wir müssen herausfinden, was wirklich mit Oliver passiert ist.«

»Ja«, fügte Oskar hinzu. »Du kannst auf uns zählen.«

»Mann, tun mir die Füße weh«, sagte Kai, der sich in den Schatten einer Felswand gesetzt hatte. Er hatte seinen Schuh ausgezogen und betrachtete seinen großen Zeh.

»Na toll, eine fette Blase. Das brennt wie Sau. Können wir jetzt endlich von hier verschwinden?«

»Mensch, Kai, wir sind gerade dabei, Finn Mut zu machen«, rief Mia. »Das Mindeste, was du tun kannst, ist, dich wie ein guter Freund zu verhalten.«

»Ja, ja«, murmelte Kai. »Schon vergessen, dass ich euer Chauffeur bin? Wenn die Herrschaften jetzt fertig sind, würde ich gerne ins Tal zurückkehren. Ich muss schließlich noch drei Stunden zurückfahren.«

Sie setzten sich zu Kai und aßen den Rest ihres Proviants, wobei Kai sich bei den drei anderen sein Picknick zusammenschnorren musste. Als sie gegessen hatten, traten sie den Abstieg an. Bergab ging es schneller, und so hatten sie bald die Weggabelung erreicht, an der der Weg vom Bach wegführte. Finn, Mia und Oskar wollten schon in Richtung des Parkplatzes weitergehen, als Kai sie erneut aufhielt.

»Moment«, rief er. »Ich muss mal!«

»Kann das nicht warten?«, fragte Mia.

»Nein«, brummte Kai. »Zu viel Wasser getrunken.«

Mia deutete auf eine alte Fichte, die am Ufer des Bachs wuchs.

»Dann geh da hinter den Baum.«

Kai verschwand, und die anderen setzten sich auf einen Stamm, der in der Wiese lag.

»Ich habe mir echt mehr erhofft«, meinte Finn. »Irgendein Anhaltspunkt, dass Oliver hier gewesen ist. Aber da oben war nichts.«

»Hey, Leute!«, rief Kai von der anderen Seite des Baums.

»Beeil dich!«, antwortete Oskar mürrisch.

»Seht mal hier.«

»Willst du jetzt Applaus, weil du ganz alleine Pipi gemacht hast?«, fragte Mia spöttisch. »Wir wollen los.«

Kai blieb hartnäckig.

»Jetzt kommt schon!«

Widerwillig standen Finn, Mia und Oskar auf. Sie näherten sich dem Baumstamm.

»Meint ihr, das könnte was zu bedeuten haben?«, sagte Kai und zeigte auf den Baumstamm. Finn blickte auf die Stelle, auf die Kai deutete. Sein Herz begann zu klopfen.

»Das ist es!«, rief er. »Ich wusste, dass er mir eine Nachricht hinterlassen würde!«

»Was soll das heißen?«, fragte Kai.

Finn fuhr mit der Hand über die Ritzen, die in die Rinde der Fichte geschnitten worden waren. Sie ergaben zwei unmissverständliche Zeichen.

»Das da ist ein Hund«, sagte Finn. »Und das ist ein Stern. Der Hundsstern. Sirius. Die Einschnitte sind noch ziemlich frisch. Oliver war hier. Er ist nicht in die Schlucht gestürzt. Jetzt haben wir den Beweis.«

EUROPATOUR

Obwohl die lange Wanderung Kraft gekostet hatte, waren die vier Freunde auf der Rückfahrt bei bester Laune. Oskar hatte das Radio auf einen Pop-Sender gestellt, und sie summten bei den meisten Liedern mit.

»Er lebt«, sagte Finn. »Ich kann es immer noch nicht fassen. Oliver lebt!«

»Was machen wir jetzt?«, fragte Mia. »Sollen wir zur Polizei gehen und ihnen das Handyfoto zeigen, dass du von der Schnitzerei im Baum gemacht hast?«

»Ich weiß nicht«, meinte Finn. »Die haben bisher kein großes Interesse gezeigt, wenn ich meine Einwände zur Unfalltheorie gebracht habe.«

»Die stecken da sicher irgendwie mit drin«, meinte Kai. »Wahrscheinlich ist das eine große Verschwörung.«

»Jetzt klingst du schon wie einer dieser Weckruf-Spinner«, sagte Mia.

»Überleg doch mal«, sagte Kai. »Kann man so einfach jemanden verschwinden lassen, ohne die Polizei einzuweihen?«

»Ist schon möglich«, meinte Finn. »Lasst uns lieber alleine weitersuchen.«

Mia blickte Finn an.

»Willst du es deinen Eltern erzählen?«, fragte sie.

Finn seufzte.

»Ich glaube, dafür ist es noch zu früh. Was, wenn …«

Er ließ das Ende des Satzes in der Luft hängen.

»Was, wenn du dich irrst?«, ergänzte Mia.

Finn nickte.

»Ich bin mir sicher, dass du das nicht tust«, sagte sie. »Aber ich kann verstehen, wenn du sie damit erst mal nicht belasten willst.«

Der grüne Lieferwagen setzte seinen Weg fort. Am Abend erreichten sie Pappelberg, und Kai setzte die anderen drei vor ihren Haustüren ab. Finn betrat das Haus und ging in die Küche.

»Wie war das Konzert?«, fragte seine Mutter, die gerade am Esstisch saß.

»Welches Konzert?«, fragte Finn, bevor ihm einfiel, dass er ja vorgegeben hatte, mit der Band zu einem Auftritt zu fahren. »Ach ja, das Konzert. Super. Tolle Stimmung.«

»Hast du Hunger?«, fragte seine Mutter.

Finns Magen knurrte schon seit Stunden. Er nickte und setzte sich hin.

Seine Mutter stand auf und nahm einen Alubehälter mit Lasagne aus dem Kühlschrank, den sie in den Ofen schob. Dann blickte sie ihn an.

»Du hast aber Farbe bekommen«, sagte sie. »Wart ihr in der Sonne?«

»Äh, ja«, stotterte Finn. »Wir haben vor dem Auftritt einen kleinen Spaziergang gemacht.«

Das schien seiner Mutter als Erklärung zu genügen. Nach dem Essen ging er auf sein Zimmer und sah sich die Fotos an, die er an diesem Tag geschossen hatte. Er hatte gar nicht gemerkt, wie viel Spaß sie an diesem Tag gehabt hatten. Es war zwar eine lange Fahrt und ein mühsamer Aufstieg gewesen, doch auf allen Fotos lächelten die vier Freunde, schnitten Grimassen, führten kleine Tänzchen auf oder blödelten sonst irgendwie herum. So war es also, wenn man richtige Freunde hatte, dachte Finn.

Zum Schluss betrachtete er das Bild, das keiner außer Oliver in die Rinde der Fichte geritzt haben konnte. Der Umriss eines Hundes und daneben ein Stern. War Finn sich sicher, dass damit der Hundsstern gemeint war? Stellte die Schnitzerei vielleicht ein Pferd dar? Vielleicht handelte es sich dabei nur um die Markierung eines Reiterpfads. Doch je länger er darüber nachdachte, desto unwahrscheinlicher erschien es ihm. Ein Pferd konnte unmöglich den steilen, holprigen Bergpfad emporklettern. Nein, es musste sich um den Hundsstern handeln. Es gab keine andere Lösung.

Am nächsten Tag trafen sich die vier Freunde nach dem Unterricht im Proberaum der Schule. Sie probten ein paar ihrer neuen Songs, und als sie mit ihrer Performance zufrieden waren, legten sie eine Pause ein.

»Hast du dir schon überlegt, was du als Nächstes tun willst, um Oliver zu finden?«, fragte Mia.

»Ich habe gestern noch lange darüber nachgedacht«, meinte Finn. »Die beste Spur ist sicherlich die Firma, die den DNA-Test von Olivers ... Überresten gefälscht hat. Die müssen doch ganz sicher in der Sache mit drinstecken. Besonders weil sie zum gleichen Firmenkonglomerat gehören wie die Organisation, die die angebliche Bergung durchgeführt hat.«

»Wie hilft uns das weiter?«, fragte Oskar.

»Ich dachte mir, diese Firma hat sicher Dokumente, mit denen wir die Fälschung belegen können. Aufzeichnungen, Geheimprotokolle und so weiter.«

»Du willst bei denen einsteigen?«, fragte Kai und hob anerkennend die Augenbrauen.

Finn nickte.

»Cool, ich bin dabei. Ich fahre das Fluchtauto. Oder Fluchtbus in diesem Fall.«

»Es gibt bei der Sache nur ein kleines Problem«, sagte Finn. »Ich habe nachgeforscht, wo Pro Medical ihren Sitz hat, und wir können da leider nicht so einfach vorbeifahren.«

»Warum nicht?«, fragte Mia.

»Nun ja, die Firma sitzt in Paris.«

»Oh«, sagte Mia.

»Wo ist das Problem?«, fragte Kai.

»Hallo? Paris? Frankreich?«, sagte Mia. »Wie sollen wir bitte nach Paris kommen?«

»Na, mit Ozzy«, antwortete Kai.

»Das dauert doch Stunden«, gab Mia zurück. »In einem

Tag schaffen wir das nicht hin und zurück. Wo sollen wir denn dort übernachten?«

»Auf Ozzys Ladefläche ist doch genug Platz.«

»Und was sagen wir unseren Eltern?«, fragte Mia.

»Dass die *Fishheads* auf Europatournee gehen. Ich wollte schon immer mal in Frankreich auftreten. Da sind sicher haufenweise hübsche Französinnen im Publikum.«

Mia rollte genervt mit den Augen.

»Die Idee ist gar nicht so blöd«, meinte Oskar und hielt ihnen sein Handy entgegen. »Hier seht mal: In zwei Wochen findet dort ein Bandwettbewerb statt.«

Kai nahm ihm das Handy ab und betrachtete die Seite, die er aufgerufen hatte.

»Rock Eiffel. Kling voll cool.«

Finn wandte sich zu Oskar.

»Zwei Wochen ist viel zu wenig Zeit, um alles zu planen. Wir müssen doch erst mal die Erlaubnis unserer Eltern einholen. Dann müssen wir ...«

»Und fertig«, unterbrach ihn Kai.

»Was ist fertig?«, fragte Finn.

»Ich habe uns angemeldet. Wir spielen in zwei Wochen in Paris, Baby!«

Die letzten beiden Worte hatte er gebrüllt und dabei die Hände in die Höhe gestreckt.

»Äh ... wie bitte?«, meinte Finn.

»*Les Têtes des Poissons* go to Paris!«

»Meine Eltern bringen mich um, wenn ich ihnen sage, dass

ich so mir nichts, dir nichts nach Paris fahre«, murmelte Mia.

»Dann sag ihnen nicht, dass du nach Paris fährst«, meinte Kai. »Erzähl ihnen einfach, dass du in Oggersheim auftrittst. Das macht doch für sie keinen Unterschied.«

»Ich lüge meine Eltern aber nicht gerne an«, antwortete Mia.

»Willst du dabei helfen, Oliver zu finden, oder nicht«, fragte Kai.

»Ja schon.«

»Na also«, meinte Kai. »Oder wie der Franzose sagt: Voilà!«

PARIS

Finn hatte sich eine Strategie dafür zurechtgelegt, seine Eltern davon zu überzeugen, ihm die Reise zu erlauben. Als er am Abend das Haus betrat, ging er direkt ins Wohnzimmer, wo seine Eltern vor dem Fernseher saßen.

»Ihr werdet es nicht glauben«, begann er euphorisch. »Wir haben uns für einen Bandwettbewerb qualifiziert!«

Seine Eltern drehten sich zu ihm um und lächelten ihn an.

»Das ist ja toll!«, sagte seine Mutter. »Das habt ihr auch verdient. Ihr seid wirklich gut.«

»Alle Achtung, mein Großer«, meinte sein Vater. Finn nickte.

»Ja, das ist eine tolle Gelegenheit für uns, die wir uns auf keinen Fall entgehen lassen können. Also, es wäre ja superschade, wenn irgendwas dazwischenkommt.«

»Was soll schon dazwischenkommen?«, meinte seine Mutter.

»Na ja, ihr könntet mir zum Beispiel verbieten, daran teilzunehmen.«

»Warum sollten wir das tun?«, fragte sein Vater.

Finn strahlte.

»Ihr erlaubt es mir also?«

»Natürlich.«

»Cool. Danke.«

Er drehte sich um und ließ seine Eltern ratlos zurück. Einen Augenblick später kam er wieder ins Zimmer.

»Ach ja, das vergaß ich zu erwähnen, der Wettbewerb findet in Saarbrücken statt.«

Er fühlte sich ganz und gar nicht wohl dabei, seine Eltern anzulügen, doch er konnte es nicht riskieren, dass sie ihm die Reise verboten. Saarbrücken hatte er deshalb ausgewählt, da es auf halbem Wege nach Paris, genau an der französischen Grenze lag. Seine Eltern blickten ihn verwundert an.

»Saarbrücken«, sagte sein Vater. »Das ist aber weit weg.«

»Und wie wollt ihr da hinkommen?«, fragte seine Mutter.

»Kai fährt uns. Wie letztes Mal. Er ist ein sehr sicherer Fahrer.«

»Das sind ja drei Stunden in eine Richtung«, sagte sein Vater.

»Ja«, antwortete Finn. »Wir hatten gedacht, wir übernachten dort. Der Wettbewerb findet abends statt.«

Sein Vater runzelte die Stirn.

»Und wo wollt ihr in Saarbrücken übernachten?«, fragte er weiter.

»Äh… im Bandbus…?«, antwortete er kleinlaut.

Seine Mutter schüttelte den Kopf.

»Das kommt gar nicht infrage«, sagte sein Vater. Finns Mut sank.

»Aber …«

»Ich spendiere euch ein ordentliches Hotelzimmer. Im Bus zu übernachten, ist viel zu gefährlich.«

Finn traute seinen Ohren nicht.

»Du spendierst uns … was?«

»Also, für das Vier Jahreszeiten wird es nicht reichen«, sagte sein Vater. »Nicht dass du dir falsche Hoffnungen machst.«

Finn strahlte über beide Ohren.

»Wirklich? Ihr lasst mich hinfahren?«

»Ihr arbeitet so hart da draußen in der Garage, du und deine Freunde. Ich finde das toll, und ich will euch unterstützen«, sagte sein Vater.

Finns Mutter nickte.

»Ich dachte«, begann Finn. »Ihr würdet es mir vielleicht verbieten. Wegen … Oliver.«

»Was mit Oliver passiert ist, war ein schrecklicher Unfall«, sagte sein Vater. Finn merkte, wie sehr er sich zusammenreißen musste, um die Fassung zu wahren.

»Aber das bedeutet nicht, dass wir dich ein Leben lang einsperren können, um dich vor der Welt zu beschützen.«

»Aber pass bloß auf dich auf«, sagte seine Mutter.

Finn nickte. Jetzt erst wurde ihm bewusst, welche Verantwortung auf seinen Schultern lastete. Wenn ihm etwas zustieß, würde er nicht nur sich selbst, sondern auch seine Eltern ins Unglück stürzen.

»Ich passe auf mich auf«, sagte er. »Das verspreche ich.«

Noch am selben Abend teilte er seinen Bandkollegen per

Textchat mit, dass seine Eltern ihm nicht nur die Reise erlaubt hatten, sondern ihnen auch noch Hotelzimmer bezahlen würden.

Dieses Mal hatte Oskar vorgesorgt. Er hatte seine Bluetooth-Lautsprecher über Nacht aufgeladen und eine Playlist mit Punk- und Rock-Klassikern erstellt. Zu den Klängen von Green Day, Nirvana und den Ärzten jagte Ozzy mit moderaten hundert Stundenkilometern über die Autobahn in Richtung der deutsch-französischen Grenze. Als sie diese überquert hatten, machten sie an einer französischen Autobahnraststätte halt und aßen zu Mittag. Über Metz und Reims erreichten sie am späten Nachmittag die Ausläufer von Paris.

Sie folgten der Autobahn, bis die Seine, der Fluss, der Paris in zwei teilte, auf ihrer linken Seite zu sehen war. Dann fuhren sie die Straße entlang, die am Ufer des Flusses verlief. Die Sonne stand tief und spiegelte sich auf der Oberfläche des Wassers, auf dem Touristenboote gemächlich durch die Weltmetropole schipperten. Finn, Mia und Oskar klebten förmlich an der Fensterscheibe, als draußen die Kathedrale Notre-Dame, das Louvre Museum, der Jardin des Tuileries und der Obelisk der Place de la Concorde zu sehen war.

»Tolle Stadt«, sagte Finn.

»Echt atemberaubend«, murmelte Mia.

»Wer zuerst den Eiffelturm entdeckt, wird von den anderen zum Abendessen eingeladen«, sagte Oskar.

»Das ist nicht fair«, sagte Kai. »Schließlich muss ich auf die Straße achten.«

Er bog vom Place de la Concorde in die Champs-Élysées ein, die genau auf den Triumphbogen zulief.

»Da ist er!«, rief Mia. »Ich habe die Spitze über den Wipfeln der Bäume gesehen. Wie wär's, heute Abend ins Fünf-Sterne-Restaurant?«

Die anderen lachten.

Die Champs-Élysées war eine breite Straße, die von Geschäften und Restaurants gesäumt wurde. Große französische Flaggen hingen von Masten herab, die in regelmäßigen Abständen zwischen den Bäumen standen. In der Ferne sahen sie den Arc de Triomphe, einen riesigen Torbogen, der mit Statuen und Reliefs verziert war. Er stand inmitten eines Kreisverkehrs, von dem in alle Richtungen größere und kleinere Straßen abgingen. Kai steuerte Ozzy um den Torbogen herum und bog auf der gegenüberliegenden Seite in die Avenue de la Grande Armée ein. Einige Kilometer entfernt konnten sie einen zweiten Torbogen erkennen, dieser war jedoch noch größer als der Arc de Triomph und in einem modernen quadratischen Design gebaut worden.

»Das ist der Grande Arche de la Défense«, las Finn aus einem Reiseführer vor, den er vorsorglich eingepackt hatte.

»Was für ein Arsch?«, fragte Kai und erntete allgemeines Gelächter.

»Dort in der Nähe ist unser Hotel«, sagte Finn. »Das trifft sich gut, denn Pro Medical, die Firma, die den DNA-Test meines Bruders durchgeführt hat, hat ihren Hauptsitz in einem Bürogebäude in der Nähe des Grande Arche. Morgen früh können wir uns da umsehen.«

Sie fuhren zu ihrem Hotel, stellten Ozzy in einem Parkhaus ab und checkten ein. Sie hatten zwei Zimmer gebucht. Das Geld, das Finns Vater ihnen gegeben hatte, reichte in Paris leider nicht für vier Einzelzimmer. Deshalb teilten sich die Jungs eines der Zimmer, während Mia ihr eigenes Zimmer bekam.

Sie machten sich frisch und trafen sich kurz darauf in der Lobby des Hotels. Gemeinsam schlenderten sie durch die Straßen, bis sie ein gemütliches Bistro fanden, bei dem man draußen sitzen konnte. Nachdem sie beim Kellner bestellt hatten, beratschlagten sie sich, wie sie am nächsten Tag vorgehen wollten.

»Ich habe eine Idee«, sagte Kai. »Wir nehmen morgen Mias großen faltbaren Stadtplan mit. Diese Firma hat sicher eine Rezeption. Ich stelle mich dort vor, tue so, als könnte ich kein Französisch ...«

»Du kannst ja auch kein Französisch«, warf Mia ein.

»Ja, ja«, murmelte Kai. »Jedenfalls gebe ich dann vor, ich hätte mich verlaufen. Dann entfalte ich den Stadtplan als Sichtschutz, und ihr schleicht euch dahinter in die Büroräume.«

Finn nickte.

»Das ist gar nicht schlecht«, meinte er. »Könnte klappen.«

»Und was machen wir dann?«, fragte Mia. »Aktenschränke durchsuchen?«

»Die Informationen, die wir suchen, sind doch sicher auf

Computern gespeichert«, meinte Oskar. »Die werden wahrscheinlich keine Papierakten herumliegen haben.«

»Das könnte zum Problem werden«, sagte Mia. »Die Computer sind doch bestimmt mit Passwörtern gesichert.«

Oskar biss sich auf die Unterlippe.

»Da könntest du recht haben«, meinte er. »Im Moment fällt mir dazu auch keine Lösung ein.«

Der Kellner brachte das Essen, und die vier Freunde stellten fest, dass sie einen Mordshunger hatten. Nachdem sie gegessen hatten, beschlossen sie, noch ein wenig durch die Nacht zu spazieren.

Finn ließ das Problem mit den Passwörtern keine Ruhe. Er war sich sicher, dass die Antwort des Rätsels von Olivers Verschwinden ganz in der Nähe auf einer Computerfestplatte lag. Keiner von ihnen war ein Superhacker oder hatte auch nur annährend genug Ahnung von Computern, um an geheime Daten zu gelangen. Würden sie jetzt, so kurz vor der Lösung des Rätsels, scheitern?

Am nächsten Tag standen die vier früh auf. Mit dem Bus fuhren sie zur Station La Défense, in deren Nähe das Büro von Pro Medical lag. Sie befanden sich auf einem großen Platz, der von modernen Glasbauten und Wolkenkratzern umgeben war. Am Ende des Platzes ragte der riesige, quadratische Torbogen des Grande Arche in den Himmel.

»Wow, die Stadt sieht hier völlig anders aus«, bemerkte Mia. »Gar nicht wie Paris. Eher wie New York.«

»Ich will unbedingt den Torbogen besichtigen«, sagte Kai. »Von da oben soll man eine tolle Aussicht haben.«

»Schon vergessen, warum wir hier sind?«, fragte Finn. »Wir sind keine Touristen. Wir haben eine Mission.«

»Ja, ja«, maulte Kai. »Dann mal los mit deiner Mission.«

Finn gab die Adresse von Pro Medical auf seinem Handy ein. Das Büro befand sich in einem der großen verspiegelten Gebäude, die um den Platz herum errichtet worden waren. Sie betraten es und fanden sich in einer riesigen Lobby wieder, deren Boden aus blank poliertem grauem Marmor bestand. An der Wand hing ein großflächiges modernes Gemälde, das eine abstrakte Landschaft aus bunten Farbtupfern zeigte. Um die Aufzüge im hinteren Teil des Raumes zu erreichen, musste man Sicherheitstore passieren, die sich nur mit Chipkarten öffnen ließen.

»Wie kommen wir da durch?«, fragte Finn.

»Vielleicht können wir jemandem die Karte klauen«, schlug Oskar vor.

»Wäre ja noch toller, wenn die uns die Polizei auf den Hals hetzen«, meinte Mia. »Lasst mich mal machen.«

Sie ging zu einem Schild, auf dem ein Verzeichnis der Firmen abgedruckt war, die in diesem Gebäude ansässig waren. Nachdem sie es einige Sekunden lang studiert hatte, lief sie zur Rezeption, die sich unter dem modernen Gemälde befand. Die Jungs sahen zu, wie sie mit dem Rezeptionisten, der hinter dem Schalter saß, einige Worte wechselte. Sie zeigt auf die Jungs, die versuchten, so unauffällig wie möglich auszusehen. Der Mann lächelte und händigte ihr vier Chipkarten aus, die an langen bunten Bändern hingen. Mia bedankte sich mit einem »Merci«, ging dann zu den Jungs hinüber und teilte die Chipkarten aus.

»Wie hast du das gemacht?«, fragte Finn begeistert.

»Ganz einfach, ich habe mir das Firmenverzeichnis angesehen. Ich habe nach Reisebüros oder Ähnlichem gesucht. Eine Fluggesellschaft hat ihr Büro in diesem Gebäude. Ich habe dem Mann an der Rezeption gesagt, dass wir dort einen Termin haben. Daraufhin hat er mir die Karten gegeben.«

»Gute Arbeit«, sagte Finn.

Sie gingen durch die Sicherheitstore, die sich mithilfe der Chipkarten sofort für sie öffneten, und betraten einen Lift, der bereits im Erdgeschoss auf sie wartete. Dann fuhren sie in den elften Stock, wo sich das Büro von Pro Medical befand. Sie stiegen aus und liefen einen Korridor entlang, durch dessen Fenster man den großen Torbogen sehen konnte.

»Hier ist es«, sagte Finn, der vorausgeeilt war. Neben einer Tür am Ende des Ganges hing ein Schild an der Wand. In schlichter schwarzer Schrift auf weißem Grund stand dort:

Pro Medical

A WSS Company

Die Tür war weiß, und in der Mitte war ein silberner Briefkastenschlitz eingelassen worden.

Finn klopfte an.

Sie lauschten.

Nichts rührte sich.

Finn klopfte erneut. Auch dieses Mal kam keine Reaktion.

»Merkwürdig«, sagte Finn.

Er betätigte den Knauf und wunderte sich, als die Tür sich öffnete. Sie betraten den Raum dahinter.

Er war leer.

Keine Menschenseele, keine Tische, keine Stühle, keine Hinterzimmer, nichts. Nur ein grauer Teppichboden, der wie neu aussah, und ein kleiner Haufen Post, der sich hinter der Tür angesammelt hatte.

»Oh Mann«, sagte Finn.

»Was für ein Reinfall«, bemerkte Mia.

»Die ganze Reise umsonst«, meinte Oskar.

»Wo fangen wir zuerst an zu spionieren?«, witzelte Kai.

Gemeinsam liefen sie in den Raum hinein, um sicherzustellen, dass es keine Türen gab, die zu Arbeitszimmern im hinteren Teil des Büros führten.

»Fehlanzeige«, sagte Finn, als sie jeden Winkel untersucht hatten.

»Ich glaube, so etwas nennt man eine Briefkastenfirma«, sagte Kai.

Finn ging zum Fenster und blickte auf den Platz hinunter, auf dem inzwischen Menschenströme aus der Metrostation in die umliegenden Gebäude wanderten.

»Es tut mir echt leid, dass ich euch hierhin mitgenommen habe«, sagte er. »Was für eine bescheuerte Idee. Für nichts nach Paris zu reisen.«

»Seid mal still«, raunte Oskar plötzlich. »Jemand kommt.«

»Versteckt euch!«, rief Mia.

»Wo denn?«, meinte Kai. »Hier ist doch nichts!«

Es blieb ihnen nichts anderes übrig, als sich gegen eine Wand zu pressen, die man von der Tür aus nicht sehen konnte. Wenn der Besucher jedoch einen Schritt in den Raum machte, konnte er sie nicht übersehen.

Die vier hielten den Atem an.

Die Tür zum Korridor öffnete sich. Sie hörten, wie jemand ein fröhliches Liedchen pfiff. Einen Augenblick später schloss sich die Tür wieder.

»Hä?«, meinte Finn. »Was war denn das?«

Sie gingen zur Tür zurück.

»Sieh mal«, sagte Mia. »Die Post ist verschwunden. Jemand muss sie mitgenommen haben.«

»Hinterher«, sagte Finn.

»Wieso?«, meinte Kai.

»Na, wenn der hier die Post abholt, gehört er vielleicht zu Pro Medical.«

Die vier Freunde liefen durch die Tür und dann den Korridor entlang. Sie erreichten den Aufzug gerade, als sich die Schiebtür zu schließen begann. In letzter Sekunde zwängten sie sich in die Kabine. Dort stand bereits ein Mann, der einen blauen Anzug trug. Er pfiff munter sein Lied und hatte sich den Haufen aus Briefen unter den Arm geklemmt. Finn blickte auf die Tafel mit den Knöpfen für die einzelnen Stockwerke. Der Knopf für das erste Untergeschoss leuchtete. Er drückte den Knopf darüber, der für das Erdgeschoss stand. Als der Lift dieses erreichte und die Tür sich öffnete, stieg er aus. Mia, Kai und Oskar folgten ihm.

»Wieso sind wir nicht auch in den Keller gefahren«, fragte Kai.

»Ist doch ein bisschen auffällig, wenn wir dem Typen hinterherdackeln«, meinte Finn. »Kommt, wir nehmen die Treppe. Hier entlang.«

Durch eine Tür, die sich neben dem Aufzug befand, erreichten sie das Treppenhaus. Sie liefen die Stufen nach unten, bis sie an den Ausgang des Treppenhauses gelangten. Finn öffnete die Tür einen Spaltbreit und spähte hinaus.

Ein langer Korridor lag vor ihm, der an einer großen Doppeltür endete. Daneben befand sich ein kleiner Raum mit einem Fenster, hinter dem ein Wachmann saß. Der Mann im blauen Anzug war gerade dabei, die Post bei dem Wachmann abzuliefern. Sie wechselten ein paar Worte, und dann verabschiedete sich der Bote. Während er sich zum Aufzug drehte, ließ Finn die Tür vorsichtig wieder ins Schloss fallen.

»Da ist eine große Doppeltür«, berichtete Finn den anderen. »Doch sie wird von einem Mann bewacht, der daneben in einem Kabuff sitzt. Der lässt uns bestimmt nicht rein.«

»Zeit für meinen Trick mit der Karte«, sagte Kai. »Kommt in einer Minute nach.«

Er zog seinen Stadtplan hervor und ging durch die Tür. Finn, Mia und Oskar ließen eine Minute verstreichen, bevor Finn die Tür wieder einen Spaltbreit öffnete und einen Blick in den Korridor warf. Kai hatte seine große Touristenkarte ausgebreitet und war mit dem Wachmann in eine tiefe Konversation verstrickt.

»Los«, sagte Finn.

Er schlich sich aus dem Treppenhaus, und Mia und Oskar folgten ihm. Geduckt liefen sie durch den Gang auf die Doppeltür zu. Kai erblickte sie aus seinen Augenwinkeln und lenkte die Aufmerksamkeit des Wachmanns sofort auf eine bestimmte Stelle der Karte, die die Sicht auf die Doppeltür vollständig verdeckte. Finn nutzte die Ablenkung, um die Tür vorsichtig zu öffnen. Er zwängte sich hindurch, sah sich dahinter um, um sicherzustellen, dass die Luft rein war, und winkte dann Mia und Oskar heran. Die beiden huschten durch die Tür, die Finn hinter ihnen sanft und geräuschlos ins Schloss fallen ließ.

Die drei Freunde fanden sich in einem weiteren Korridor wieder, von dem mehrere Türen in große Räume abgingen. Die obere Hälfte der Wände bestand aus Sichtfenstern, durch die man ins Innere der Räume blicken konnte. Finn näherte sich, immer noch geduckt, einem dieser Fenster und blickte vorsichtig über die Kante. Dahinter lag ein großer Raum, bei dem es sich offensichtlich um ein Forschungslabor handelte. Auf mehreren Tischreihen standen dort Mikroskope, Bunsenbrenner, Reagenzglashalter und allerlei andere wissenschaftliche Geräte. Glücklicherweise war niemand in dem Raum zu sehen. Finn richtete sich auf und sah in die anderen Räume. Nirgendwo war eine Menschenseele zu sehen. Er bedeutete seinen Freunden, dass die Luft rein war.

»Keiner da«, sagte er.

»Was ist das alles für ein Zeug?«, fragte Oskar.

»Ein Forschungslabor«, meinte Mia. »Aber für was?«

Sie liefen durch den Korridor. Neben dem Labor, nahe des Eingangs, befanden sich zwei weitere Räume, die ähnlich ausgerüstet waren. Einer beherbergte eine Reihe von Computerterminals, und bei dem anderen handelte es sich offensichtlich um ein Chemielabor mit großen gläsernen Aufbauten, in denen allerlei Flüssigkeiten blubberten.

Der Korridor endete an einer Tür, in der ein Fenster mit einer Milchglasscheibe eingelassen war. Mia öffnete sie und betrat den Raum dahinter. Sofort hielt sie die Hand vor den Mund, um einen lauten Schrei zu unterdrücken.

»Iiiiih!«, zischte sie.

Finn und Oskar kamen zu ihr. Der Raum hinter der Milchglasscheibe enthielt Dutzende von Glaskäfigen, in denen kleine weiße Mäuse mit blutroten Augen hin und her huschten. Die Luft war von einem ununterbrochenen Scharren und Quieken erfüllt.

»Weiße Mäuse«, sagte Finn. »Die benutzt man doch für Experimente.«

»Ich bin ja kein Fan von den Dingern«, meinte Mia und verschränkte die Arme vor der Brust, als wollte sie es nicht riskieren, aus Versehen eines der Tiere zu berühren.

»Was ist das hier für ein Labor?«, fragte Finn. »Und was hat das mit Oliver zu tun?«

Am anderen Ende des Raums befand sich eine zweite Tür

mit Milchglasscheibe. Sie gingen hindurch. Der Raum dahinter lag im Dunkeln und wurde nur von einer Schwarzlichtröhre erhellt, die dem Zimmer eine unheimliche Stimmung gab.

»Ist ja wie in der Geisterbahn«, bemerkte Oskar.

»Ist mir weniger unheimlich als die Mäuse«, kommentierte Mia.

Auch die Wände dieses Raumes bestanden aus Glaskästen, doch diese dienten keinen Lebewesen als Käfig, es handelte sich vielmehr um Gewächshäuser, in denen allerlei Pflanzen wuchsen.

»Seht mal«, sagte Finn. »Das sind alles essbare Pflanzen. Gemüse, Kartoffeln, Beeren. Echt komisch.«

Sie verließen das Gewächshaus durch die nächste Tür und betraten einen Gang dahinter.

»Duckt euch!«, rief Finn. Sofort gingen Mia und Oskar in die Knie. Dieser Korridor führte an einem großen Konferenzraum entlang. Durch die Fenster in der oberen Hälfte der Wand konnten sie ins Innere blicken. An einem großen Tisch saßen dort mehrere Wissenschaftler in weißen Kitteln, die gerade angeregt miteinander diskutierten. Die Fenster waren wohl schalldicht, denn sie konnten kein Wort von dem hören, was drinnen gesagt wurde. Am Kopf des Tisches stand eine Frau mit langen roten Haaren. Sie war die Einzige, die keinen Kittel trug. Auf einem großen Bildschirm hinter dem Tisch wurden lange Datentabellen und Grafiken dargestellt.

»Jetzt wissen wir auch, warum das Labor so ausgestorben ist«, sagte Finn. »Die Wissenschaftler sind alle hier, bei einer Besprechung.«

»Worum es da wohl geht?«, fragte Oskar.

»Ich versuche mal, einen besseren Blick auf den Informationsmonitor zu werfen«, meinte Finn.

Im Inneren des Konferenzraumes stand ein Seitentisch, der sich genau neben dem Fenster befand. Darauf waren Wasserflaschen, Snacks und Getränke für die Konferenzteilnehmer bereitgestellt. Finn lief geduckt zu der Stelle im Korridor, die sich genau außerhalb dieses Seitentisches befand. Vorsichtig lugte er über den Rand des Fensters. Nun konnte er genau zwischen zwei Flaschen hindurchsehen, die ihn vor den Blicken der Wissenschaftler schützten. Mia und Oskar kamen zu ihm und duckten sich unter das Fenster.

»Kannst du was erkennen?«, fragte Mia.

Finn sah sich das Monitorbild an. Gerade wurden mehrere Balkendiagramme angezeigt.

»Ich weiß nicht, was das sein soll«, sagte er. »Da steht was von ›Nutrition‹. Also ›Ernährung‹. Das scheint eine Tabelle zu sein, die darstellt, wie viele Nahrungsmittel man braucht, um eine bestimmte Zeit zu überleben.«

In diesem Moment wechselte das Bild auf dem Schirm. Finn zuckte unwillkürlich zusammen.

»Mein Gott!«, flüsterte er.

»Was ist?«, fragte Mia aufgeregt.

»Das ist… das ist Oliver.«

FLUCHT

Auf dem Monitor, der über dem Konferenztisch hing, waren die Bilder von sechs Menschen erschienen. Einer von ihnen war ohne Zweifel Oliver Janssen. Es handelte sich wohl um eine Art Identifikationsfoto, denn Oliver blickte ausdruckslos in die Kamera. Bei den anderen fünf handelte sich auch um Jugendliche, zwei Mädchen und drei Jungen, die, dem Aussehen und den Namen nach zu urteilen, aus anderen Teilen der Welt stammten. Ihre Namen lauteten Natsuko Okumura, Farrokh Manesh, Soulaymane Diallo, José Monterosso und Mykhaila Petrenko. Schnell zog Finn sein Handy aus der Hosentasche und schoss ein Foto. Das Bild wechselte, und nun wurden weitere Daten angezeigt.

»Das sind medizinische Daten von sechs Menschen«, sagte Finn, während er fleißig Fotos schoss. »Die haben alles Mögliche angesammelt. Röntgenbilder, EKGs, EEGs, Computertomografien und was weiß ich noch alles. Was soll das bedeuten?«

Olivers Daten wurden nun auf dem Monitor eingeblendet. Ein 3-D-Scan von seinem Schädel und seinem Gehirn drehte sich in der Mitte des Bildschirms im Kreis. Dann erschien ein Röntgenbild seines Oberkörpers. Nicht enden wollende Datenstränge liefen daneben über den Schirm.

»Irgendwas ist doch hier oberfaul«, murmelte Finn. »Die haben ihn bis ins kleinste Detail durchleuchtet. Was soll das alles?«

»Vielleicht haben die ihn geklont?«, mutmaßte Oskar. »Kann ja sein, dass sie an den weißen Mäusen geübt haben.«

»Das kann ich mir nicht …«

»Hey! You! Who are you?«

Die drei fuhren herum. Eine Wissenschaftlerin in einem weißen Kittel war aus dem Gewächshaus gekommen und hatte sie entdeckt. Sofort sprangen Finn, Mia und Oskar auf und rannten den Korridor in die entgegengesetzte Richtung entlang. Finn warf einen Blick über die Schulter und sah, dass die Konferenzteilnehmer sie nun auch entdeckt hatten. Sofort hatten sie die Verfolgung aufgenommen.

Finns Puls begann zu rasen. Mia hatte die Tür am Ende des Korridors erreicht und riss sie auf. Finn und Oskar rannten hindurch. Sie fanden sich in einer Abstellkammer wieder, in der ein Putzwagen stand, aus dem ein langer Wischmopp ragte. Im hinteren Teil der Kammer befand sich die Tür eines Lastenaufzugs. Finn hämmerte auf den Knopf ein.

»Komm schon!«, rief er ungeduldig.

Oskar und Mia schoben den Putzwagen vor die Tür und spannten den Mopp so hinter die Türklinke, dass seine Stange die Tür verriegelte. Keine Sekunde zu früh, denn einen Augenblick später begann jemand, von außen an der Tür zu rütteln.

Die Türen des Lastenaufzugs öffneten sich. Sofort sprangen die drei hinein. Finn drückte den Knopf für das Erdgeschoss. Die Verfolger rüttelten so stark an der Tür der Abstellkammer, dass der Wischmopp sich nach und nach löste. Quälend langsam schloss sich die Aufzugtür. Als sie nur noch einen winzigen Spalt geöffnet war, sah Finn, dass der Wischmopp aus seiner Verankerung fiel und die Tür sich öffnete. Zwei Wachmänner stürzten in den Raum. Doch die Freunde hatten Glück, der Aufzug setzte sich bereits in Bewegung. Nach kurzer Fahrt kamen sie im Erdgeschoss an. Eine Tür an der hinteren Seite des Aufzugs öffnete sich zur Straße hin, und sie rannten hinaus. Sie waren an der Rückseite des Gebäudes ausgestiegen, an dem sich eine Laderampe befand. Finn, Mia und Oskar liefen los, bogen zweimal nach rechts ab und erreichten die Vorderseite des Gebäudes, wo Kai bereits auf sie wartete.

»Was habt ihr…«

Weiter kam er nicht, denn Finn bedeutete ihm unmissverständlich, loszulaufen.

»Wir müssen von hier verschwinden!«, rief Finn.

Kai erkannte den Ernst der Lage, ließ seinen Stadtplan fallen und rannte, so schnell er konnte, hinter seinen Freunden her. Kurz darauf bogen die beiden Wachmänner um die Ecke des Gebäudes. Sie sprinteten mit voller Geschwindigkeit hinter ihnen her.

Finn blickte sich um und hielt auf den Eingang der Metrostation zu. Er lief die Treppenstufen hinunter, bog in den unterirdischen Tunnel ein und erreichte die Absperrungen, die zu den Gleisen führten.

»Mist, kein Ticket«, japste er.

Mia, Oskar und Kai waren ihm gefolgt.

»Dann eben ohne!«, rief Kai. Er kletterte auf eines der Drehkreuze und sprang über die Absperrungen aus Plexiglas, die man nur per Ticket öffnen konnte.

Finn, Mia und Oskar hatten keine Wahl, als ihm zu folgen. Sie überquerten die Tore, was ihnen Kopfschütteln und einige ungehaltene Kommentare der anderen Fahrgäste einbrachte. Die beiden Wachmänner hatten gerade das Ende der Treppe erreicht und folgten ihnen.

»Hier entlang«, rief Kai und lief eine Rolltreppe zu den Bahnsteigen hinab. Er setzte sich auf den Handlauf und rutschte darauf auf dem Hosenboden hinunter. Die anderen taten es ihm gleich. Eine Dame, die einen Einkaufskorb trug, sprang kreischend zur Seite, und ein Mann ließ verwundert sein Handy fallen, als sie an ihm vorbeischlitterten. Am unteren Ende sprangen sie mehr oder weniger gekonnt vom Handlauf herab und liefen zum Gleis – gerade im selben Moment als ein Zug einfuhr. Die Türen öffneten sich, und die Passagiere stiegen aus. Die vier Freunde bahnten sich einen Weg durch die Menschenmenge und sprinteten zum anderen Ende des Zugs. Kurz bevor er wieder losfuhr, sprangen Finn, Mia, Kai und Oskar in die letzte Tür. Sie schloss sich hinter ihnen, und die Metro fuhr an. Die vier Freunde duckten sich unter die Fenster und beobachteten, wie die beiden Wachmänner den Bahnsteig nach ihnen absuchten.

»Puh«, sagte Finn erleichtert. »Das ist ja gerade noch mal gut gegangen.«

»Habt ihr was herausgefunden?«, fragte Kai.

In kurzen Sätzen schilderte Finn, was sie erfahren hatten.

»Ganz schön geheimnisvoll«, kommentierte Kai.

An der nächsten Haltestelle stiegen sie aus und liefen zu Fuß zum Hotel zurück. Dort machten sie sich schnell frisch, checkten aus und liefen zu Ozzy, den sie in einer Nebenstraße geparkt hatten. Sie hatten wenig Zeit, über ihre Erlebnisse in dem geheimnisvollen Labor zu sprechen, denn nun stand ihr Auftritt bei dem Bandwettbewerb auf dem Programm. Finn, Mia und Oskar sahen sich die Fotos an, die Finn in dem Labor gemacht hatte.

»Hier, seht mal«, sagte Finn und zoomte auf eine bestimmte Stelle des Fotos. »Das ist das Röntgenbild von Oliver. Das da unten ist das Datum. Es ist letzte Woche gemacht worden.«

Wieder stieg ein warmes Gefühl der Hoffnung in Finn hoch. Er hatte sich nicht geirrt.

»Ein weiterer Beweis«, sagte Mia.

»Ja. Oliver lebt. Und diese Typen wissen, wo er ist.«

ROCK EIFFEL

Finn, Mia, Oskar und Kai standen hinter der Bühne, auf der gerade eine französische Nachwuchsband namens Coulrophobie ihren Auftritt hinlegte. Sie sprachen sich gegenseitig Mut zu.

»Kommt, Jungs, wir schaffen das!«, rief Mia.

»Lasst uns die Bühne rocken«, meinte Oskar.

»Wir zeigen den Franzosen, was Punk ist«, sagte Kai.

Auf der Bühne beendete die Band ihren Song mit einer lang anhaltenden Gitarrennote. Als diese nach einer halben Ewigkeit verstummt war, brach das Publikum in lauten Jubel aus. Die vier Musiker verließen die Bühne und liefen an Finn, Mia, Oskar und Kai vorbei in den Backstagebereich. Sie trugen wildes Clowns-Make-up, rote Nasen und bunte Perücken.

Kai, Oskar, Mia und Finn hielten ihre Hände in die Höhe und klatschen die Mitglieder der Clownsband ab.

»Für Zirkusclowns kein schlechtes Set«, sagte Kai. Er schob ein »très bien« hinterher, als er von den Musikern fragende Blicke erntete.

»Ihr seid dran«, sagte Finn. Mia, Oskar und Kai stiegen die Treppe zur Bühne hinauf und wurden von einer lauten

Menschenmenge empfangen. Der Moderator des Wettbewerbs stellte sich ans Mikrofon und stellte die Band auf Französisch vor.

»Die nächste Gruppe hat den langen Weg aus Deutschland angetreten, um bei Rock Eiffel mitzumachen. Einen lauten Pariser Beifall für: *The Fishheads*!«

Die Menge tobte. Finn stellte sich an den Seitenausgang der Bühne, sodass er die Band und das Publikum sehen konnte, ohne selbst sichtbar zu sein.

Mia, Oskar und Kai waren in blendender Form und spielten den selbst geschriebenen Song so gut wie noch nie. Kai war voll in seinem Element und wagte sogar eine Crowdsurfing-Einlage. Er ließ sich auf die ausgestreckten Hände der Zuschauer fallen, die ihn durch den Saal trugen. Nach einer kurzen Runde lieferten sie ihn wieder wohlbehalten auf der Bühne ab. Als sie fertig waren, tobte die Menge. Kai, Mia und Oskar verbeugten sich und verließen die Bühne.

»Ich glaube, bei euch war der Jubel noch größer als bei den Clowns«, sagte Finn.

»Was für eine Stimmung«, sagte Mia. »Total cool!«

»Paris weiß, wie man rockt«, meinte Kai.

Sie hörten sich die nächsten beiden Bands an. Als diese fertig waren, betrat der Moderator wieder die Bühne und kündigte eine einstündige Pause an, bevor man zur Kür der Gewinner übergehen würde.

Die vier Freunde nutzten die Pause, um sich bei einem Schnellrestaurant an der Ecke mit Pommes und Burgern zu stärken.

»Ich glaube, unsere Chancen stehen nicht schlecht«, sagte Mia.

»Gegen die Clowns gewinnen wir bestimmt«, meinte Kai.

»Unterschätz die mal nicht«, sagte Oskar. »Die Kostüme waren zwar ein bisschen zu viel für meinen Geschmack, aber musikalisch hatten die es echt drauf.«

»Was meinst du?«, fragte Mia Finn.

»Hm?«

Finn war mit den Gedanken bei Oliver. Er dachte darüber nach, was sie in dem geheimen Labor von Pro Medical gefunden hatten. Was hatten diese medizinischen Dossiers zu bedeuten? Und um wen handelte es sich bei den anderen Personen, die auf dem Monitor abgebildet worden waren?

»Oh. Ja. Ich glaube wir haben gute Chancen«, sagte er schließlich. Mia schien zu verstehen, dass er gerade andere Sorgen hatte, denn sie lächelte ihn aufmunternd an.

Sie verputzten den letzten Rest der Pommes frites und liefen dann zum Hintereingang des Clubs zurück, in dem der Wettbewerb stattfand. Er war in einer alten Fabrikhalle untergebracht, und das Mauerwerk bestand aus frei liegenden Ziegelsteinen. Zusammen mit den anderen Bands betraten sie die Bühne. Das Logo von Rock Eiffel, das einen Eiffelturm in Form einer E-Gitarre zeigte, hing an der Wand hinter ihnen. Sie wurden von den Scheinwerfern der Lichtanlage angestrahlt, die, zur Siegerehrung, alle auf die Bühne gerichtet waren.

Der Moderator kam auf die Bühne und ging zum Mikrofon.

»Und nun, die Gewinner der diesjährigen Ausgabe von Rock Eiffel!«

Die Menge grölte.

»Platz zwei!«, sagte Mia voller Stolz und platzierte die silberne Trophäe in Form eines Eiffelturms auf dem Armaturenbrett von Ozzy, der sich gerade seinen Weg durch den Pariser Berufsverkehr bahnte.

»Aber das wir ausgerechnet gegen die Clowns verloren haben …«

Kai gab ein frustriertes Seufzen von sich und lenkte den Lieferwagen auf die Autobahn.

»Hey, nicht vergessen, wir haben auch noch einen Scheck über zweitausend Euro bekommen«, sagte Oskar.

»Ja, aber die Gewinner haben eine Woche im Tonstudio und einen Plattenvertrag bekommen«, maulte Kai. »Wie cool wäre das denn gewesen?«

»C'est la vie«, sagte Mia. Sie drehte sich zu Finn um.

»Du hast noch überhaupt nichts zu unserem Abschneiden beim Wettbewerb gesagt.«

Finn starrte in den Seitenspiegel, den er durch das rechte Fenster sehen konnte.

»Ich muss an dieses komische Labor denken«, sagte er. »Die weißen Mäuse. Diese komischen Pflanzen. Was, wenn sie Oliver irgendwelchen Experimenten unterziehen?«

»Er lebt«, sagte Mia. »Das ist doch das Wichtigste.«

»Klar«, antwortete Finn. »Stell dir vor, er war heute da,

irgendwo anders in diesem Gebäude. Vielleicht hätten wir länger nach ihm suchen sollen.«

»Diese Firma, WSS, die operieren doch weltweit. Nur weil seine Daten hier sind, heißt das nicht, dass er zwangsläufig auch in Paris sein muss.«

»Stimmt«, meinte Finn.

Er blickte aus dem Fenster und sah den Lichtern der Autos zu, deren Scheinwerfer durch die Dunkelheit durchschnitten. Er hatte nun einen Beweis, das Oliver noch lebte. Und doch hatte er keine Ahnung, wo er nach ihm suchen sollte. Würde er seinen Bruder jemals wiedersehen? Finn wünschte sich nichts sehnlicher.

DIE VERSCHWUNDENEN

Die Rückreise nach Pappelberg verlief ohne Zwischenfälle. Kurz nach Mitternacht passierte Ozzy die Ortsgrenze des Dorfes, und Kai setzte Mia, Oskar und Finn nacheinander ab. Sie beschlossen, sich am nächsten Tag zu einer Lagebesprechung zu treffen.

Finn betrat das Haus, so leise er konnte. Er schlich sich nach oben, doch obwohl er fast keinen Laut von sich gegeben hatte, öffnete sich die Tür des Schlafzimmers seiner Eltern, und seine Mutter erschien.

»Wie war's? Habt ihr gewonnen?«, fragte sie mit leiser Stimme, um Finns Vater nicht zu wecken.

»Zweiter Platz«, sagte Finn und hielt die Trophäe hoch, die sie bekommen hatte. Der Name der Band und das Logo des Wettbewerbs waren darauf zu sehen.

»Warum ist da der Eiffelturm drauf?«, fragte seine Mutter. »Ich dachte, der Wettbewerb fand in Saarbrücken statt.« Finn spürte, wie er rot wurde.

»Das schon«, stammelte er. »Aber er wurde von der französischen Tourismusbehörde gesponsert.«

Seine Mutter nickte, obwohl er sich nicht sicher war, ob sie ihm glaubte.

Am nächsten Tag schlief Finn aus, bevor er sich am Nachmittag mit den anderen traf. Sie fanden sich in Finns Garage ein, doch dieses Mal probten sie nicht. Stattdessen betrachteten sie die Fotos, die Finn von dem Monitor in dem Geheimlabor gemacht hatte, in das sie eingedrungen waren.

»Am besten suchen wir zuerst nach den Namen der anderen Personen«, sagte Finn.

Sie teilten die Namen untereinander auf und begannen, diese auf ihren Handys zu googeln.

Als die Seite mit den Ergebnissen erschien, scrollte Finn durch die Einträge, bis er etwas fand, das ihn stutzig werden ließ.

»Hier, seht mal«, sagte er. »Natsuko Okumura. Eine junge Frau mit diesem Namen ist bei einem angeblichen Bootsunglück in der Nähe von Niigata in Japan ums Leben gekommen. Ihre Segeljacht ist in einen Sturm geraten und verschwunden. Die Leiche konnte jedoch nicht geborgen werden.«

Mia meldete sich zu Wort.

»Ein Farrokh Manesh ist in Mumbai bei einer Gasexplosion gestorben«, las sie vor.

»Soulaymane Diallo ist in der Elfenbeinküste in einem Kleinflugzeug in den Dschungel gestürzt«, sagte Oskar.

»José Monterosso ist vor der Küste Guatemalas im Pazifik ertrunken«, sagte Kai knapp.

»Und Mykhaila Petrenko ist bei einer Wanderung in eine Schlucht gestürzt«, sagte Finn. »Genau wie Oliver. Es kann kein Zufall sein, dass alle diese Leute in verschiedenen Winkeln der Erde verunglücken und die Daten ausgerechnet bei diesem Unternehmen landen.«

»Fällt euch etwas auf?«, fragte Mia. »Das Unglück, bei dem Farrokh Manesh umgekommen sein soll, fand am 2. März dieses Jahres statt.« Sie zeigte auf eines der Handyfotos, die Finn von dem Bildschirm des Labors gemacht hatte.

»Hier auf dem Röntgenbild aus seinem Dossier steht das Datum, an dem die Aufnahme gemacht wurde. Und zwar am 10. März. Eine Woche später.«

Finn klickte sich durch die Fotos auf seinem Handy.

»Bei Oliver ist es das Gleiche«, sagte er. »Die Kernspinaufnahmen in seinem Ordner wurden nach seinem angeblichen Unfall aufgenommen.«

Schnell überprüften sie die anderen Daten. Von allen sechs Personen lagen Untersuchungsergebnisse vor, die nach ihrem Verschwinden angefertigt worden waren.

»Also«, sagte Finn. »Oliver und die fünf anderen sind alle bei Unfällen verschwunden. Diese Firma, Pro Medical, hat DNA-Tests gefälscht, um die Identität der angeblichen Toten zu beweisen. In Wahrheit sind sie entweder entführt worden oder freiwillig mitgegangen.«

»Aber wozu?«, fragte Mia. »Was will Pro Medical oder WSS oder wer immer auch dahintersteckt, mit ihnen anstellen?«

Oskar, der die Fotos der sechs genauer studiert hatte, meldete sich zu Wort.

»Ich bin bestimmt kein Arzt, aber wenn ich mir die Daten so ansehe, ist eins klar. Oliver und die anderen sind alle kerngesund und topfit. Darüber hinaus sind auf dem letzten Foto IQ-Tests und Prüfungen der mathematischen Auffassungsgabe. Sie sind alle am oberen Ende der Skala.«

Finn kratzte sich am Kinn.

»Du meinst, diese Firma hat sich die Besten der Besten zusammengesucht.«

»So scheint es mir«, antwortete Oskar.

»Aber wozu?«, fragte Mia.

»Wahrscheinlich wollen sie eine Armee von Supersoldaten klonen«, sagte Kai.

»Du guckst zu viele schlechte Filme«, meinte Mia.

»Hey«, warf Kai ein. »*Universal Soldier* ist ein Klassiker. Außerdem hast du auch keine bessere Erklärung.«

Mia zuckte mit den Schultern. Es wurmte sie, dass Kai damit recht hatte.

»Das alles hilft uns auch nicht dabei, Oliver zu finden«, sagte Finn.

»Und die anderen«, meinte Oskar. »Wenn wir die Einzigen sind, die von dieser Verschwörung wissen, dann ist es unsere Pflicht, auch die anderen wiederzufinden. Schließlich haben die auch Familien.«

»Hat jemand eine Idee, wie wir jetzt weitermachen sollen?«, fragte Finn.

Keiner sagte etwas. Die vier Freunde dachten angestrengt nach.

»Also, eins ist klar«, sagte Mia schließlich. »WSS und seine ganzen Subunternehmen stecken da ganz tief mit drin, wenn sie nicht selbst die Zügel in der Hand halten.«

»Das stimmt«, meinte Finn.

»Die haben doch Zweigstellen und Tochterfirmen auf der ganzen Welt. Ist es dann nicht logisch, dass die sechs an einem dieser Orte sind.«

»Gut möglich«, meinte Oskar.

»Ich habe eine Idee«, sagte Finn. »Wartet hier.«

Er stand auf und verließ die Garage. Wenige Minuten später kehrte er mit seinem Schulatlas und einer Box mit roten Stecknadeln zurück. Er schlug den Atlas auf und blätterte zu einer Seite, die eine Weltkarte zeigte. Diese legte er auf den Boden der Garage.

»Holt eure Handys raus und sucht im Internet nach allen Firmen und Tochterfirmen, die zu WSS gehören. Für jede Adresse, die wir finden, stecken wir eine Stecknadel in die Karte. Dann haben wir einen besseren Überblick, wie groß das Netz dieser Firma ist.«

Er öffnete eine Box und nahm eine Stecknadel heraus, die er in den kleinen Kreis steckte, der auf der Karte Paris darstellte. Sofort begannen die vier damit, im Internet nach Firmen der WSS-Gruppe zu suchen.

»In Osaka befindet sich ein Biolabor«, sagte Mia und markierte die Stadt auf der Karte.

»Ich habe eine Privatschule in Mexiko-Stadt gefunden«, sagte Oskar und griff nach den Stecknadeln.

»Hier ist ein Rüstungsunternehmen in Arizona«, rief Kai.

Eine gute Stunde verbrachten sie damit, das Netz zu durchforsten. Am Ende steckten Dutzende von Nadeln in der Landkarte.

»Mann, wir haben die Erde ganz schön aufgespießt«, sagte Finn.

»Vom Polarkreis bis Patagonien, überall hat WSS irgendwelche Firmen«, sagte Mia.

»Jetzt sind wir so schlau wie zuvor«, antwortete Finn missmutig. Die vier starrten auf die Karte. Unzählige rote Stecknadeln wuchsen wie Miniaturbäumchen in die Höhe.

»Wenn ich mich doch bloß nicht mit meinem Bruder zerstritten hätte«, sagte Kai.

Finn blickte ihn an.

»Was hat das mit deinem Bruder zu tun«, fragte er.

»Ach nichts«, sagte Kai. »Der hilft uns sowieso nicht.«

Finn runzelte die Stirn.

»Wie könnte er uns denn helfen, wenn er das wollte?«, fragte er.

»War nur so eine blöde Idee«, sagte Kai. »Er arbeitet bei PhoneMaxx. Das ist doch dein Mobilfunkanbieter.«

»Ja, und?«

»Ich dachte mir, vielleicht kann er deine Daten einsehen und herausfinden, von wo der Anruf kam, bei dem du das Signal gehört hast.«

Finn traute seinen Ohren nicht. Er sprang auf.

»Du willst mir doch nicht etwa erzählen, dass wir die ganze Zeit die Möglichkeit gehabt hätten, den Anruf zu nachzuverfolgen?«, rief er aufgebracht. »Dann hätten wir uns ja die ganze Parisreise sparen können.«

»Die Möglichkeit haben wir ja nicht«, sagte Kai.

»Warum?«, fragte Finn.

»Na, weil ... er nicht mehr mit mir spricht.«

»Und warum nicht?«

Kai machte einen abwertenden Zischlaut.

»Er ist ein Spießer und ein Arsch, und ich kann ihn nicht leiden. So.«

»Das ist doch kein Grund!«, brüllte Finn.

»Ich schulde ihm Geld, okay. Ich bin aus Versehen mit seinem Auto gegen einen Pfosten geschrammt. Delle. Lack ab. Fünfhundert Euro Schaden. Ich habe es mir ohne seine Erlaubnis ausgeliehen.«

»Kai«, sagte Finn, seine Erregung nur mühsam im Zaum haltend. »Es geht um Leben und Tod. Dein blöder Streit mit deinem Bruder ist doch nebensächlich. Du rufst ihn jetzt an und entschuldigst dich bei ihm. Und dann bittest du ihn gefälligst auf Knien, uns diesen Gefallen zu tun.«

Kai presste seine Lippen zu einem dünnen Strich zusammen.

»Na gut«, sagte er zerknirscht und zückte sein Handy. »Ich rufe ihn an. Aber dann habe ich was bei dir gut.«

»Danke«, brummte Finn.

JOKKMOKK

Kai parkte Ozzy in einer Wohnsiedlung, die etwas außerhalb des Dorfes lag. Finn, Kai, Mia und Oskar stiegen aus und gingen auf ein modernes Reihenhaus zu, in dessen Einfahrt ein nagelneuer Kombi stand. Neben der Eingangstür hing ein ovales Schild, das offensichtlich selbst gemacht war. Es war aus Ton getöpfert worden und zeigte den Namen »Kaiser«, der mit Tonwürsten geschrieben worden war. Kai klingelte an der Tür.

»Ihr verhaltet euch ruhig«, zischte er den anderen zu. »Überlasst mir das Reden. Mein Bruder ist ein totaler Über-Spießer, und wenn ihr ihm dumm kommt, wirft er uns hochkant wieder raus.«

Finn, Mia und Oskar nickten. Oskar las den Namen auf dem Schild.

»Kaiser. Ist das euer Familienname?«, fragte er.

»Ja und?«, sagte Kai.

»Deine Eltern haben dich allen Ernstes ›Kai Kaiser‹ getauft?«

Kai wollte gerade antworten, als sich von drinnen Schritte näherten und die Tür sich öffnete. Kais Bruder erschien dahinter. Er war Anfang dreißig, trug kurze Hosen und ein Polohemd und hielt eine gerade geöffnete Flasche Bier in der Hand.

»Olaf?«, fragte er.

Es dauerte eine Sekunde, bis Finn, Mia und Oskar begriffen, dass er mit »Olaf« Kai angesprochen hatte. Alle drei schlugen sich die Hände vor den Mund und versuchten, nicht vor Lachen zu platzen.

»Gernot«, antwortete Kai säuerlich. Gernot ignorierte die kichernden Teenager.

»Was machst du denn hier?«, fragte er. »Das Spiel geht gleich los. Rainer und Holger sind hier. Das kommt mir jetzt aber sehr ungelegen. Du hast doch nicht etwa die fünfhundert Euro dabei?«

»Nein«, sagte Kai zerknirscht. »Können wir kurz hereinkommen? Es ist dringend.«

Gernot ließ die vier Freunde eintreten. In der Diele bat er sie darum, ihre Schuhe auszuziehen, und bot ihnen Hausschuhe an, die die vier dankend ablehnten.

»Wie komme ich zu dieser Ehre?«, fragte Gernot. Im Wohnzimmer hinter ihm stand ein Fernseher, vor dem Gernots Freunde saßen. Es lief gerade die Vorberichterstattung für ein Fußballspiel.

»Also, es geht um Folgendes«, begann Kai. »Das hier ist Finn Janssen. Der Name kommt dir vielleicht bekannt vor. Sein Bruder ist vor Kurzem ums Leben gekommen.«

Gernot sah Finn mitfühlend an.

»Mein aufrichtiges Beileid«, sagte er.

»Wir glauben jedoch nicht, dass er wirklich tot ist.«

Gernot runzelte die Stirn.

»Wie bitte?«

Jetzt ergriff Finn das Wort.

»Ich habe einen Anruf bekommen«, sagte Finn. »Die Nummer war unterdrückt. Ich konnte keine Stimme hören, doch das Geräusch, das durch das Handy kam, konnte nur von Oliver stammen.«

»Was war das für ein Geräusch?«, fragte Gernot.

»Das Signal des Sterns Sirius, umgewandelt in hörbare Töne. Er hatte mir den Stern und das Signal bei einer Himmelsbeobachtung gezeigt. Ich bin mir sicher, dass es von ihm kam.«

»Okay«, sagte Gernot. »Und was ist daran so merkwürdig?«

»Ich habe den Anruf erhalten, nachdem er angeblich verunglückt ist.«

Gernot blickte ihn fragend an.

»Es gibt noch weitere Indizien, dass Oliver noch lebt«, sagte Mia. »Einen angefangenen Abschiedsbrief, gefälschte DNA-Tests und so weiter.«

Gernot sah nicht so aus, als würde er ihnen die Geschichte abnehmen.

»Und was wollt ihr von mir?«, fragte er.

»Kai... Olaf erwähnte, dass Sie bei meinem Mobilfunkanbieter arbeiten. Könnten Sie herausfinden, wer mich angerufen hat?«

Auf dem Fernseher wurde in diesem Moment das Fußballspiel angestoßen. Jubelgesänge und Trompetenstöße hallten durch das Wohnzimmer.

»So gerne ich dir helfen würde, das kann ich leider nicht tun. Ich würde meine Geheimhaltungspflicht verletzen.«

Finn blickte niedergeschlagen zu Boden.

»Tut mir leid«, meinte Gernot. »Ich werde mir jetzt das Spiel ansehen. Ihr könnt gerne mitgucken.«

Er wollte gerade zum Fernseher gehen, als Mia ihn ansprach.

»Das war's also!«, rief sie. »Es geht hier um Leben und Tod, und Sie reden sich mit Vorschriften raus.«

Gernot drehte sich zu ihr.

»Ich kann meinen Job nicht riskieren«, sagte er.

»Was, wenn es um Kai ginge?«, sagte Mia. »Äh, ich meine Olaf. Wenn er verschwunden wäre. Würden Sie sich dann auch rausreden, oder würden Sie die Vorschriften Vorschriften sein lassen, um Ihren Bruder zu retten.«

»Hör mal«, sagte Gernot aufgebracht zu Mia. »Ihr kommt hier einfach reinspaziert, drei Teenager und mein nichtsnutziger Bruder, und erzählt mir etwas von einem Toten, der angeblich noch lebt, und erwartet von mir, dass ich meinen Job aufs Spiel setze, um euren wahnwitzigen Ideen hinterherzujagen. Tut mir leid, wenn ich da nicht mitspiele.«

Mia hörte sich den Vortrag mit steinerner Miene an.

»Olaf ist vielleicht ein Nichtsnutz, aber er ist, im Gegensatz zu seinem Bruder, kein Feigling«, sie drehte sich zur Tür um. »Kommt, Jungs, wir gehen. Der Typ hat die Hosen voll.«

Mia marschierte auf die Tür zu, und die drei folgten ihr. Sie zogen sich ihre Schuhe an und verließen das Haus. Als sie den Lieferwagen beinahe erreicht hatten, öffnete sich die Tür hinter ihnen.

Gernot stand im Türrahmen.

»Also gut«, sagte er. »Ihr habt gewonnen. Finn, hast du dein Handy dabei?«

Sie befanden sich im Hobbykeller des Hauses. Gernot saß an seinem Computer und warf die SIM-Karte von Finns Handy aus. Er steckte sie in ein Lesegerät, das an seinen Computer angeschlossen war. Dann öffnete er ein Programm auf seiner Benutzeroberfläche.

»Wann hast du den Anruf erhalten?«, fragte er Finn. Dieser nannte ihm das Datum. Gernot las die Daten der SIM-Karte aus und öffnete ein Fenster, in dem alle Anrufe aufgelistet waren, die Finn erhalten hatte. Er scrollte so lange, bis er das Datum fand.

»Hier, unbekannter Teilnehmer«, sagte Gernot und zeigte auf eine Zeile der langen Liste. Er öffnete ein weiteres Fenster, das eine Webseite des Mobilfunkanbieters zeigte, und loggte sich ein.

»Wie funktioniert das?«, fragte Oskar neugierig.

»Jedes Handy meldet sich an den umliegenden Funktürmen an. Die Anrufe werden an den jeweiligen Türmen registriert. Wenn man die Position von drei dieser Türme hat, kann man die Position des Anrufers punktgenau feststellen.«

Die vier Freunde sahen ihm dabei zu, wie er die Daten auf der Webseite analysierte.

»Okay. Ich habe die Position der Funktürme, bei dem das Handy registriert war, von dem du angerufen wurdest. Ich kann dir zwar den Teilnehmer nicht nennen, aber den Ort, von dem der Anruf kam. Jetzt muss ich ihn nur noch auf der Karte anzeigen lassen.«

Gernot öffnete ein Fenster, das eine Weltkarte zeigte. Die vier Freunde hielten den Atem an, als die Karte auf eine ganz bestimmte Stelle heranzoomte.

Gernot stutzte.

»Sagt dir der Name … ›Jokkmokk‹ irgendetwas?«, fragte er.

»Jokkmokk?«, fragte Finn. »Was soll das sein? Klingt nach einem Pokémon.«

Gernot deutete auf die Weltkarte.

»Hier, sieh mal. Jokkmokk ist ein kleines Dorf in Schweden. Weniger als dreitausend Einwohner. Daher kam der unbekannte Anruf. Kein Zweifel.«

Finn blickte auf die Karte.

»Jokkmokk?«, sagte er zu sich selbst.

DIE NÄCHSTE REISE

Die vier Freunde kehrten in die Garage der Janssens zurück. Finn ging zu der Weltkarte mit den Stecknadeln, die sie auf dem Boden ausgebreitet hatten.

»Wo war Jokkmokk noch mal?«, fragte er die anderen.

Oskar zog sein Handy heraus und suchte den Ort im Internet.

»Im Norden Schwedens«, sagte er. Finn nahm eine weitere Stecknadel aus der Plastikdose und platzierte sie dort, wo sich Jokkmokk auf der Karte befinden musste.

»Was will er dort, mitten in der Pampa?«, fragte Finn.

Mia betrachtete die Weltkarte.

»Die einzige andere Stecknadel, die sich in der Nähe befindet, ist hier oben. Kiruna.«

Sie zeigte auf eine kleine Stadt, die sich nördlich von Jokkmokk befand.

»Ich sehe mal nach, was dort ist«, sagte Oskar. Eine kurze Internetsuche später hatte er die Antwort parat.

»Ein Subunternehmen der WSS betreibt dort ein Wetterbüro«, sagte er. »Dort werten sie angeblich Klimadaten von Wetterstationen im Polarkreis aus.«

»Klingt nicht sehr vielversprechend«, meinte Kai.

»Was hast du erwartet?«, fragte Oskar. »Dass sie ›Gefangenenlager für entführte Jugendliche‹ hinschreiben?«

»Blödmann«, zischte Kai.

»Klappe, Olaf«, gab Oskar zurück.

Mia und Finn versuchten, nicht loszuprusten.

»Das verzeihe ich meinem Bruderherz nie«, murmelte Kai.

Finn blickte wieder auf die Karte.

»Wahrscheinlich war Oliver unterwegs nach Kiruna, als er mir die Nachricht geschickt hat. Irgendetwas ist dort. Ich bin mir sicher.«

»Du willst doch nicht etwa dort hinfahren?«, fragte Kai. »Das sind mindestens zwei Tage Fahrt.«

»Ich weiß. Aber ich muss es tun. Für Oliver. Und wenn ihr nicht mitkommen wollt, dann werde ich mich irgendwie alleine durchschlagen.«

Mia verschränkte entrüstet die Arme.

»Natürlich kommen wir mit. Nicht wahr, Jungs?«

Sie warf Oskar und Kai auffordernde Blicke zu.

»Ich bin dabei«, sagte Oskar.

»Und ich darf wieder den Chauffeur spielen«, maulte Kai. »Vielleicht sollte ich mir eine Uniform und eine Kappe kaufen, damit ich meiner Rolle voll gerecht werde.«

»Bist du dabei oder nicht?«, fragte Mia.

»Unter einer Bedingung«, sagte Kai. »Ihr nennt mich nie wieder Olaf.«

»Geht klar«, meinte Mia.

»Danke«, sagte Finn.

»Das wird ganz schön teuer«, wechselte Kai das Thema. »Das Benzin und die Tickets für die Fähre kosten eine Stange Geld. Außerdem müssen wir irgendwo übernachten. Und ab und zu was essen wäre auch nicht verkehrt.«

»Wir haben doch die zweitausend Euro vom Bandwettbewerb«, sagte Mia.

»Ich dachte, dafür könnten wir ein paar Tage ins Studio gehen und einige Demosongs aufnehmen«, sagte Kai.

»Das hier ist wichtiger«, meinte Mia.

»Und wie sagen wir es unseren Eltern?«, fragte Oskar.

»Ihr werdet es nicht glauben«, sagte Finn, als er am nächsten Abend ins Wohnzimmer trat. Seine Eltern saßen gerade vor dem Fernseher und sahen sich einen Krimi an. Sie drehten sich zu ihm um.

»Was gibt es?«, fragte seine Mutter.

»Durch unseren zweiten Platz in Par... in Saarbrücken haben wir uns fürs Europafinale des Bandwettbewerbs qualifiziert«, rief Finn.

»Das ist ja toll«, antwortete seine Mutter. »Und wann findet das statt?«

»In drei Tagen«, antwortete Finn voller Vorfreude.

»Ist es wieder in Saarbrücken?«, fragte sein Vater. Finn druckste herum. »Nein«, sagte er. »Das Finale findet in... Stockholm statt.«

Finn hatte Stockholm gewählt, da Kiruna so weit im Norden lag und so klein war, dass sie ihm diesen Ort nie als Austragungsstätte für einen Bandwettbewerb abgenommen hätten. Stockholm war nicht ganz so weit von Pappelberg entfernt und als schwedische Hauptstadt ein wenig plausibler. Trotzdem waren seine Eltern überrascht.

»Stockholm? In Schweden?«, fragte sein Vater.

Finn fürchtete eine Ablehnung und reagierte vielleicht deshalb ein wenig gereizt.

»Nein, Stockholm in Rheinland-Pfalz«, sagte er mürrisch.

»Und wie kommt ihr dahin?«

»Kai fährt uns wieder«, antwortete Finn. »Wir wollen die Fähre über Dänemark nehmen.«

»Also ich weiß nicht«, meinte seine Mutter. »Ist das nicht zu gefährlich?«

»Kai passt auf. Er ist wirklich verlässlich. Er hat uns ja auch sicher zu den anderen Konzerten gebracht.«

Finn versuchte nicht an die Fünfhundert-Euro-Delle zu denken, die Kai an dem Auto seines Bruders verursacht hatte.

»Ist es nicht besser, wenn einer von uns mitkommt«, schlug sein Vater vor.

»Ach Quatsch«, sagte Finn. »Wir kommen schon klar. Schließlich hat das mit Saarbrücken auch ohne Probleme geklappt.«

Seine Mutter sah ihn mit einem sorgenvollen Blick an.

»Also, ganz wohl ist mir nicht dabei.«

»Ich melde mich zweimal am Tag und sage euch, wie es läuft. Versprochen. Und Mia und Oskar sind ja auch noch dabei. Wir sind echt ein gutes Team.«

Seine Mutter schaute zu seinem Vater, als wollte sie ihm die Entscheidung überlassen.

»Na gut, Finn«, sagte dieser nach einer Pause. »Aber nur, wenn du dich wirklich jeden Tag meldest.«

Finn hob feierlich die Hand.

»Ich schwöre es!«

Am nächsten Tag fuhren sie los. Jeder der vier Freunde hatte eine Tasche mit dem Nötigsten gepackt. Sie hatten die Instrumente zwar auch aufgeladen, doch bevor sie Pappelberg verließen, hatten sie diese in der Garage von Kais Bruder Gernot abgestellt, da sie diese nicht sinnlos durch ganz Europa kutschieren wollten.

Sie fuhren auf die Autobahn in Richtung Hamburg auf. Es herrschte wenig Verkehr, und Ozzy kam gut voran.

Zwei Stunden später legten sie eine Pause ein. Kai lenkte den Lieferwagen auf den Rasthof. An der Tankstelle tankten sie auf und parkten dann in der Nähe des Restaurants. Der Duft von heißem Fett und Filterkaffee schlug ihnen entgegen. Sie luden sich ihre Tabletts mit Pommes frites und Ketchup voll.

»Ich habe so Lust auf ein Schnitzel«, sagte Kai.

»Kommt nicht infrage«, meinte Mia. »Das Geld muss bis nach Nordschweden und zurück reichen. Da können wir uns so einen Luxus nicht leisten.«

Kai brummte frustriert.

Nachdem sie gegessen hatten, stiegen sie wieder in den Lieferwagen. Kai fuhr los, und kurz darauf waren sie wieder auf der Autobahn. Oskar schaltete seine Bluetooth-Lautsprecher an und spielte Musik. Nach einigen Stunden Fahrt gelangten sie an eine große Hängebrücke, die auf die Insel Fehmarn führte. Im kleinen Dorf Puttgarden befand sich der Hafen, an dem die Fähre nach Dänemark anlegte. Kai lenkte Ozzy in den Bauch des Schiffes, und sie stiegen aus. Sie genossen die kurze Überfahrt an Deck, wo sie den Seemöwen dabei zusahen, wie sie in der Luft über der Fähre segelten und ab und zu Essensreste der Passagiere klauten. Nur Kai stand nicht an der Reling. Er saß vornübergebeugt auf einer Bank in der Sonne und hielt die Kante des Tisches umklammert, der vor ihm stand.

»Ich glaube, mir kommen gleich die Pommes wieder hoch«, jammerte er.

»Bist du seekrank?«, fragte Mia.

»Ich kann mit Booten nichts anfangen«, sagte er. »Ich bin eine echte Landratte.«

Plötzlich schlug er die Hand vor den Mund und verschwand im Inneren der Fähre.

»Armer Olaf«, witzelte Oskar.

Fünf Minuten später erschien er wieder. Er trug seine Sonnenbrille und sah leichenblass aus.

»Geht's wieder?«, fragte Oskar.

»Bist du jetzt froh, dass du das Schnitzel nicht gegessen hast?«, meinte Mia.

»Ja, ja, macht euch nur lustig«, sagte Kai. »Das hat man

nun davon, wenn man drei Halbstarke quer durch Europa kutschiert. Sucht euch einen anderen Idioten.«

»War nicht so gemeint«, sagte Mia. »Tut mir leid.«

Kai brummte nur noch.

Ein lautes Tuten der Fähre kündigte ihre Einfahrt in den dänischen Hafen an. Sie verließen das Deck und setzten sich wieder in den Lieferwagen. Nachdem die Fähre vertäut war und sich die Bugklappe geöffnet hatte, fuhren sie auf die Rampe des Hafens, die vom Schiff zur ebenen Erde hinabführte. Sie folgten den Schildern nach Kopenhagen. Die Fahrt zur dänischen Hauptstadt verlief ohne Zwischenfälle. Vor Kopenhagen ging es nach Osten, durch ein Industriegebiet. Sie fuhren in einen Tunnel hinab, der zur Öresundbrücke führte, die Kopenhagen mit der schwedischen Stadt Malmö verband. Als sie den Tunnel verließen, fanden sie sich auf einer Straße wieder, die mitten durchs Meer führte. Es ging bergauf, und in der Ferne war die eindrucksvolle Hängebrücke zu sehen, die von Dänemark nach Schweden führte.

»Wow!«, rief Mia, als sie aus dem Fenster sah. »Das ist so, als würde man über dem Meer schweben.« Zehn Minuten später hatten sie das schwedische Festland erreicht. Malmö lag vor ihnen. Doch auch hier hielten sie nicht an. Da Kiruna etwa 28 Stunden reine Fahrzeit entfernt lag, hatten sie beschlossen, die Reise in drei Abschnitte von etwa zehn Stunden aufzuteilen. Das war das Äußerste, was Kai bewältigen konnte, ohne am Steuer einzuschlafen. Sie fuhren weiter und machten erst halt, als sie an der kleinen Stadt Jönköping ankamen, die an der Südspitze eines riesigen Sees lag. Sie übernachteten in einer Jugendherberge und setzten ihre Fahrt am nächsten Tag fort. Dieses Mal ging es Richtung Stockholm.

Mit jedem Kilometer wurde Finn mulmiger zumute. Die Hoffnung, Oliver wiederzusehen, wechselte sich mit dem dumpfen Gefühl ab, dass diese Reise nichts als eine große Zeitverschwendung war. Außerdem plagten ihn Schuldgefühle, da seine besten Freunde diese Fahrt ins Ungewisse nur wegen ihm angetreten hatten. Würden sie sich von ihm abwenden, wenn sich die ganze Sache als ein Hirngespinst herausstellte?

Vier Stunden später erreichten sie die schwedische Hauptstadt, umfuhren sie auf der Ringautobahn und folgten den Straßenschildern nach Umeå. Ein siebenstündiger Abschnitt lag vor ihnen, den sie etwa bei der Hälfte, in einer Stadt namens Sundsvall, für eine Essenspause unterbrachen.

»Ich kann keine Straßen mehr sehen«, seufzte Mia, während sie sich labbrige Raststätten-Pommes in den Mund schob.

»Und dieser Tankstellen-Fraß hängt mir auch zum Hals raus«, pflichtete Oskar bei.

»Nur noch ein Tag«, sagte Finn. »Dann haben wir es nach Kiruna geschafft.«

»Ja, aber was dann?«, fragt Kai. »Was, wenn dein Bruder gar nicht da ist? Wenn alles umsonst war?«

Finn antwortete nicht. Er wusste auch nicht was er tun würde, wenn sie Oliver am Ende ihrer Reise nicht finden würden. Er wollte nicht daran denken. Alles, was ihn davon abhielt, sich heulend im Bett zu verkriechen, war der Gedanke daran, dass er Oliver wiedersehen würde. Er klammerte sich an diese Hoffnung wie ein Ertrinkender an einen Rettungsring.

»Wir müssen los«, sagte Kai schließlich. »Wir haben noch über drei Stunden Fahrt vor uns, und mir fallen langsam die Augen zu.«

Die vier Freunde gingen zum Lieferwagen zurück und stiegen ein. Kai fuhr los.

Mia, die am Fenster saß, hatte den Kopf gegen die Scheibe gelehnt und die Augen geschlossen. Sie schnarchte leise. Oskar lehnte sich vor und drückte den Knopf des Radios. Er suchte nach einem Sender mit Rockmusik und drehte den Lautstärkeregler bis zum Anschlag.

Mia erwachte ruckartig und drehte sich zu ihm um.

»Mach die Musik aus, ich will schlafen!«, rief sie mürrisch.

»Das soll Kai wach halten«, antwortete Oskar.

»Das ist viel zu laut«, entgegnete Mia.

Sie beugte sich vor und schaltete das Radio ab.

Oskar schaltete es wieder ein.

Mia schaltete es ab.

So ging es einige Male hin und her.

»Ihr macht mich ganz wahnsinnig!«, rief Kai. »Jetzt entscheidet euch mal!«

»Mach doch, was du willst!«, maulte Mia und schloss wieder die Augen.

Oskar schaltete die Musik aus. Plötzlich herrschte dicke Luft im Cockpit des Bandbusses. Finn konnte das Gefühl nicht abschütteln, dass es seine Schuld war.

Dreieinhalb Stunden später kamen sie in Umeå an, einer malerischen Kleinstadt, die an einem Fluss lag. Die vier waren jedoch so übermüdet, dass sie für den Anblick der gemütlich beleuchteten Wohnhäuser nicht viel übrighatten. Wieder wartete Fast Food und die harten Betten einer Jugendherberge auf sie. Finn lag in dieser Nacht lange wach. Ihm war klar, dass die Stimmung seiner Freunde fast ihren Tiefpunkt erreicht hatte. Und alles nur wegen ihm. Wenn die ganze Sache nur Einbildung war, würden sie sicher nie wieder mit ihm sprechen. Setzte er seine einzigen Freundschaften für eine Schnapsidee aufs Spiel? Kiruna. Dreißig Stunden mit dem Auto, um einem Anruf hinterherzujagen, von dem er sich einbildete, dass er von seinem Bruder kam, wobei ihm der Rest der Welt einzureden versuchte, dass er einem Hirngespinst hinterherjagte.

Irgendwann musste er wohl eingeschlafen sein, denn als er plötzlich hochschreckte, war es sechs Uhr morgens. Zeit, ihre Reise fortzusetzen. Finn stand auf, zog sich an und lief nach draußen. Er fand eine Bäckerei, die um diese Zeit schon geöffnet hatte, und kaufte eine Tüte frischer Zimtschnecken. Sie waren noch warm und rochen so gut, dass er sich zusammenreißen musste, um sie nicht an Ort und Stelle zu verzehren. Er ging damit in die Jugendherberge zurück und fand die drei anderen vor, die sich gerade aus ihren Betten schälten.

»Ich habe Zimtschnecken gekauft«, sagte Finn aufmunternd.

Kai rieb sich die Augen, Oskar gähnte, und Mia rieb sich das Genick.

»Danke«, sagte Kai, als Finn ihm die Tüte reichte. Er nahm eine der Schnecken heraus und gab sie an Oskar weiter. Als auch Mia ihre Schnecke genommen hatte, griff Finn nach der verbliebenen.

»Ich weiß, ihr habt wahrscheinlich die Schnauze voll von dieser Reise, aber ich wollte mich bei euch bedanken, dass ihr das für mich tut. Bitte hasst mich nicht.«

Mia blickte ihn besorgt an.

»Finn, wir hassen dich nicht! Wir sind ein Team, okay. Nur weil es ein bisschen anstrengend ist, heißt das nicht, dass wir nicht zusammenhalten. Oder Jungs?«

Kai und Oskar, die gerade den Mund voller Zimtschnecke hatten, nickten eifrig.

»Siehst du?«, sagte Mia zu Finn. »Eine Etappe noch. Dann sind wir in Kiruna. Und wir werden Oliver finden.«

Finn fiel ein Stein vom Herzen. Er war so erleichtert, dass er spürte, wie seine Augen feucht wurden. Schnell wischte er sich über die Lider.

»Also, dann los«, sagte er.

Die vier machten sich frisch und brachen auf. Sie stiegen in Ozzy ein, und Kai ließ den Motor an. Zehn Minuten später waren sie auf der Autobahn, die nach Kiruna führte. Zuerst ging es nördlich an der Küste entlang, bis sie, nach etwa zweieinhalb Stunden, landeinwärts fuhren. Weitere zweieinhalb Stunden später passierten sie ein Ortsschild, dessen Namen Finn einen wohligen Schauer in der Magengegend bescherte.

»Jokkmokk«, las er vor. »Von hier aus muss Oliver mich angerufen haben.«

Sie durchquerten den kleinen Ort und fuhren dann in nördlicher Richtung am Ufer eines Sees vorbei. Die Straße schlängelte sich durch einen Wald aus hohen Fichten, der sich in alle Richtungen bis zum Horizont erstreckte. Auf der letzten Etappe ihrer Reise passierten sie mehrere kleine Dörfer und große Seen, die wie große blaue Spiegel die Landschaft durchzogen. Obwohl es schon spät war, als sie sich endlich dem Ziel ihrer Reise näherten, wurde es nicht dunkel. Sie waren hier im Norden so dicht am Polarkreis, dass jetzt im Sommer die Sonne nur für eine einzige Stunde unterging, bevor sie wieder über den Horizont stieg.

Sie näherten sich einem Kreisverkehr, vor dem ein blaues Schild stand:

KIRUNA

»Wir haben es geschafft«, seufzte Finn.

Kai fuhr um den Kreisverkehr herum und nahm die Ausfahrt, die zum Stadtzentrum führte. Heute war es zu spät, um Nachforschungen anzustellen, doch morgen früh würden sie sofort loslegen.

SCHWEDISCHES WETTERAMT

Sie hatten die Nacht wieder in einer Jugendherberge verbracht. Als sie diese am Morgen verließen, machten sie sich auf den Weg zu der Adresse, bei der das angebliche Wetterbüro der WSS-Gruppe zu finden war. Ozzy fuhr eine Straße am Stadtrand entlang. In der Ferne ragte ein Hügel auf, auf dessen Gipfel ein großer Antennenmast installiert worden war. In den Hang des Hügels, der der Stadt zugewandt war, waren hohe Abstufungen hineingeschnitten worden, die wie eine große Treppe wirkten. Ein Tagebau.

Das Wetterbüro befand sich in einem kleinen Gewerbegebiet am Ostrand der Stadt. Die Adresse führte sie zu einem modernen Haus mit einer roten Alufassade, in dem mehrere Unternehmen untergebracht waren. Sie parkten Ozzy auf dem Vorplatz des Hauses, der aus Schotter und losem Kies bestand. Als die vier Freunde ausstiegen, hörten sie das Geräusch eines Propellers. Sie blickten nach oben. Ein Kleinflugzeug mit ausgefahrenem Fahrwerk flog über sie hinweg und landete auf einem Flugfeld, das sich hinter dem Industriegelände befand.

Sie gingen zur Vordertür des Hauses, die aus blauem Aluminium bestand. Neben dem Eingang hing ein Schild, auf dem die ansässigen Firmen angegeben waren.

»Hier ist es«, sagte Finn. »Meteo Data Service.«

Er öffnete die Tür, und die vier Freunde betraten das Haus. Der Eingang führte sie in einen Korridor, von dem mehrere Büros abzweigten. Finn ging zu der dritten Tür auf der rechten Seite. Auf dem in der Tür eingelassenen Glasfenster stand der Name der Wetterfirma. Er blickte durch das Fenster. Im Inneren befand sich ein kleiner, heller Büroraum, in dem außer einem Schreibtisch mit einem Computer nur eine große Zimmerpflanze stand. Finns Mut sank. War das alles?

»Kan jag hjälpa er?«

Die vier Freunde drehten sich um. Ein Mann stand hinter ihnen im Korridor. Er war Ende dreißig und trug einen Bart und langes, lockiges Haar, das unter einer roten Wollmütze hervorquoll. Außerdem hatte er eine weiße Wanderjacke an.

»Ähm … Deutsch?«, fragte Finn.

Zu seiner Verwunderung antwortete der Mann umgehend in fast perfektem Deutsch.

»Ach so, ihr seid Deutsche. Ich heiße Mikael. Habt ihr euch verlaufen?«

»Ich bin Finn«, sagte Finn. »Und das sind Mia, Oskar und Kai. Wir sind hier, weil …«

Jetzt stockte er. Wie viel sollte er diesem Fremden anvertrauen? Wenn er irgendwie an Olivers Verschwinden beteiligt war, dann würde er ihnen kaum etwas erzählen. Vielleicht würde es sogar gefährlich für sie werden, wenn sie der Wahrheit zu nahe gekommen waren. Andererseits wusste er nicht, wie er ihre Nachforschungen sonst weiterbringen sollte. Er bemerkte, dass nun schon Sekunden verstrichen waren, seit der Mann ihn gefragt hatte. Er entschied sich für den direkten Weg.

»Also, wir sind hier, weil wir meinen Bruder Oliver suchen. Wir haben Grund zu der Annahme, dass er in Kiruna ist.«

Er holte sein Handy hervor und öffnete die Fotogalerie. Dann zeigte er Mikael ein Foto, das er auf Olivers Geburtstagsfeier geschossen hatte. Mikael betrachtete das Foto.

»Kommt mir leider nicht bekannt vor«, sagte er. »Warum glaubt ihr, dass er hier ist?«

»Er hat mich von Jokkmokk aus angerufen«, sagte Finn. »Und das hier ist die nächste größere Stadt.«

Mikael nickte.

»Wisst ihr was«, sagte er. »Kommt doch einfach mit in mein Büro. Da ist es gemütlicher.«

Er schloss die Tür auf und bat die vier Freunde hinein. Dann öffnete er einen Wandschrank und nahm ein paar Klappstühle heraus, die er um den Schreibtisch herum aufstellte.

»Entschuldigt die unbequemen Stühle«, sagte er. »Aber ich arbeite meistens alleine hier. Ich habe nicht so oft Gäste.«

Die vier Freunde setzten sich.

»Wollt ihr heiße Schokolade?«, fragte Mikael.

»Ja, gerne«, sagten die Freunde im Einklang. Finn hatte das Gefühl, dass dieser Mikael es richtig genoss, Gäste zu haben. Er ging zu einer kleinen Küchenzeile hinüber, die einen Mikrowellenherd und einen Kühlschrank besaß. Aus dem Kühlschrank holte er Milch, die er in vier Tassen füllte. Diese stellte er nacheinander in die Mikrowelle und rührte dann Kakaopulver hinein. Als er ihnen allen eine Tasse mit dampfendem Kakao gereicht hatte, setzte er sich an seinen Schreibtisch.

»Ihr müsst mir das mit deinem Bruder genau erzählen«, sagte Mikael. Er hatte so eine freundliche und offene Art, das Finn ihm instinktiv vertraute. Sofort erzählte er, wie sein Bruder verschwunden war und wie sie seiner Spur bis nach Kiruna gefolgt waren.

Mikael kratzte sich am Kinn.

»Das ist ja eine ganz schöne Abenteuergeschichte«, sagte er. »Leider kann ich euch nicht helfen. Ich habe ihn nicht gesehen. Aber wisst ihr was? Ich mache gleich Mittagspause, dann können wir in mein Stammcafé gehen, und ich frage Malin. Die kennt hier jeden.«

Finn nickte.

Mikael wechselte das Thema.

»Sagt mal, ist das euer Lieferwagen da draußen? Gärtnerei Sommer?«

»Äh, ja« sagte Finn. »Eigentlich gehört da der Name unserer Band drauf.«

Mikael lehnte sich vor.

»Ihr habt eine Band?«, fragte er neugierig.

»Ja. *The Fishheads.*«

»Was spielt ihr?«

»Punk«, antwortete Mia.

»Ich will unbedingt eure Musik hören!«

Oskar nahm sein Handy heraus und spielte eines der Lieder, das die *Fishheads* in Finns Garage aufgenommen hatten. Mikael ging voll mit. Er spielte Luftgitarre und schüttelte seine Haarmähne.

»Kein Wunder, dass ihr bei dem Wettbewerb gut abgeschnitten habt«, sagte er, als das Lied vorbei war. »Ihr rockt!«

»Und was machen Sie hier?«, fragte Mia.

»Ich habe den langweiligsten Job der Welt«, antwortete Mikael und schaltete seinen Computer ein. Auf dem Bildschirm erschien eine Karte von Nordschweden, auf der mehrere Punkte eingezeichnet worden waren.

»Das sind die Wetterstationen am Polarkreis. Ich bin dafür zuständig, die Daten zu sammeln und an das Büro in Stockholm zu übermitteln. Außerdem muss ich die Anlagen warten, falls was kaputtgeht. Okay, lasst uns was essen gehen.«

Sie verließen das Büro und gingen nach draußen. Mikael stieg in einen weißen Jeep, der neben Ozzy geparkt war. Die Freunde stiegen in den Lieferwagen ein. Mikael fuhr los, und Kai folgte ihm mit Ozzy. Sie hielten vor einem kleinen Café, dass an einer belebten Straße stand. Die vier Freunde stiegen aus und folgten Mikael durch die Tür. Es duftete nach frischem Kaffee und warmen Zimtschnecken. Hinter der Theke stand eine Frau um die fünfzig, die Mikael freundlich anlächelte. Er wechselte einige Worte auf Schwedisch mit ihr und zeigte auf die vier Freunde, die hinter ihm standen.

»Välkomna«, sagte die Frau. Sie setzten sich an einen freien Tisch und bestellten ihr Mittagessen.

»Zeig Malin das Foto«, sagte Mikael, als diese ihre Bestellung aufgenommen hatte. Finn hielt ihr sein Handy hin. Malin verzog das Gesicht, schüttelte den Kopf und zuckte mit den Schultern.

»Schade«, sagte Mikael, als sie gegangen war. »Aber gebt die Hoffnung nicht auf. Ihr findet ihn bestimmt.«

Das Essen kam, und die vier stürzten sich mit Heißhunger darauf. Als sie fertig waren, erzählte Mikael ihnen von der Stadt. Bei dem großen Hügel, der in der Ferne zu sehen war, handelte es sich tatsächlich um eine Mine, in der magnetisches Eisenerz abgebaut wurde. Die Schächte und Tunnel führten tief unter die Erde. Mikael zeigte auf den Boden.

»Genau unter uns ist alles voller Tunnel«, sagte er. »Ihr werdet es nicht glauben, aber die ganze Stadt muss verschoben werden.«

»Verschoben?«, fragte Finn.

»Ja. Drei Kilometer nach Osten. Sonst besteht Einsturzgefahr. Die ganzen Häuser werden alle abgebaut und weiter drüben wieder aufgebaut.«

»Unglaublich«, sagte Oskar. »Wie bei einer Modelleisenbahn.«

Mikael lachte.

»Genau«, sagte er. »So, jetzt muss ich aber leider zurück an die Arbeit. Hat mich gefreut, euch kennenzulernen. Mittagessen geht auf mich.«

Er stand auf, bezahlte und verabschiedete sich. Finn blickte ihm nach.

»Echt netter Typ«, sagte er.

Mia kratze sich am Kinn.

»Ja, zu nett«, meinte sie.

»Was willst du damit sagen?«

»Es scheint ihn kein bisschen gewundert zu haben, dass auf einmal vier fremde Teenager aus Deutschland in seinem Büro aufgetaucht sind. Ich weiß nicht, ob ich es mir eingebildet habe, aber ich glaube, er hat gestutzt, als du ihm das Foto von Oliver gezeigt hast. Und dann hat er so getan, als würde er unsere Musik toll finden. Ich glaube, er wollte sich bei uns anbiedern.«

»Vielleicht hatte er einfach Geschmack«, sagte Kai und schob sich das letzte Stück seines Sandwiches in den Mund.

»Mag sein«, sagte Mia. »Aber ich traue ihm nicht. Ich glaube, er weiß mehr, als er zugibt.«

»Was sollen wir jetzt tun?«, fragte Oskar.

»Erst mal hier verschwinden«, antwortete Mia. »Ich traue hier nämlich niemandem.«

Während sie das sagte, blickte sie aus den Augenwinkeln zu Malin, die gerade eine kleine Geschirrspülmaschine unter der Theke ausräumte.

Die vier Freunde standen auf und gingen zur Tür.

»Hej då!«, rief ihnen Malin hinterher, als sie das Café verließen. Sie winkten ihr zu und stiegen in den Lieferwagen ein.

»Jetzt mal ehrlich, wie würdet ihr reagieren, wenn vier Teenager vor eurem Büro stehen würden und euch so eine Geschichte auftischen würden?«, fragte Mia. »Also ich würde die Polizei rufen. Entweder sind das Spinner, die Hilfe brauchen, oder es ist wirklich jemand verschwunden. Zumindest würde ich die Eltern benachrichtigen. Aber Mikael hat so reagiert, als wollte er keine hohen Wellen schlagen. Er war freundlich, aber letztendlich hat er uns doch kalt abserviert.«

»Sollen wir noch mal hinfahren?«, fragte Finn.

»Wie wäre es, wenn wir ihn beobachten«, schlug Mia vor. »In dem Büro haben wir uns schon umgesehen. Er hat Oliver ja sicher nicht in einer Schublade versteckt. Aber wenn er irgendwo hinfährt, können wir ihn verfolgen.«

Finn nickte. Sie fuhren los und parkten einige Straßen von Mikaels Büro entfernt. Dann stiegen sie aus und schlichen sich zu einer Hausecke, von der aus sie den Eingang zum Büro von Meteo Data Service beobachten konnten.

Der Nachmittag verging ohne besondere Vorkommnisse. Erst um acht Uhr abends, als der Himmel sich langsam ein wenig orange färbte, beobachteten sie, wie Mikael das Haus verließ und in seinen Jeep stieg.

»Los, zurück in den Wagen«, sagte Mia. Sie liefen zu Ozzy und stiegen ein. Kai ließ den Motor an und fuhr los. Sie folgten Mikaels Jeep in einigem Abstand, da dieser den großen grasgrünen Lieferwagen sicherlich sofort erkannt hätte. Glücklicherweise mussten sie ihm nicht lange folgen, denn kurz nachdem er das Industriegebiet verlassen hatte, bog Mikael auf das Gelände eines Flugfeldes ein, das nebenan lag. Kai parkte am Straßenrand, und sie stiegen aus.

»Was jetzt?«, fragte er.

»Wir gehen hinterher«, sagte Finn.

Sie betraten das Gelände des kleinen Flugplatzes und folgten der Einfahrt, die zu einem großen Parkplatz führte. Mikael hatte gerade seinen Jeep abgestellt und lief zu einem Hangar hinüber, der neben der langen Startbahn errichtet worden war. Die vier Freunde schlichen sich in gebührendem Abstand hinterher. Durch eine Seitentür betrat Mikael den Hangar. Als er im Inneren verschwunden war, näherten sich Finn, Mia, Kai und Oskar dem riesigen Bau. Ein Fenster war in die Seitentür eingelassen, durch die Finn nun einen Blick warf.

»Da steht ein Propellerflugzeug«, berichtete er. »Es ist etwas größer als Ozzy. Mikael macht sich gerade an der Laderampe am Heck zu schaffen. Jetzt ist er in einem Seitenraum verschwunden. Das ist unsere Chance.«

»Unsere Chance für was?«, fragte Mia.

»Na, als blinde Passagiere mitzufliegen.«

Ohne eine Antwort seiner Freunde abzuwarten, schlich sich Finn in den Hangar. Der Innenraum war so groß wie ein Fußballfeld. Der Boden bestand aus blank poliertem Asphalt und die Wände aus Wellblech. Die Decke befand sich mehrere Meter über ihnen. Durch Fenster, die in das Dach eingelassen waren, drang Sonnenlicht in den Innenraum.

»Schnell jetzt«, sagte Finn. Er lief zu dem Propellerflugzeug, das in der Mitte des Hangars parkte. Seine Nase war auf das große Tor gerichtet, das offen stand und den Blick auf das Rollfeld freigab. Die vier Freunde liefen zum Heck des Flugzeugs. Sie kletterten über die Laderampe ins Innere.

Dort waren mehrere Kisten festgezurrt, die von schwarzen Planen verdeckt waren. Finn, Mia, Oskar und Kai kauerten sich hinter eine der großen Kisten und versteckten sich unter der Plane. Kurz darauf hörten sie Schritte, die sich näherten. Mikael kam zurück. Als er das Flugzeug erreicht hatte, schloss er die Rampe und stieg ins Cockpit. Dann lies er den Motor an. Der Propeller begann, sich mit einem lauten Knattern zu drehen.

Finn und Mia, die nebeneinandersaßen, tauschten nervöse Blicke aus.

Das Flugzeug setzte sich in Bewegung und fuhr aus dem Hangar hinaus. Als es die Startbahn erreicht hatte, nahm die Tonhöhe des Propellergeräusches stetig zu. Das Flugzeug wurde schneller und schneller, und bald hob es sanft vom Boden ab.

FLUG NACH NORDEN

Finn konnte spüren, wie der Druck in seinen Ohren zunahm, als das Flugzeug an Höhe gewann. Da sich die vier blinden Passagiere genau hinter Mikaels Pilotensitz versteckt hatten, mussten sie ganz leise sein. Mit jedem Meter Höhe, den sie gewannen, sank die Temperatur in der Kabine. Bald war es im Bauch des kleinen Flugzeugs so kalt, dass sie ihren dampfenden Atem sehen konnten.

Durch ein Bullauge, das in die Seitenwand eingelassen war, konnte Finn den Himmel sehen. Sie flogen hoch über einem Bett aus dichten Wolken, das wie ein Meer aus Zuckerwatte wirkte. Anders als bei einer großen Passagiermaschine spürten sie in dem kleinen Flugzeug jede Bewegung. Die Maschine schaukelte sanft hin und her, und ab und zu durchflogen sie ein Luftloch, was das Flugzeug abrupt absacken ließ.

»Mir ist echt übel«, flüsterte Kai.

Mia hielt ihren Zeigefinger an die Lippen und deutete auf Mikael, der keine zehn Zentimeter von ihnen entfernt saß. Die Propeller ratterten zwar so laut, dass man kaum sein eigenes Wort verstehen konnte, aber Finn musste Mia recht geben. Es war besser, nicht zu riskieren, von Mikael entdeckt zu werden.

Kaum eine halbe Stunde später verlor das Flugzeug wieder an Höhe und beschrieb eine leichte Kurve. Erneut machte es in Finns Ohren *plopp,* und es fühlte sich an, als hätte er Wasser darin gehabt, das plötzlich aus seinem Gehörgang geflossen war.

Im Bullauge der Maschine wurden die Spitzen hoher Fichten sichtbar, die mit großer Geschwindigkeit an ihnen vorbeirasten. Wenige Minuten später setzte das Flugzeug sanft auf dem Boden auf und bremste ab. Es beschrieb eine Kurve und blieb dann stehen. Finn hörte, wie Mikael die Tür des Cockpits öffnete und ausstieg.

»Was jetzt?«, flüsterte Oskar.

»Ich sehe mal nach, was er macht«, antwortete Finn.

Er setzte sich auf und lugte vorsichtig über den Rand des Bullauges. Mikael ging auf ein kleines Gebäude zu, das am Rand der Landebahn stand. Er hatte es fast erreicht.

»Mikael hat uns den Rücken zugedreht«, sagte Finn. »Kommt, wir schleichen hinterher.«

Finn kletterte über den Pilotensitz ins Cockpit und öffnete die Tür. Gerade verschwand Mikael um die Ecke des Gebäudes. Sie liefen zu dem Gebäude, bei dem es sich um einen quaderförmigen Bau mit großen Fenstern handelte. Die vier Freunde blickten vorsichtig um die Ecke. Dahinter befand sich ein kleiner Parkplatz. Dort stand ein weißer Jeep sowie einige Quad-Bikes – kleine Geländefahrzeuge mit vier Rädern –, die unter einem Unterstand geparkt waren.

Mikael war in den Jeep gestiegen und hatte den Motor angelassen. Er setzte zurück und fuhr aus dem Parkplatz hinaus auf eine kleine Straße, die in den Wald führte.

»Wir müssen hinterher!«, rief Finn.

»Wie denn?«, fragte Kai.

»Damit«, sagte Mia und deutete auf die Quad-Bikes. Sie liefen zu dem Unterstand, unter dem die Bikes geparkt waren. Finn sah sich das erste Bike an.

»Keine Zündschlüssel«, sagte er.

»Seht mal, hier«, sagte Oskar.

Er war zu einer kleinen Metallbox gelaufen, die an der Wand des Unterstands befestigt war, und öffnete sie. Die Zündschlüssel der Bikes hingen an kleinen Haken. Sie mussten nicht lange probieren, bis sie zwei passende Schlüssel gefunden hatten. Kai und Finn setzten sich ans Steuer der zwei Bikes. Oskar setzte sich zu Kai, und Mia nahm hinter Finn Platz. Sie steuerten die Bikes auf die kleine Straße und fuhren hinter Mikael her. Der Fahrtwind zerrte an Finns Haar. Das Quad lenkte sich fast wie ein Fahrrad, und die Geschwindigkeit konnte man bequem über einen Daumenhebel regulieren. Bald hatte Finn den Dreh raus, und er erhöhte die Geschwindigkeit. Mikaels Jeep war in der Ferne zu sehen. Langsam verkürzten sie den Abstand. Finn drehte sich zu Kai und deutete nach links in den dichten Fichtenwald hinein. Finn lenkte sein Bike ins Unterholz, und Kai folgte ihm. Er musste höllisch aufpassen, um nicht mit den dicken Stämmen zu kollidieren oder einen der vielen Äste zu rammen, die von den Bäumen abgebrochen waren. Im Schutz der Bäume holten sie Mikaels Jeep ein, der eher gemächlich über die enge Straße fuhr. Sie befanden sich etwa fünfzig Meter abseits der Straße und konnten den Jeep so gut im Auge behalten, ohne selbst gesehen zu werden.

Kurze Zeit später tauchte im Wald vor ihnen ein Maschendrahtzaun auf, der quer durch die Bäume verlief. Als sie den Zaun erreicht hatten, stiegen sie von ihren Bikes ab. Sie schlichen sich am Zaun entlang in Richtung der Straße. Dort befand sich ein Wachhäuschen neben einer Schranke, die die Fahrbahn absperrte. Mikaels Jeep hatte dort angehalten, und er war gerade dabei, ein paar freundliche Worte mit dem Wachmann zu wechseln. Dann öffnete dieser die Schranke und ließ ihn hindurchfahren.

»Ganz schön strikte Sicherheitsvorkehrungen für eine Wetterstation«, meinte Finn.

»Das dachte ich auch«, sagte Mia.

»Wollen wir über den Zaun klettern?«, schlug Kai vor. »Da drüben hängt ein Ast über den Zaun. Wenn wir an dem Baum hochklettern, können wir auf der anderen Seite herunterspringen.«

»Ganz schön hoch«, meinte Mia.

»Für einen Zwerg wie dich«, scherzte Kai, was ihm einen Ellbogenknuff von Mia einbrachte.

»Klappe, Olaf.«

Oskar machte eine Räuberleiter, und Finn setzte einen Fuß in Oskars Handflächen. Er zog sich an einem der unteren Äste der Fichte empor und kletterte dann zu dem dicken Ast, der über den Zaun hing. Vorsichtig hangelte er sich daran entlang, bis er den Zaun überquert hatte. Er ließ sich fallen und kam unsanft in einem Bett aus Moos und Tannennadeln auf. Mia, Oskar und Kai taten es ihm gleich, und bald waren sie alle auf der anderen Seite des Zaunes angekommen.

»Wohin jetzt?«, fragte Kai.

»Ich würde sagen, wir halten uns ein wenig nach links«, meinte Finn. »Wenn die Straße, die Mikael genommen hat, geradeaus führt, dann müssten wir so früher oder später auf sie stoßen.«

Geduckt schlichen sie sich durch den Wald in die Richtung, die Finn vorgeschlagen hatte. Dicke Wurzeln durchzogen den moosbewachsenen Boden und erschwerten ihnen die Fortbewegung. Immer wieder stolperte einer von ihnen über die hölzernen Stränge. Sie waren etwa eine halbe Stunde durch den Wald gewandert, als sie in der Ferne die Straße entdeckten, in die der Jeep eingebogen war. Die Lichter eines Wagens schimmerten durch die Zwischenräume der Baumstämme, während dieser langsam in Richtung der Hauptstraße fuhr.

»Lasst uns von der Straße wegbleiben«, sagte Finn. »Wenn wir ihr hier parallel folgen, kommen wir bestimmt zu dem Punkt, wo sie hinführt.«

Sie änderten ihre Richtung so, dass die Straße genau zu ihrer Rechten blieb. Weitere zwanzig Minuten später entdeckten sie die Lichter eines großen Gebäudes, das mitten im Wald stand. Sie schlichen sich so nah heran, dass sie es aus dem Dickicht heraus beobachten konnten.

Es handelte sich um einen hohen Betonblock mit kleinen

Fenstern, der mindestens zehn Stockwerke besaß. Auf dem Flachdach, das sogar über die Wipfel der Fichten hinausragte, waren große Satellitenschüsseln angebracht, die auf den Himmel gerichtet waren. Überall auf dem Dach blitzten rote Positionslampen auf.

»Ob das die Zentrale des Wetterdienstes ist?«, fragte sich Finn.

Mia klopfte ihm auf die Schulter.

»Sie mal, dort am Eingang«, sagte sie und zeigte zur gläsernen Doppeltür, die sich im Erdgeschoss befand.

»Links und rechts stehen zwei bewaffnete Männer mit Sturmgewehren. Sieht eher wie eine Militärbasis als ein Wetterbüro aus.«

»Wir müssen da hinein«, meinte Finn. »Ich habe das Gefühl, dass wir dort drinnen Antworten bekommen.«

»Wie soll das klappen?«, fragte Mia.

»Du kannst dich ja als Pizzabote verkleiden«, scherzte Kai. »Entschuldigung, die Herren Verschwörer haben drei Capricciosa und eine Peperoni bestellt.«

Mia, Finn und Oskar lachten.

»Da, an der rechten Seite, ist eine Tiefgarageneinfahrt«, sagte Finn und zeigte auf eine Rampe, die unter das Gebäude führte. In diesem Moment öffnete sich das Rolltor, und ein weißer Jeep verließ die Garage. Er bog in Richtung der Hauptstraße ab.

»Wenn einer von diesen Jeeps dort hält und darauf wartet, dass sich das Rolltor öffnet, kann ich vielleicht hinten auf die Laderampe klettern.«

Im Schutz des Waldes schlichen sie sich an eine Stelle, die sich genau gegenüber der Gargeneinfahrt befand. Sie mussten lange warten, bis sich ein weiterer Jeep dem Rolltor näherte, doch das hatte den Vorteil, dass es inzwischen ein wenig dunkler geworden war. Als der Jeep anhielt, um per Chipkarte den Mechanismus des Rolltors zu aktivieren, lief Finn los. Er näherte sich dem Wagen genau von hinten, sodass er nicht in den Seitenspiegeln zu sehen war. Als das Tor sich mit einem lauten Rattern in Bewegung setzte, kletterte Finn auf die Laderampe und versteckte sich unter der Plane, die über diese gespannt war. Er legte sich flach hin und wagte es kaum, zu atmen. Der Jeep setzte sich in Bewegung und fuhr langsam durch die unterirdische Garage. Finn stieg der Geruch von Auspuffgasen und stickiger Luft in die Nase. Der Jeep bog in eine Parkbucht ein und hielt an. Der Fahrer stieg aus. Finns Herzschlag pochte laut in seinen Ohren. Wenn der Fahrer jetzt beschloss, unter die Plane zu sehen, war alles aus. Erleichtert stellte er fest, dass sich die Schritte entfernten. Finn wartete einige Sekunden und schob dann vorsichtig die Plane beiseite. Er fand sich in einem geräumigen Parkhaus wieder, in dem mehrere Jeeps, Kleintransporter und Pkw abgestellt worden waren. Finn kletterte aus dem Jeep und sah sich um. Unweit von ihm befand sich eine Tür, über der ein grünes Notausgangschild angebracht worden war. Er ging darauf zu und öffnete sie. Sie führte in ein Treppenhaus. Gegenüber der Tür befanden sich zwei Aufzüge. Finn drückte den Rufknopf des Aufzugs. Sofort öffnete sich eine Schiebetür, und er betrat die

Kabine dahinter. Die Knöpfe waren von eins bis zehn durchnummeriert, es gab also zehn Stockwerke. An den einzelnen Stockwerken waren Hinweisschilder angebracht, die in verschiedenen Sprachen beschriftet waren. Schwedisch, Englisch, Deutsch, Französisch, Spanisch, Italienisch, Chinesisch und Japanisch. Finn runzelte die Stirn. Wenn es sich wirklich um ein schwedisches Wetteramt handelte, warum dann diese Sprachvielfalt?

Er drückte den Knopf für den zweiten Stock, neben dem »Zentralkontrolle« stand. Nichts passierte. Wieder und wieder drückte er den Knopf, doch die Tür des Lifts schloss sich nicht. Erst dann fiel ihm ein Sensor auf, auf dem das Symbol einer Chipkarte abgebildet war. Ohne Karte konnte er den Lift wohl nicht benutzen. Er wollte gerade wieder aussteigen, als sich die Türen des Aufzugs vor seiner Nase schlossen. Sanft setzte sich die Kabine in Bewegung. Finn merkte nur dadurch, dass er sich plötzlich schwerer fühlte, dass der Aufzug überhaupt nach oben fuhr. Kurz darauf hielt er an, und die Tür öffnete sich.

Finn stutzte.

Vor ihm stand Mikael, flankiert von zwei Wachposten, die ihre Gewehre auf ihn gerichtet hatten.

»Du steckst ganz schön in Schwierigkeiten, mein Freund«, raunte Mikael bedrohlich.

SCHWIERIGKEITEN

Mikael führte Finn durch einen fensterlosen Korridor, von dem mehrere Türen abgingen. Die Wachen liefen hinter ihnen her. An einer der Türen hielt Mikael, öffnete diese und bedeutete Finn mit einer ruppigen Geste, den Raum zu betreten. Als Finn durch die Tür ging, stellte er fest, dass Mia, Kai und Oskar bereits an dem großen Konferenztisch saßen, der die Mitte des Raums einnahm. Sie seufzten erleichtert, als Finn sich unversehrt zu ihnen setzte.

»Puh, wir dachten schon, dir wäre etwas zugestoßen«, flüsterte Mia.

»Die haben uns nicht gerade zimperlich behandelt, als sie uns im Gebüsch gefunden haben«, fügt Oskar hinzu. »Gewehre im Anschlag und so.«

»Jetzt haltet mal die Klappe«, fuhr Mikael sie an. »Ihr scheint wohl nicht zu verstehen, in was für Schwierigkeiten ihr steckt. Der Zutritt zu diesem Gelände ist strengstens verboten. Ihr seid in eine staatliche schwedische Einrichtung eingebrochen. Darauf stehen Gefängnisstrafen. Das ist kein Kinderstreich.«

»Wir wollten doch nur …«

Weiter kam Finn nicht.

»Was wolltet ihr? Nach deinem Bruder suchen. Er ist hier nicht. Ich weiß nicht, was ich euch sagen soll, damit ihr es kapiert. Das hier ist eine Wetterstation. Wir arbeiten hier mit hochtechnischen Geräten, die genauestens kalibriert sind. Wenn ihr hier irgendwas kaputt macht, kann es Monate dauern, bis wir es wieder repariert haben. Die Kosten können in die Millionen steigen. Das ist kein Kinderspielplatz.«

Finn und die anderen schwiegen. Finn kam sich so dumm vor. Was hatte ihn geritten, dass er hier eingebrochen war? Was machten sie überhaupt hier in Nordschweden? Selbst wenn Oliver sie von Jokkmokk aus angerufen hatte, konnte er doch sonst wohin weitergefahren sein. Finn spürte, wie ihm die Schamesröte ins Gesicht stieg.

»Ich bin so kurz davor, euch der Polizei zu übergeben«, sagte Mikael.

»Es tut uns leid«, murmelte Finn schließlich kleinlaut. »Wir dachten echt, mein Bruder ist hier. Aber wir haben uns geirrt.«

Die vier Freunde saßen mit gesenkten Blicken um den Konferenztisch. Mikael wiegte den Kopf hin und her.

»Okay. Entschuldigung akzeptiert«, sagte er schließlich. »Ich kann ja verstehen, dass ihr euch Sorgen macht, aber ich versichere euch, einen Oliver Janssen gibt es hier nicht. Und nun macht 'nen Abflug.«

Die vier Freunde standen auf und verließen den Konferenzsaal. Mikael führte sie zu einem Aufzug am Ende des Ganges. Er drückte den Rufknopf. Neben dem Aufzug befand sich ein großer Raum, den man durch ein Fenster im Gang überblicken konnte. Eine ganze Schar Wissenschaftler saß an Monitoren, die globale Wetterdaten, Regenradar und Windgeschwindigkeiten anzeigten. Handelte es sich also doch bloß um eine Wetterstation? Aber wieso dann die bewaffneten Wachposten? Die Tür des Aufzugs öffnete sich, und Finn und seine Freunde stiegen ein. Mikael betrat als Letzter die Kabine und drückte den Knopf für das Erdgeschoss. Als sich die Tür wieder öffnete, gab sie den Blick auf eine karge Eingangshalle frei. Der Boden bestand aus schwarzem Stein und wurde von mehreren LED-Lampen beleuchtet, die in die hohe Decke eingelassen waren. Neben dem Eingang stand ein Empfangsschalter, an dem ein Wachmann saß. Hinter ihm war eine Landkarte der Umgebung angebracht. Während sie die Halle durchquerten, warf Finn einen Blick auf die Karte. Er konnte darauf die Hauptstraße und den Komplex erkennen, in dem sie sich gerade befanden. Verwundert stellte er fest, dass hinter dem Gebäude eine weitere Straße tiefer in den Wald führte, die an einer großen Freifläche endete, auf der mehrere Gebäude eingezeichnet waren. War dieses ganze Areal noch größer, als sie gedacht hatten?

Mikael begleitete die vier Freunde durch die Tür nach draußen, zu seinem weißen Jeep. Sie nahmen die Straße durch den Wald, die an dem Schlagbaum endete, den Finn und die anderen von ihrem Versteck im Wald aus gesehen hatten. Finn blickte zu dem Wachhäuschen, das neben der Schranke errichtet worden war. Ein grimmig dreinblickender Mann saß hinter dem Fenster. Neben dem Haus waren drei Quad-Bikes geparkt, die denen glichen, die sie am Parkplatz des Flugfelds entwendet hatten.

Die Schranke hob sich, und Mikael gab Gas. Schweigend fuhr er die enge Straße entlang, bis sie den Parkplatz des Flugfelds erreicht hatten.

»Aussteigen«, sagte Mikael barsch.

Sie gehorchten und folgten ihm auf das Flugfeld, auf dem die kleine Transportmaschine stand, mit der sie gekommen waren. Mikael öffnete die Tür zum Cockpit und blickte auf das Armaturenbrett.

»Muss tanken«, sagte er. »Wartet hier.«

Er lief zu einem kleinen Hangar, der neben dem Flugfeld am Waldrand errichtet worden war.

»Ich komme mir so blöd vor«, sagte Finn. »Wo habe ich euch da reingeritten. Was für eine Schnapsidee. Nur weil ich nicht wahrhaben wollte, dass Oliver …«

Er brach ab. Ihm wurde klar, dass er sich die ganze Zeit etwas vorgemacht hatte. Oliver war tot. Und es gab nichts auf der Welt, was ihn wiederbringen würde. Plötzlich begann er, hemmungslos zu weinen. Mia legte ihren Arm um ihn. Oskar und Kai schwiegen betreten. Wie konnte er nur so naiv gewesen sein? Wieso hatte er geglaubt, dass er es besser wusste als die Polizei, seine Eltern und die Leute aus Olivers Internat? Er kam sich dumm vor. Dumm und klein und kindisch. Der ganze Mut, das ganze Selbstbewusstsein, dass Finn sich in den letzten Wochen erarbeitet hatte, es war alles auf einmal wie weggeblasen. Dieser Mikael hatte ihn wie ein kleines Kind zurechtgewiesen. Immer wieder gingen Finn Mikaels Worte aus dem Konferenzraum durch den Kopf.

Das ist kein Kinderspielplatz.

Es gibt hier keinen Oliver Janssen.

Es gibt hier keinen Oliver Janssen.

Etwas daran machte Finn stutzig, als würde der Satz keinen Sinn ergeben.

Es gibt hier keinen Oliver Janssen.

Es gibt hier keinen Oliver Janssen.

Mit einem Mal wurde Finn bewusst, was ihn daran störte.

»Moment mal!«, rief er so laut und so plötzlich, dass die anderen zusammenzuckten.

»Was ist los?«, fragte Mia.

»Es gibt hier keinen Oliver Janssen!«, sagte Finn laut. »Das hat Mikael zu uns gesagt.«

»Ja, und?«, meinte Mia.

»Woher weiß er meinen Nachnamen? Ich habe ihn nie erwähnt.«

Mia blickte ihn fragend an.

»Stimmt«, sagte sie. »Als wir in Mikaels Büro waren, haben wir uns nur mit unseren Vornamen vorgestellt.«

»Und das heißt…«, meinte Oskar.

»…das heißt, dass Mikael Oliver kennt. Er hat uns die ganze Zeit angelogen. Es gibt keine andere Erklärung.«

Mia fiel die Kinnlade herunter.

»Krass«, sagte sie.

»Und was jetzt?«, fragte Kai.

Mit einem Mal war Finns Selbstbewusstsein zurückgekehrt. Er würde sich nicht mehr einschüchtern lassen.

»Na, wir fahren zurück«, sagte Finn entschlossen.

»Ja«, meinte Mia. »Und dieses Mal lassen wir uns nicht schnappen.«

»Die haben uns reingelegt«, sagte Kai. »Unglaublich.«

Sie blickten zum Hangar, in dem Mikael verschwunden war.

»Los, bevor er zurückkommt!«

Finn rannte los, zum Parkplatz zurück, wo Mikael seinen Jeep abgestellt hatte. Als sie um die Ecke des Gebäudes bogen, hörten sie Mikael fluchen.

»Wo wollt ihr hin? Spinnt ihr?«

Finn blickte sich um.

»Er kommt!«

So schnell sie konnten, rannten sie zu Mikaels Jeep. Kai setzte sich in den Fahrersitz, und Mia und Finn stiegen hinten ein. Oskar nahm auf dem Beifahrersitz Platz.

Kai fuhr los, genau in dem Moment als Mikael, völlig außer Atem, um die Ecke des Gebäudes gerannt kam.

»Halt! Ihr Idioten! Was soll denn das?«

Die vier Freunde hörten nicht auf ihn. Kai raste die Straße zwischen den Bäumen entlang.

»Und was jetzt?«, fragte er, während er sich auf die enge Straße konzentrierte.

»Wir brauchen einen Plan«, sagte Mia. »Wir dürfen uns nicht wieder schnappen lassen.«

»Ich habe eine Idee«, sagte Finn. »Aber es ist riskant. Hört mir zu…«

Åke Sjöberg hatte gerade seine Schicht im Wachhäuschen angetreten. Er mochte diesen Job, weil an den meisten Tagen rein gar nichts passierte und er sich seinen geliebten Sudokus und Kreuzworträtseln widmen konnte. Er kaute gerade am Ende seines Kugelschreibers herum und suchte eine asiatische Hauptstadt mit dem Anfangsbuchstaben ›L‹, als ihn das Dröhnen eines Motors aufhorchen ließ. Er blickte aus dem Fenster seines Wachhäuschens. In diesem Moment kam ein weißer Jeep angebraust und fuhr durch die geschlossene Schranke. Das weiße Plastik der Absperrung splitterte und zerbarst in tausend Stücke. Ohne zu bremsen, bretterte der Wagen die Straße herunter. Sofort griff Åke nach seinem Walkie-Talkie und setzte einen Funkspruch ab. Dann rannte er aus dem Häuschen, setzte sich auf eines der bereitstehenden Quad-Bikes und gab Vollgas. Er brauste hinter dem Jeep her, der genau aufs Hauptgebäude zuhielt. Åkes Funkspruch hatte Wirkung gezeigt, denn zwei weitere Jeeps waren aus der Tiefgarage des Komplexes gekommen und hatten vor dem Gebäude eine Straßensperre errichtet. Der Jeep, der durch die Schranke gefahren war, blieb stehen. Die Wachen, die aus dem Gebäude geströmt waren, hatten ihre Sturmgewehre am Anschlag.

»Hände hoch!«, riefen sie dem weißen Jeep zu. Die Vordertür öffnete sich, und die Insassen stiegen aus. Sie hatten ihre Hände in die Luft gehoben. Hinter ihnen durchbrach das laute Knattern von zwei Quad-Bikes die Stille. Mikael und der Wachmann fuhren mit Höchstgeschwindigkeit heran und parkten vor den Freunden, die ihre Hände in die Höhe hielten.

Wutschnaubend stieg Mikael ab.

»Ich habe euch gewarnt!«, rief er. »Jetzt gibt es echt Ärger! Die Polizei ist schon unterwegs! Ihr werdet es noch ...«

Plötzlich blieb er stehen und blickte von den Insassen zum Jeep.

»Wo ist er?«, brüllte er Kai, Mia und Oskar an.

»Wo ist Finn?«

TIEF IM WALD

Bevor der Jeep die Absperrung durchbrochen hatte, war Finn ausgestiegen und hatte hinter einem Baum gewartet, bis der Wachposten die Verfolgung aufgenommen hatte. Er hatte beobachtet, wie Kai mit Vollgas die Straße hinuntergejagt war und das Quad-Bike die Verfolgung aufgenommen hatte. Als die beiden Fahrzeuge hinter einer Kurve verschwunden waren, war Finn zu dem Wachhäuschen gerannt. An einem Schlüsselbrett hingen dort zwei Schlüssel, auf deren Anhänger »Quad 2« und »Quad 3« geschrieben stand. Finn schnappte sich die Schlüssel und kehrte zu den Fahrzeugen zurück. Er setzte sich auf den Sitz eines der verbliebenen Bikes und drehte den ersten Schlüssel im Zündschloss um. Er hatte den richtigen Schlüssel gewählt, denn der Motor erwachte knatternd zum Leben. Mit dem rechten Daumen drückte er auf den Gashebel, der am Lenkrad angebracht war. Ruckartig fuhr das Fahrzeug los. Der Motor heulte auf, und das Geländefahrzeug gewann an Geschwindigkeit. Finn lenkte es von der Straße ab in den Wald hinein. Er wollte das Gebäude, aus dem sie gerade hinausgeworfen worden waren, weiträumig im Schutz der Bäume umfahren.

Mit wilden Lenkbewegungen fuhr er im Slalom zwischen den dicken Stämmen hindurch. Immer wieder wischten ihm die Äste der Fichten ins Gesicht, und er musste sich ducken, um nicht aus dem Sitz geworfen zu werden. Etwa hundert Meter abseits der Straße fand er einen Trampelpfad, der sich durch den dichten Wald schlängelte. Finn gab Vollgas. Er wusste, dass es nur eine Frage der Zeit war, bis die Leute vom vermeintlichen Wetteramt festgestellt hatten, dass Finn fehlte. Er hoffte, dass er wenigstens einen Vorsprung von ein paar Minuten hatte, bis man die Suche nach ihm starten würde.

Das Quad jagte über den trockenen Waldboden. Finn warf einen Blick nach rechts und entdeckte das große Gebäude in der Ferne. Die Straße, die er auf der Landkarte in der Lobby gesehen hatte, führte direkt dahinter genau nach Norden. Finn fuhr weiter und ließ das Gebäude hinter sich. Er versuchte einzuschätzen, in welcher Richtung die Straße lag. Der Trampelpfad, auf dem er sich befand, schien ein wenig nach Westen zu driften, und so beschloss er, ihn zu verlassen und ins Unterholz abzubiegen. In der Ferne zwischen den Bäumen sah er die Schatten von mehreren Jeeps, die auf einer Straße hin und her fuhren. Die Suche nach ihm musste wohl schon begonnen haben. Er vergrößerte den Abstand zu den Jeeps und fuhr weiter.

Auf einmal drang ein lautes Knattern an seine Ohren. Er blickte nach oben. Irgendwo vor ihm war ein Hubschrauber aufgestiegen, der nun über den Baumwipfeln auf ihn zuflog. Wenn er nicht entdeckt werden wollte, musste Finn schnellstens ein Versteck finden. Er sah sich um und entdeckte eine große Fichte, die im Dickicht der Bäume umgestürzt war. Ihre massiven Wurzelstränge hatten sich aus der Erde gelöst und eine große Grube hinterlassen. Finn stellte das Quad-Bike so ab, dass es von dem Stamm und den langen Ästen verdeckt wurde, und sprang in die Grube unter den Wurzeln. Das Geräusch des Helikopters kam näher. Die Äste der umliegenden Bäume bogen sich im Luftstrom der Rotoren, und ein feiner Regen Fichtennadeln rieselte auf die Umgebung herab. Der Hubschrauber schien genau über Finn zu schweben, denn das ohrenbetäubende Knattern entfernte sich nicht. Obwohl bei diesem Krach niemand seinen Atem hören würde, hielt Finn instinktiv die Luft an. Hatte man ihn entdeckt? Der Augenblick dehnte sich zu einer Ewigkeit, doch nach kurzer Zeit nahm das Rotorengeräusch an Lautstärke ab. Der Helikopter entfernte sich. Finn beobachtete, wie er nach Osten weiterflog. Er verlor keine Zeit. Er kletterte aus seinem Versteck, klopfte sich die lose Erde und Fichtennadeln aus der Kleidung und sprang in den Sattel des Bikes. Dann drehte er den Zündschlüssel und ließ den Motor erneut an. Er drückte den Daumenhebel durch.

Das Bike sauste zwischen den Bäumen hindurch, parallel zu der Straße, die hinter dem großen Gebäude nach Norden führte. Der Fahrtwind pfiff in Finns Ohren. Er duckte sich tief über den Lenker und kam dabei dem Motorengeräusch so nahe, dass er nichts anderes mehr hören konnte. Wahrscheinlich war das der Grund, dass er den Hubschrauber erst wahrnahm, als es schon zu spät war. Als er das Rotorengeräusch endlich bemerkte und einen Blick nach oben warf, schwebte der Helikopter wie eine schwarze Metallhummel direkt über ihm. Ein Mann in einem militärisch anmutenden Overall lehnte sich aus der Seitentür und blickte zu ihm herunter. Er zeigte mit dem Finger auf ihn. Im nächsten Moment hörte Finn eine Stimme, die aus einem Megafon drang, das an der Unterseite des Helis angebracht worden war.

»Halt sofort an!«, rief die Stimme. »Sonst eröffnen wir das Feuer.«

Finns Gedanken rasten. Wenn er jetzt anhielt, würde er nie erfahren, was mit Oliver geschehen war. Er nahm all seinen Mut zusammen und beschleunigte das Bike. Es machte einen Satz, sprang über eine Wurzel, flog einige Meter durch die Luft und kam dann unsanft auf dem Waldboden wieder auf. Finn wäre beinahe aus dem Sitz geflogen, wenn er den Lenker nicht fest mit den Händen umklammert hätte. In einigen Hundert Meter Entfernung schimmerte Licht durch die Äste der Fichten.

Der Waldrand.

Er hatte es fast geschafft.

Im selben Augenblick hörte er das Geräusch eines Motors, der hinter ihm im Wald aufheulte. Er blickte nach hinten. Zwei schwarze Motorräder näherten sich. Die Reifen hatten dicke Offroad-Profile, und in ihren Satteln saßen schwarz gekleidete Fahrer, deren Gesichter von ebenso schwarzen Helmen verdeckt waren. Finn war sich sicher, dass die Motorräder um einiges schneller waren als sein Quad-Bike. Trotzdem fuhr er unbeirrt weiter geradeaus. Die Motorräder kamen näher. Der Waldrand war jetzt ganz nahe. Etwas rauschte an seiner rechten Seite vorbei. Eines der Motorräder hatte ihn überholt. Der Fahrer machte vor ihm halt und richtete sein Gewehr auf Finn. Finn setzte alles auf eine Karte: Er lenkte nach links und fuhr an dem Motorradfahrer vorbei.

»Der schießt nicht«, dachte Finn. »Wenn die uns loswerden wollten, wären wir nie lebend aus dem Komplex herausgekommen.«

Er ließ den Fahrer hinter sich.

Finns Rückenmuskulatur war angespannt, so als würde er erwarten, dass der Fahrer doch das Feuer auf ihn eröffnete. Doch das geschah nicht.

Das zweite Motorrad hatte sich von links genähert. Es versuchte, ihn abzudrängen, doch Finn hatte Glück. Vor ihnen erschien der Stamm einer großen Fichte, die das Motorrad dazu zwang abzudrehen. Jetzt war der Weg frei. Finn steuerte auf den Waldrand zu. Das Quad-Bike huschte zwischen zwei Baumstämmen hindurch und verließ den Wald, auf eine große Wiese hinaus.

Jetzt senkte sich der schwarze Hubschrauber vor ihm zu Boden. Der Mann, der sich aus der Seitentür gelehnt hatte, hatte eine Waffe auf ihn gerichtet.

»Stopp oder ich schieße!«, erklang seine Stimme durch das Megafon. »Das ist die letzte Warnung.«

Finn biss die Zähne zusammen.

Der Mann feuerte einen Warnschuss in den Boden ab.

Finn nahm den Daumen vom Gas.

Das Quad-Bike wurde langsamer.

»So ist es gut«, erklang die Stimme des Mannes. Er senkte seine Waffe.

Im selben Moment drückte Finn den Gashebel wieder durch und lenkte nach rechts. Das-Quad Bike nahm erneut Fahrt auf und fuhr an der Hinterseite um den Hubschrauber herum. Finn blickte über seine Schulter und sah, wie der Helikopter in die Höhe schnellte und sich in seine Richtung drehte. Er blickte nach vorne – und wäre fast aus dem Sattel gefallen.

Er konnte nicht glauben, was dort in der Mitte der großen Freifläche stand. Wie in Trance fuhr er darauf zu. Als ihn nur wenige Meter von dem Koloss trennten, hielt er an und stieg ab. Er legte den Kopf in den Nacken und blickte an dem Ding empor.

Es war eine Rakete.

Ihr weißer Körper ragte über fünfzig Meter in die Höhe. Der Name PEGASUS II prangte in großen Buchstaben an der Seitenwand. Die Rakete stand an einem Gerüst, mit dem sie über allerlei Schläuche und Kabel verbunden war. Die Abschussrampe befand sich neben einem riesigen Turm, der die Spitze der Rakete noch überragte. An der Seite war ein großes Tor angebracht. Dabei musste es sich wohl um den Hangar handeln, in dem die Rakete montiert worden war.

Finn lief staunend um die Abschussrampe herum und merkte deshalb nicht, dass sich mittlerweile eine halbe Armee um ihn herum positioniert hatte.

»Sofort stehen bleiben!«, bellte ihn eine Stimme an.

Er drehte sich um und blickte in ein Dutzend Gewehrläufe, die auf ihn gerichtet waren. Langsam hob er die Hände in die Luft. Sein Herz hämmerte in seiner Brust. Der Hubschrauber war gelandet, und seine Besatzung war ausgestiegen. Außerdem hatten sich die beiden Motorradfahrer und mehrere Jeeps hinter ihm in Stellung gebracht.

Finn blieb wie angewurzelt stehen. Einen Moment lang passierte nichts. Dann hörte Finn das Geräusch eines weiteren Jeeps, der sich schnell näherte. Er blickte nach rechts und entdeckte, dass ein Wagen vom Raketenhangar aus auf ihn zukam. Der Jeep hielt so an, dass er zwischen Finn und den Wachposten zum Stehen kam. Die Vordertür öffnete sich, und ein Mann stieg aus. Es dauerte einige Augenblicke, bis Finn erkannte, um wen es sich dabei handelte.

Es war Oliver.

Ohne nachzudenken, rannte Finn los und schmiss sich in die Arme seines Bruders.

»Oliver!«, schluchzte er.

Sein Bruder drückte ihn so fest, dass Finn der Atem wegblieb. Sein Körper bebte, denn auch er weinte hemmungslos.

»Finny!«, rief er.

Finn ließ von Oliver ab und blickte in sein tränenüberströmtes Gesicht. Erst jetzt begriff er es. Er hatte mit allem Recht gehabt. Sein Bruder lebte noch. Und er hatte ihn gefunden.

»Ich habe dich so vermisst, du Arsch!«, rief er und wischte sich die Tränen weg.

Oliver lachte.

»Ich glaube, ich schulde dir eine Erklärung«, sagte er.

»Ach wirklich?«, gab Finn zurück. »Nein, nein, lass dir nur Zeit damit. Ist ja nicht so, dass ich monatelang gedacht habe, dass mein einziger Bruder mausetot ist.«

Oliver winkte den Wachposten zu, und sie steckten ihre Waffen weg. In diesem Moment erschien ein weiterer Jeep am Waldrand. Als dieser bei der Abschussrampe hielt, stiegen Mia, Oskar und Kai aus.

»Du hast ja die ganze Band mitgebracht«, scherzte Oliver.

»Ja, aber dieses Mal bist du es, der uns ein Liedchen trällern muss«, sagte Finn.

»Steigt ein«, sagte Oliver und deutete auf den Jeep, in dem er angekommen war. »Wir fahren in die Basis, und dann erzähle ich euch alles.«

Finn, Mia und Oskar stiegen in Olivers Jeep. Nur Kai stand staunend vor der Rakete. Er zeigte nach oben und wandte sich an Oliver.

»Ist die … ist die echt?«, fragte er verdutzt.

DIE PRÜFUNG

Mit dem Jeep fuhren sie durch den Wald zu dem Gebäude zurück, in das Finn vor einigen Stunden eingebrochen war. Sie fuhren mit dem Aufzug ins oberste Stockwerk und betraten dort einen großen Konferenzraum, der dem glich, in dem Mikael sie zur Rede gestellt hatte. Die Fenster des Raumes überblickten die Wipfel der Fichten des umliegenden Waldes. In der Ferne ragte die Spitze der Pegasus II über die Baumkronen.

Sie setzten sich an den großen Tisch und blickten Oliver erwartungsvoll an. Bevor dieser jedoch mit seiner Erzählung beginnen konnte, betrat eine Frau mit langen roten Haaren das Zimmer. Sie trug einen grauen Hosenanzug und einen ärgerlichen Gesichtsausdruck. Hinter ihr kam ein junger Mann ins Zimmer, der in einem Rollstuhl saß.

»Was geht hier vor!«, sagte sie und blickte in die Runde. Die Frage galt Oliver, doch dieser ließ sich nicht aus der Ruhe bringen.

»Darf ich euch Lisbeth Isaacson vorstellen?«, sagte Oliver. »Sie ist die Leiterin des Projekts Argo und, wenn ich mich nicht irre, ganz schön sauer auf mich.«

Lisbeth konnte über Olivers Scherz gar nicht lachen.

»Ich erwarte eine Erklärung«, sagte sie.

»Wir auch«, meinte Mia und verschränkte herausfordernd die Arme.

»Okay«, sagte Oliver. »Ich will euch nicht länger auf die Folter spannen. Das ist Xavier Brugger.«

Er deutete auf den Mann, der im Rollstuhl saß. Er war etwa in Olivers Alter. Sein Oberkörper und seine Arme wirkten durchtrainiert.

»Xavier, Lisbeth, das sind mein Bruder Finn und seine Freunde.«

»Wir haben strengste Geheimhaltung vereinbart«, sagte Lisbeth. »Du hast dich zum Stillschweigen verpflichtet. Das wird Konsequenzen haben.«

»Frau Isaacson«, sagte Finn. »Er kann nichts dafür, dass wir hier sind. Wir haben ihn ganz alleine gefunden.«

Lisbeth sah Finn ungläubig an.

»Es stimmt«, bekräftigte Mia. »Oliver trifft keine Schuld.«

Oliver blickte Lisbeth an und zuckte mit den Schultern.

»Ich glaube, es hat keinen Sinn mehr, meinem Bruder und seinen Freunden etwas vorzugaukeln. Sie haben es verdient, die Wahrheit zu hören.«

Lisbeth deutete mit einem nachgiebigen Kopfnicken an, dass sie zwar nicht einverstanden war, aber nichts dagegen tun konnte. Sie setzte sich neben Xavier an den Tisch.

»Es ist wohl am besten, wenn ich ganz am Anfang anfange«, sagte Oliver.

Er begann von dem Schulwettbewerb zu erzählen, an dem

er teilgenommen hatte. Zuerst fasste er die drei Aufgaben zusammen, die er bewältigen musste: den Bau des Katapults, den nächtlichen Orientierungslauf und das Abenteuer im Tieftauchbecken. Finn und seine Freunde hingen an jedem seiner Worte.

»Ich war ganz schön sauer, als dieser Torben den Seestern vor mir erreichte«, sagte Oliver.

Er fuhr fort und gelangte mit seiner Erzählung an die Stelle, an der er entführt worden war.

»Ich wurde in einen Raum geleitet. Man setzte mich auf einen Stuhl, und ich wurde angewiesen, die Augenbinde abzunehmen ...

Oliver blickte in ein Gesicht, das er kannte. Doch woher? Wo hatte er diesen Jugendlichen schon einmal gesehen? Er sah durchtrainiert aus, schwarze Haare, blasse Haut, etwas älter als Oliver. Er saß in einem Rollstuhl. Daher auch das Quietschen, das Oliver gehört hatte.

»Ich heiße Xavier Brugger«, sagte der Jugendliche mit einem deutlichen schweizerischen Akzent. In diesem Moment fiel Oliver ein, wo er ihn schon einmal gesehen hatte. In den Nachrichten hatte er über den Anschlag auf die Rakete gelesen, die vier Astronauten zur Internationalen Raumstation bringen sollte. Xavier Brugger war einer dieser Astronauten gewesen. Sein Foto war in dem Artikel abgebildet gewesen.

»Ich weiß, wer du bist«, sagte Oliver. »Du bist bei dem Sabotageakt an der Rakete verletzt worden.«

»Ja«, sagte Xavier. »Seitdem sitze ich in diesem Ding. Das

ist auch der Grund, warum du heute hier bist. Du sollst meinen Platz einnehmen.«

Oliver runzelte die Stirn.

»Was soll das heißen?«

Eine Tür öffnete sich, und eine Frau betrat den Raum. Es war die Dame mit den langen roten Haaren, die Oliver in der Schule gesehen hatte.

»Ich heiße Lisbeth Isaacson«, sagte sie. »Ich bin die Leiterin von Argo, einem der wichtigsten Projekte, die die Menschheit je unternommen hat. Es geht um nichts Geringeres als darum, die Welt zu retten.«

Oliver verstand nun gar nichts mehr.

»Äh, nehmen Sie mir es nicht übel, aber ich komme mir vor, als werde ich hier gerade völlig verar... vergackeiert.«

Lisbeth lächelte.

»Das kann ich verstehen. Seit dem Sabotageakt auf unsere Rakete müssen wir völlig im Geheimen agieren. Das ist Teil des Problems.«

»Was ist denn nun dieses Projekt Argo?«, fragte Oliver. Lisbeth sammelte sich einen Moment.

»Da du ja ein ziemlich aufgeweckter junger Mann bist, hast du sicher mitbekommen, dass es nicht besonders gut um unseren Planeten steht«, begann sie. »Trotz großer Bemühungen kriegen wir unseren CO_2-Ausstoß nicht in den Griff. Unser Klima wird von Jahr zu Jahr extremer. Wir sind immer noch zu sehr von fossilen Brennstoffen abhängig: Öl, Kohle und Gas. Der Umstieg auf erneuerbare Energien läuft sehr langsam.

Auf die Gründe dafür will ich jetzt nicht eingehen. Darum geht es uns auch gar nicht. Das Projekt Argo hat ein Ziel, das viel weiter in die Zukunft blickt. Wir wollen unsere gesamten Energieprobleme bis Ende des Jahrhunderts vollständig und für alle Zeit lösen.«

Oliver versuchte herauszuhören, ob diese Lisbeth Isaacson ihn auf die Schippe nehmen wollte, doch sie schien es ernst zu meinen.

»Und wie wollen Sie dieses Energiewunder vollbringen?«, fragte er.

»Es gibt einen Stoff, der es uns erlaubt, völlig saubere Energie herzustellen. Kein CO_2-Ausstoß, keine Radioaktivität. Dabei handelt es sich um ein Heliumisotop namens Helium-3. Per Kernfusion kann man mithilfe von Helium-3 große Mengen sauberer Energie gewinnen. Theoretisch zumindest. Die nötigen Fusionsreaktoren befinden sich bereits in der Planung.«

»Ich verstehe immer noch nicht«, sagte Oliver.

Xavier übernahm das Wort.

»Um den Weltbedarf an Energie zu decken, benötigen wir mehrere Hundert Tonnen Helium-3. Diese Substanz ist jedoch auf der Erde äußerst selten. Es gibt hier einfach nicht genug davon, um die Fusionsreaktoren zu betreiben. Wir haben jedoch eine geeignete Quelle gefunden.«

»Na, dann ist ja alles gut«, meinte Oliver.

»Leider gibt es da ein nicht unbedeutendes Problem«, sagte Lisbeth. »Die Quelle ist nicht auf der Erde. Die größten He-

lium-3-Vorkommen, die wir gefunden haben, befinden sich auf dem Planeten Uranus.«

Oliver stutzte.

»Uranus?«, wiederholte er.

»Ja«, antwortete Xavier. »Die Rakete, die bei dem Anschlag sabotiert wurde, der mich in den Rollstuhl gebracht hat, war nicht auf dem Weg zur ISS. Wir waren auf dem Weg zu einem Raumschiff, der ARGO, das auf der Rückseite des Mondes konstruiert wurde. Mit diesem Raumschiff ist es möglich, die lange Reise bis zum Uranus anzutreten. Es ist mit riesigen Tanks ausgestattet, in denen man das am Uranus gewonnene Helium-3 zur Erde transportieren kann. Unsere Mission bestand darin, mit dem Raumschiff zum Uranus zu fliegen, dort das Helium abzubauen und es dann zur Erde zurückzubringen. Doch nun kann weder ich noch meine Kollegen, die mit mir in der Rakete saßen, diese Mission antreten. Und damit kommst du ins Spiel.«

Oliver schüttelte den Kopf.

»Verstehe ich das richtig«, sagte er. »Ich soll deinen Platz einnehmen?«

»Genau.«

»Aber ich habe doch gar keine Ahnung davon, was so ein Astronaut machen muss? Ich weiß nicht, ob ich dafür überhaupt geeignet bin.«

»Aber wir wissen das«, sagte Lisbeth.

»Seit deiner Ankunft im Geiger Institut haben wir dich und deine Mitschüler genauestens überwacht und auf Herz und Nieren geprüft. Wir haben nach Schülern gesucht, die sowohl

körperlich topfit sind, um die Widrigkeiten der Raumfahrt zu erdulden, als auch intelligent genug, um die Mission zu bewältigen. Die Besten von euch haben wir einem weiteren Test unterzogen.«

»Der Wettbewerb«, murmelte Oliver. »Es ging also gar nicht um ein Stipendium.«

»Das Stipendium ist echt«, antwortete Lisbeth. »Doch das war nicht der wahre Grund für den Wettbewerb. Wir wollten testen, wer von euch für das Projekt ARGO infrage kommt. Wir haben Improvisationsvermögen, Orientierungssinn und Ausdauer getestet. Außerdem war der Wettstreit im Tieftauchbecken ein guter Test für die Bewegung im schwerelosen Raum.«

»Aber ich habe den Wettbewerb doch gar nicht gewonnen«, warf Oliver ein. »Torben ist doch Erster geworden.«

»Es stimmt, dass er den Seestern aus dem Becken geholt hat«, sagte Lisbeth. »Doch das war gar nicht das Ziel des letzten Tests. Eine deiner Mitschülerinnen arbeitete die ganze Zeit für uns. Sie hat eine weitere, geheime Prüfung durchgeführt. Im Tieftauchbecken hat sie einen Notfall vorgetäuscht.«

Oliver ging ein Licht auf.

»Das Mädchen, das keine Luft mehr bekommen hat.«

»Genau. Sie schwebte zu keiner Zeit in Gefahr. Sie ist eine der besten Freitaucherinnen Europas. Als sie bei dem Atemgerät ankam, hat sie das Ventil sabotiert und einen Notfall vorgetäuscht. Du und Torben standet beide vor einer Wahl. Den Wettbewerb und damit das Stipendium zu gewinnen oder uneigennützig zu handeln und einer Kameradin in Not zu

helfen. Torben ist zum Seestern hinabgetaucht. Du bist sofort umgekehrt und hast sie gerettet. Du hast selbstlos gehandelt und ihre Bedürfnisse über deine gestellt. In der Raumfahrt ist man aufeinander angewiesen. Man muss sich hundertprozentig auf seine Kollegen verlassen können. Torben hat nur an sich und seinen Sieg gedacht und sich damit selbst für unser Projekt disqualifiziert.«

Oliver führte sich die Szene in dem Schwimmbad noch einmal vor Augen. Er war sich so sicher gewesen, dass Torben das Ventil sabotiert hatte. Obwohl er den Kerl nicht leiden konnte, musste er sich eingestehen, dass er ihn falsch eingeschätzt hatte. Xavier riss ihn aus seinen Gedanken.

»Du stehst nun vor einer großen Entscheidung, die dein ganzes Leben verändern wird. Nimmst du die Herausforderung an und wirst Teil der Mission ARGO, oder lehnst du ab und lebst dein Leben weiter wie bisher?«

Oliver dachte nach.

»Äh, also, wenn ich annehme, wie würde das denn dann ablaufen. So eine Mission dauert ja sicher ein paar Monate.«

Xavier und Lisbeth wechselten vielsagende Blicke. Lisbeth räusperte sich.

»Da hast du deinen Finger schon in die Wunde gelegt«, sagte sie. »Die Mission wird leider ein wenig länger dauern als ein paar Monate.«

»Und wie lange?«

Lisbeth zögerte, ehe sie antwortete.

»Dreißig Jahre«, sagte sie schließlich.

DIE ENTSCHEIDUNG

Die vier Freunde konnten es nicht glauben.

»Dreißig Jahre?«, sagte Finn. »Eine Drei und eine Null?«

»Ja«, antwortete Oliver. »Die Hinreise alleine wird knapp 14 Jahre in Anspruch nehmen. Der Abbau des Heliums dauert zwei Jahre, und dann sind es noch einmal 14 Jahre für die Rückreise. Das ist auch der Grund dafür, dass sie nach Schülern gesucht haben. Ein erfahrener Astronaut wäre bei seiner Heimkehr wohl schon im Pensionsalter.«

Finn schüttelte ungläubig den Kopf. Langsam wurde ihm klar, in was für einem Dilemma Oliver gesteckt hatte. Er war vor der Entscheidung gestanden, dreißig Jahre seines Lebens zu opfern, um die Erde zu retten. Doch ein weiterer Gedanke drängte sich in Finns Bewusstsein. Er wollte ihn nicht zulassen, doch er konnte ihn nicht verdrängen. Oliver hatte sich schon entschieden. Bald würde er seinen Bruder erneut verlieren. Finns Kehle schnürte sich zu.

»Ich habe genauso reagiert wie du«, sagte Oliver und setzte seine Erzählung fort.

»Dreißig Jahre«, murmelte Oliver und blickte Lisbeth fassungslos an. »Wie soll ich es meiner Familie beibringen, dass ich sie dreißig Jahre nicht mehr sehen werde?«

Wieder wechselten Lisbeth und Xavier einen ernsten Blick.

»Nun kommen wir zu dem Teil, der vielleicht am schwierigsten zu verstehen sein wird«, sagte Lisbeth.

Xavier verschränkte die Arme, und Oliver hatte das Gefühl, dass er gar nicht damit einverstanden war, was Lisbeth ihm zu sagen hatte.

»Du wirst es deiner Familie leider nicht erzählen können«, sagte Lisbeth.

Oliver blickte sie verständnislos an.

»Wie bitte? Sie meinen, ich soll durchs halbe Sonnensystem tuckern, ohne meiner Familie davon zu erzählen? Spätestens nach einer Woche werden die doch merken, dass ich verschwunden bin.«

Lisbeth nickte.

»Ich weiß, dass es schwer zu verstehen ist, doch ich will versuchen, es dir zu erklären. Die PEGASUS I, die Rakete in der Xavier und seine Kollegen saßen, wurde durch einen Terroranschlag zerstört. Dieser wurde von einer Gruppe durchgeführt, die sich ›Wake-Up Call‹ nennt. Diese Gruppe, und viele andere Gruppierungen ihrer Art, fluten das Internet und soziale Medien seit Jahren mit Verschwörungstheorien, polemischer Meinungsmache und wilden Fantasien. Du hast es sicher selbst mitgekriegt. Menschen, die glauben, dass die Erde eine Scheibe sei, die davon überzeugt sind, dass irgendeine

Weltregierung ihre Gedanken mithilfe von Radiosatelliten steuert, sogar solche, die glauben, dass die Welt von Echsen in Menschengestalt regiert wird. Das sind natürlich alles Hirngespinste, doch diese Spinner haben es geschafft, einen großen Teil der Menschheit gegen jeden wissenschaftlichen Fortschritt aufzuhetzen. Und das geht so weit, dass Terroranschläge, wie der auf die PEGASUS I, immer häufiger passieren. Es steht jedoch bei dieser Mission zu viel auf dem Spiel, als dass wir einen weiteren Anschlag riskieren könnten. Es geht um das Fortbestehen der Menschheit über das nächste Jahrhundert hinaus. Ein weiterer Rückschlag würde das Ende dieser Mission bedeuten. Deshalb haben wir beschlossen, das Projekt unter oberste Geheimhaltung zu stellen.«

»Ich darf also niemandem etwas davon verraten?«, sagte Oliver. »Nicht mal meinen Eltern?«

»Leider nicht«, sagte Lisbeth. »Xavier und seinen Kollegen haben wir es erlaubt, ihre Familien einzuweihen. Irgendwie kam die Wahrheit heraus und fand ihren Weg in einschlägige Netzwerke. Das Resultat war der Sabotageakt, der beinahe drei Menschen das Leben kostete.«

»Aber meine Eltern werden doch nach mir suchen, wenn ich einfach so verschwinde«, sagte Oliver.

Lisbeth sah ihn mit ernstem Blick an.

»Es wird einen Unfall geben. Deine Leiche wird geborgen werden. Deine Eltern werden trauern und darüber hinwegkommen.«

Oliver stutzte.

»Sie wollen meinen Tod vortäuschen?«, fragte er fassungslos.

»Es gibt leider keine andere Möglichkeit«, sagte Lisbeth. »Es darf keine Information über die Mission nach außen dringen. Wenn die Situation sich ändert, werden wir deinen Eltern die Wahrheit vielleicht irgendwann einmal erzählen können, aber im Moment ist das Risiko zu groß.«

Oliver lächelte.

»Okay, fassen wir mal zusammen. Sie wollen also, dass ich mit einem Raumschiff eine dreißigjährige Rundreise zum Uranus unternehme, und währenddessen gaukeln Sie meiner Familie vor, dass ich tot bin? Habe ich das richtig verstanden?«

Lisbeth nickte.

»So ist es«, sagte sie.

»Auf gar keinen Fall«, sagte Oliver. »Sie haben ja wohl einen Vogel. Ich möchte jetzt bitte wieder zurück ins Internat.«

Xavier blickte Lisbeth an und zuckte mit den Schultern, eine Geste, die ihr zu verstehen gab, dass er nicht von Olivers Reaktion überrascht war.

»Okay«, sagte Lisbeth. »Ich muss das akzeptieren. Ich bitte dich jedoch, darüber Stillschweigen zu bewahren, was wir dir hier erzählt haben.«

»Kein Problem«, sagte Oliver spöttisch und schüttelte den Kopf. »Das glaubt mir sowieso keiner.«

»Unser Fahrer wird dich zurückbringen.«

Oliver stand auf.

»Eins noch, bevor du gehst«, sagte Lisbeth. Sie nahm eine Visitenkarte aus der Tasche und händigte sie Oliver aus. Auf dem weißen Karton war nichts außer einer E-Mail-Adresse abgedruckt.

»Solltest du es dir anders überlegen, dann schreib mir«, sagte sie.

Oliver steckte die Karte ein. Lisbeth begleitete ihn nach draußen.

»Ich bin dann wieder ins Internat zurückgekehrt«, sagte Oliver. »Ich dachte, ich würde diese merkwürdige Geschichte einfach irgendwann vergessen, doch sie ging mir nicht mehr aus dem Kopf. Jeden Tag las ich im Internet über den Klimawandel, unsere Abhängigkeit von fossilen Brennstoffen und unserem steigenden Energiebedarf. Keiner schien etwas dagegen unternehmen zu wollen. Irgendwann wurde mir klar, dass ich es war, der etwas dagegen tun konnte. Ich schrieb Lisbeth eine E-Mail.«

»Ich wollte Oliver sofort in das Programm holen«, sagte Lisbeth. »Doch ich musste noch warten, bis er 18 Jahre alt war, um selbst entscheiden zu können.«

Oliver fuhrt fort.

»Bei dem Wandertag schlich ich mich nachts aus dem Zelt. Ich traf einen Kontaktmann, der mich zu einem Wagen brachte. Mit diesem kam ich hierher. Mein Training für die Mission begann am nächsten Tag.«

»Unglaublich«, sagte Finn.

»Aber jetzt bin ich mit Fragen an der Reihe«, meinte Lisbeth und drehte sich zu Finn und seinen Freunden. »Wie zum Teufel habt ihr Oliver gefunden?«

»Durch das Sirus-Signal«, sagte Finn.

»Was ist das?«, fragt Lisbeth.

Oliver lief rot an.

»Ähm, also, ich muss etwas gestehen«, begann er. »Mich von meinen Eltern zu verabschieden, fiel mir schon schwer, doch es war Finn, der mir komplett das Herz brach.«

Oliver fasste sich an den Anhänger, den Finn ihm geschenkt hatte. Er trug ihn an einer Kette um den Hals.

»Ich … ich konnte ihn einfach nicht in dem Glauben lassen, dass ich tot war. Ich wollte damit nicht leben. Zuerst wollte ich ihm einen Abschiedsbrief schreiben. Ich habe angefangen, doch dann überkamen mich Zweifel. Ich wollte das Projekt nicht gefährden. Anstatt ihn fertig zu schreiben, habe ich den Anfang zwischen den Seiten eines Buchs in meinem Zimmer versteckt. In der Nacht, als ich mich aus unserem Zeltlager geschlichen habe, habe ich einen Hund und einen Stern in den Ast eines Baums geritzt. Es war eine dumme Idee, doch ich wollte einfach ein Zeichen von mir hinterlassen.«

»Ich wusste, dass du das warst«, rief Finn und lächelte.

»Ihr habt es tatsächlich gefunden?«, fragte Oliver überrascht.

»Das war ich«, sagte Kai und hob die Hand. Oliver erzählte weiter.

»Als wir auf dem Weg nach Kiruna waren, haben wir in

einem kleinen Ort namens Jokkmokk haltgemacht. Ich hatte auf der ganzen Fahrt immer wieder an Finn gedacht. In einem Supermarkt habe ich mir ein Prepaidhandy besorgt. Mit diesem ging ich dann in ein Internetcafé, wo ich die Seite der NASA aufgerufen habe. Ich habe Finn angerufen und ihm das Geräusch des Sterns Sirius vorgespielt. Dann habe ich die SIM-Karte herausgenommen und das Handy zerstört.«

Er blickte Finn an.

»Ich wollte dir eine Nachricht schicken. Irgendetwas. Damit du nicht die Hoffnung aufgibst. Damit du an mich denkst. Ich habe nicht geahnt, dass du mir hinterherkommen würdest.«

Finn sah seinen Bruder an.

»Ich wusste, dass du noch lebst. Keiner hat mir geglaubt.«

Niemand sagte etwas.

Die Stille wurde erst durch Kais Magen unterbrochen, der laut hörbar knurrte.

»Ich weiß ja nicht, wie es euch geht«, sagte er. »Aber ich habe von dem ganzen Palaver mächtig Hunger bekommen.«

»Ich glaube, wir können alle einen Bissen vertragen«, sagte Lisbeth. »Lasst uns runter in die Kantine gehen. Ihr könnt heute hier übernachten. Morgen werden wir dann das weitere Vorgehen besprechen.«

Die Aussicht auf ein warmes Abendessen spornte die Anwesenden an, und sie gingen zum Lift. Als sie auf den Aufzug warteten, sprach Oliver Finn an.

»Wie geht's Mama und Papa?«, fragte er.

»Wie schon«, antwortete Finn. »Sie sind ganz krank vor Trauer.«

»Wissen sie, dass ihr hier seid?«

»Sie denken, wir sind in Stockholm bei einem Bandwettbewerb«, antwortete Finn.

Oliver nickte.

»Ich habe mir das nicht leicht gemacht«, sagte er. »Das musst du mir glauben.«

Der Aufzug kam, und sie stiegen ein. Sie aßen in der Kantine des Komplexes zu Abend. Finn merkte, wie ihm die Augenlider schwer wurden.

»Dein Bruder nickt gleich in der Nudelsoße ein«, stellte Xavier mitfühlend fest.

»Ich glaube, es ist Zeit, ins Bett zu gehen«, sagte Oliver. »Morgen zeige ich euch die Anlage.«

Finn folgte Oliver und den anderen nach draußen. Im Aufzug hatte er alle Mühe, die Augen offen zu halten. Oliver brachte ihn auf sein Zimmer, und er war eingeschlafen, bevor sein Kopf das Kissen berührt hatte.

NEIN

Als Finn am nächsten Morgen unter einer warmen Decke erwachte, dauerte es eine ganze Weile, bis er sich die Ereignisse des letzten Tages wieder in Erinnerung gerufen hatte. Er konnte immer noch nicht so ganz glauben, dass sie Oliver wirklich gefunden hatten. Doch für wie lange, fragte er sich. Wie viel Zeit haben wir, bis wir uns wieder voneinander verabschieden müssen? Monate? Wochen? Tage?

Finn rieb sich die Augen und versuchte, an etwas anderes zu denken. Oliver war ja immer noch da. Er stand auf, ging ins Bad und stellte sich unter die Dusche. Als er sich wieder angezogen hatte, verließ er das Zimmer. Auf dem Gang kam ihm Oliver entgegen.

»Morgen, Finn. Ich komme gerade vom Training. Wenn du deine Freunde weckst, können wir zusammen frühstücken.«

Nachdem sie gefrühstückt hatten, zeigte Oliver ihnen den Komplex. Mit dem Lift fuhren sie in den zweiten Stock und betraten einen großen, dunklen Saal, dessen eine Wand völlig von Bildschirmen eingenommen war. In mehreren Reihen waren davor Computerterminals angeordnet, an denen Mitarbeiter saßen. Auf dem Hauptschirm war eine 3-D-Ansicht der Erdkugel zu sehen. Daneben wurden Wetterdaten und Kursprojektionen angezeigt. Ein Fenster zeigte eine Ansicht des gesamten Sonnensystems mit einer Linie, die von der Erde bis zum Uranus reichte. Darunter war der Mond zu sehen, mit dem 3-D-Modell eines Raumschiffes, das sich auf der Seite befand, die von der Erde abgewandt war.

»Das ist die Argo«, sagte Oliver und zeigte auf das Schiff. »Damit fliegen wir von der Umlaufbahn des Mondes direkt bis zum Uranus.«

Das Schiff bestand aus einem langen Zylinder in der Mitte, an dem sechs große Tanks klebten, die wie riesige Taucherflaschen aussahen.

»In den Tanks ist genug Platz für Tausende Tonnen Helium-3«, sagte Oliver. »Von hier aus wird die gesamte Mission gesteuert. Vom Abflug bis zur Landung.«

Finn betrachtete das Modell des Raumschiffes.

»Mit dieser Konservendose wollt ihr bis zum Uranus fliegen?«, fragte er ungläubig.

»Diese Konservendose ist über zweihundert Meter lang«, antwortete Oliver. Er sah Finns besorgten Gesichtsausdruck. »Glaub mir, Finny, das Schiff ist mit allen nur erdenklichen Sicherheitsvorkehrungen ausgestattet. Mach dir keine Sorgen.«

Finn nickte, doch das mulmige Gefühl in seinem Magen blieb bestehen.

»So, und jetzt zeige ich euch, wo wir trainieren«, sagte Oliver.

Mit dem Aufzug fuhren sie ins Erdgeschoss, wo bereits ein Jeep in der Einfahrt auf sie wartete. Sie fuhren durch den Wald und gelangten bald an einen weiteren Komplex, der aus einer Reihe niedriger Gebäude bestand, die sich über eine große Lichtung erstreckten.

Über dem Eingang stand auf einem Schild »Astronaut Trainig Center«. Sie folgten Oliver durch die Eingangstüre und einige Treppen hinab und betraten dann eine große Halle, in deren Mitte sich ein mit Wasser gefüllter Pool befand. Ein großes Gerüst aus Metallstangen war in den Pool hinabgesenkt worden. Finn erkannte zwei Gestalten, die mit Raumanzügen bekleidet unter der Wasseroberfläche an dem Gerüst herumkletterten.

»Hier üben wir, wie man sich in der Schwerelosigkeit bewegt«, sagte Oliver. »Ich habe meine Trainingseinheit heute Morgen absolviert. Die beiden, die da gerade im Wasser sind, sind José Monterosso und Soulaymane Diallo, meine beiden Kollegen.«

Oliver winkte den beiden zu. Die Astronauten hoben ihre Hände und winkten zurück.

»Kommt mit«, sagte Oliver. »Hier geht es weiter.«

Sie verließen den Saal durch einen Ausgang am anderen Ende. Dann durchquerten sie einen Korridor. Oliver öffnete eine Tür und bat Finn, Mia, Kai und Oskar hinein. Der Raum dahinter überblickte eine kreisförmige Halle, in der ein merkwürdiges Gebilde errichtet worden war. Es bestand aus einem großen Metallarm, der an einer Achse in der Mitte der Halle hing. Am Ende des Arms war eine Kabine befestigt, die für eine einzige Person Platz bot. In dem Raum befand sich außerdem ein Kontrollpult, an dem ein Mitarbeiter saß. Neben ihm, an der Wand, lehnte ein asiatisches Mädchen in Olivers Alter. Sie hatte schwarzes Haar und sah die Neuankömmlinge freundlich an. Oliver stellte sie auf Englisch vor.

»Natsuko, darf ich vorstellen, das sind mein Bruder Finn und seine Freunde.«

»Konnichiwa«, sagte das Mädchen und fuhr dann auf English fort. »Freut mich, euch kennenzulernen.«

»Das ist die Zentrifuge«, sagte Oliver zu Finn und den anderen. »Darin wird die erhöhte Schwerkraft beim Start simuliert. Da drinnen sitzt gerade Mykhaila Petrenko.«

Auf einem Monitor am Computer des Kontrollpults war das Gesicht eines braunhaarigen Mädchens zu sehen, die in der Kabine der Zentrifuge saß. In diesem Moment setzte sie sich in Bewegung. Schneller und immer schneller wirbelte der Arm um die eigene Achse. Die Kabine drehte sich um neunzig Grad, und Mykhaila wurde in den Sitz gedrückt.

»Das sieht ja aus wie beim Oktoberfest«, sagte Kai. »Das ist nichts für mich!«

Oliver nickte Natsuko zu und verließ den Kontrollraum der Zentrifuge. Die anderen folgten ihm. Durch eine weitere Tür betraten sie eine Halle, die einem normalen Fitnessstudio ähnelte. Dort gab es Laufbänder, Kraftstationen, Rudermaschinen und jede Menge Hanteln in allen möglichen Gewichtsklassen. Nur an der Rückwand stand ein Gerät, das etwas aus der Reihe fiel. Es bestand aus drei großen Metallringen, die ineinanderpassten. Sie waren über Achsen miteinander verbunden. In der Mitte war ein Sitz angebracht, der sich, mithilfe der Ringe, um drei Achsen gleichzeitig drehen konnte. Auf dem Sitz saß ein weiterer Astronaut, der gerade wild in der Luft herumgewirbelt wurde. Ein Mitarbeiter hielt das Gebilde an, und die Maschine kam zum Stehen.

»Das ist der Multi Axis Trainer, genannt MAT«, sagte Oliver. »Damit simuliert man, wie es sich anfühlt, wenn man um die eigene Achse rotiert. Hallo, Farrokh.«

Er gab dem Astronauten die Hand.

»Hi, Oliver«, antwortete dieser.

»Das ist Farrokh Manesh aus Mumbai. Er ist der sechste im Bunde.«

Farrokh stieg aus dem MAT aus.

»Wollt ihr mal probieren?«

Finn setzte sich in den Sitz, und der Mitarbeiter ließ ihn langsam um die eigene Achse rotieren. Es war ein merkwürdiges Gefühl, gleichzeitig desorientierend und angenehm. Trotz der rasanten Kreisbewegung merkte Finn, dass ihm nicht schwindelig wurde. Als er genug hatte, ließ Oskar es sich nicht nehmen, auch die Maschine auszuprobieren. Als er fertig war, betrat Lisbeth das Studio.

»Ich glaube, es wird Zeit, dass wir uns über das weitere Vorgehen unterhalten«, sagte sie ernst. »Eure Ankunft wirft einige schwierige Fragen auf. In zwanzig Minuten im Konferenzzimmer?«

Oliver nickte, und Lisbeth verließ den Raum.

»Wir sollten vorher zu Mittag essen«, sagte Oliver. »Das wird noch unangenehm.«

Nachdem sie in der Kantine gegessen hatten, versammelten sie sich wieder in dem Konferenzraum im obersten Stockwerk des Gebäudes. Dieses Mal waren außer Finn und seinen Freunden, Oliver, Lisbeth und Xavier auch die anderen Astronauten anwesend. Sie trugen Ohrhörer, über die sie per Simultanübersetzung das Gespräch mitverfolgen konnten. Lisbeth stand auf und begann.

»Als Neil Armstrong am 21. Juli 1969 als erster Mensch die Oberfläche des Mondes betrat, war es ein Ereignis, bei dem die ganze Welt mitfieberte. Millionen von Menschen hatten sich rund um den Globus um die Fernsehgeräte geschart, um diesen Augenblick live mitzuverfolgen. Bei ihrer Rückkehr zur Erde wurden die drei Astronauten als Helden gefeiert. Jetzt, fast sechzig Jahre später, hat sich die Menschheit verändert. Als der Computer Ende des letzten Jahrhunderts die Welt erobert hat, brach das Zeitalter der Information an. Nie konnten so viele Menschen so schnell auf so viel Wissen zugreifen. Es schien, als stünde der Menschheit eine blühende Zukunft bevor, in der sie sich immer weiterentwickeln würde. Doch so kam es nicht. Das Internet half uns zwar, Informationen schneller auszutauschen, doch es gab keinen ausreichenden Schutz vor denen, die es für ihre Zwecke missbrauchen wollten. Mittlerweile ist das Netz voll von Lügen, Verschwörungstheorien, Selbstdarstellung und Propaganda. Der irische Schriftsteller Jonathan

Swift hat einmal geschrieben: ›Die Lüge fliegt und die Wahrheit hinkt hinterher.‹ Nirgendwo trifft das so zu wie im Internet. Auf das Zeitalter der Information folgte das Zeitalter der Desinformation.«

Sie nahm einen Schluck Wasser aus einem bereitgestellten Glas und fuhr fort.

»Entschuldigung, dass ich so lange aushole, aber all dies bringt uns zu dem Dilemma, in dem wir uns heute wiederfinden. Der Weckruf und andere ähnliche Organisationen haben die Stimmung so aufgeheizt, dass wir völlig im Geheimen operieren müssen. Uns werden alle möglichen finsteren Absichten angedichtet, Gehirnwäsche, Bespitzelung, Fernsteuerung von Gedanken. Dabei wollen wir mit unserer Mission nichts anderes tun, als der Menschheit eine neue, saubere Energiequelle zu liefern. Wir können diese Mission nicht gefährden, deshalb müssen wir sie um jeden Preis geheim halten.«

Sie deutete auf Xavier.

»Xavier hat am eigenen Leib erfahren, was passiert, wenn Desinformation eskaliert.«

Finn meldete sich zu Wort.

»Das ist ja eine nette Ansprache«, sagte er. »Aber was sollen wir jetzt tun?«

Lisbeth blickte ihn mit ernster Miene an.

»Ihr müsst mir versprechen, dass ihr keiner Menschenseele davon erzählt, was ihr hier gesehen habt. Es steht zu viel auf dem Spiel.«

»Nicht mal meinen Eltern?«, fragte Finn.

»Nicht mal deinen Eltern«, antwortete Lisbeth.

Finn schwieg. Konnte er das wirklich tun? Konnte er seinen eigenen Eltern verheimlichen, dass Oliver noch lebte? Er versuchte, sich vorzustellen, wie es wäre, wenn er nach Pappelberg zurückkehrte. Er müsste in die Gesichter seiner Eltern schauen und sie anlügen. Dreißig Jahre lang. Und dann? Wenn sie bei Olivers Rückkehr noch am Leben waren, würden sie plötzlich mit der Wahrheit konfrontiert, dass ihr ältester Sohn seinen Tod nur vorgetäuscht hatte und dass Finn die ganze Zeit davon gewusst hatte. Konnte er ihnen das antun? Bevor er jedoch antworten konnte, hob Mia die Hand.

»Ja, bitte«, sagte Lisbeth.

Mia sagte ein einziges Wort.

»Nein.«

Lisbeth blickte sie an.

»Bitte?«

»Nein«, wiederholte Mia. »Das kommt gar nicht infrage.«

Lisbeth schien so verwundert von Mias Reaktion zu sein, dass sie sie nur mit offenem Mund ansah.

Mia stand auf.

»Sie schwingen hier große Reden, wie schrecklich es ist, dass das Internet voller Desinformationen ist und dass alle sich gegenseitig anlügen, aber der größte Lügner sind doch Sie selbst.«

»Entschuldigung…«, begann Lisbeth, doch Mia fuhr unbeeindruckt fort.

»Sie haben uns angelogen. Sie haben Olivers Familie angelogen und die Familien von den anderen Astronauten hier.«

Mia deutete auf Natsuko, Farrokh, Soulaymane, José und Mykhaila.

»Sie haben diese Familien auseinandergerissen. Ihnen den Tod ihrer Kinder vorgegaukelt. Nur damit Sie hier in Ruhe Ihre Mission durchziehen können.«

»Das ist nicht irgendeine Mission«, warf Lisbeth ein. »Es geht um die …«

»… die Zukunft der Menschheit, schon klar. Was glauben Sie, was los ist, wenn diese Verschwörungsspinner herauskriegen, dass Sie wirklich eine Verschwörung angezettelt haben? Das bestärkt diese Typen doch nur. Das ist doch ein Fest für den Weckruf, wenn die rauskriegen, wie Sie einfache Familien belogen haben.«

Lisbeth setzte sich hin. Man konnte ihr ansehen, dass Mias Worte sie beschäftigten.

»Außerdem haben Oliver und die anderen es verdient, dass sie als Helden gefeiert werden«, fuhr Mia fort. »Weil sie Helden sind. Sie opfern ihr halbes Leben dafür, dass die Menschheit weiterbestehen kann. Doch anstatt sie feiern zu lassen und ihnen ihren Neil-Armstrong-Moment im Scheinwerferlicht zu geben, sperren Sie sie weg, als seien sie Schwerverbrecher.«

Finn blickte zu Mia. Er wusste ja, dass sie nie ein Blatt vor den Mund nahm, doch in diesem Moment war er ihr mehr als dankbar. Sie hatte genau das in Worte gefasst, was ihn die ganze Zeit beschäftigt hatte. Er stand auf.

»Mia hat recht«, sagte er. Sie nickte ihm zu.

Mia und Lisbeth blickten sich über den Tisch hinweg an.

»Sie können Lügen nicht mit noch mehr Lügen bekämpfen«, sagte Mia schließlich.

Xavier lächelte. Jetzt ergriff er das Wort.

»Endlich sagt es mal jemand«, rief er. »Ich würde ja gerne aufstehen und dir applaudieren, aber das geht leider nicht mehr. Mia hat völlig recht. Wir können so nicht weitermachen. Wir müssen die Welt von unserer Mission und unseren Astronauten überzeugen. Wir müssen die Lügen mit der Wahrheit bekämpfen.«

Lange sagte niemand etwas. Lisbeth saß schweigend am Ende des Tisches. Man konnte ihr ansehen, dass sie angestrengt nachdachte.

»Mir scheint es, als ob die Einzigen, die darüber entscheiden können, unsere Astronauten sind. Sie tragen das größte Risiko. Stellen wir es also zur Wahl.«

Sie wandte sich an die Astronauten.

»Wollt ihr, dass wir mit dem Projekt Argo an die Weltöffentlichkeit gehen, selbst wenn es bedeutet, dass das Risiko eines Anschlags erheblich steigt? Wer dafür ist, hebt die Hand.«

Olivers Hand ging sofort in die Höhe. Als die anderen Astronauten die Übersetzung gehört hatten, hoben auch sie die Hände. Beinahe unmerklich nickte Lisbeth.

»Okay«, sagte sie. »Ich muss eure Entscheidung annehmen. Ich habe einiges vorzubereiten. Bitte wahrt vorerst die höchste Geheimhaltungsstufe.«

Sie verließ den Konferenzraum. Als sie gegangen war, lächelten sich die verbliebenen Konferenzteilnehmer an.

ANREISE

Die Janssens machten sich Sorgen. Finn hatte sich immer mal wieder von seiner Reise nach Schweden gemeldet, doch seit 24 Stunden hatten sie nichts mehr von ihm gehört. Warum hatte Finn nichts von sich hören lassen?

Es klingelte an der Tür. Frau Janssen sah ihren Mann mit einem fragenden Blick an.

»Wer kommt denn jetzt so spät noch?«, sagte dieser. Seine Frau merkte, dass ein angespannter Ton in seiner Stimme lag. Sie gingen gemeinsam zur Haustür. Herr Janssen öffnete. Draußen stand ein Mann, Mitte dreißig, der eine Brille und einen Anzug trug.

»Herr Janssen?«, sagte er zu Finns Vater.

»Ja?«, antwortete dieser. Er bemerkte, dass vor der Einfahrt ein schwarzer Wagen geparkt war, in dem ein Fahrer wartete.

»Mein Name ist Christian Schubert. Es geht um Ihre Söhne«, fuhr der Mann fort.

Frau Janssen schlug die Hand vor den Mund.

»Was ist passiert?«, fragte sie mit zitternder Stimme.

Schubert hob beschwichtigend die Hand.

»Es ist nichts passiert. Die ganze Sache ist ein wenig kompliziert. Dürfte ich vielleicht?«

Er deutete auf die Haustür. Sofort baten die Janssens Schubert hinein. Im Wohnzimmer nahm er auf einem Sessel Platz. Herr Janssen schaltete den Fernseher aus und setzte sich zu seiner Frau aufs Sofa.

»Sie sagten, es gehe um unsere Söhne«, begann Frau Janssen. »Vielleicht wissen Sie es noch nicht, aber unser Sohn Oliver ist …«

Sie brachte das Wort nicht heraus und blickte stattdessen auf ein gerahmtes Bild auf dem Fenstersims, das Oliver zeigte.

Schubert nickte. Einen Moment herrschte Stille.

»Ich habe mir die ganze Fahrt lang überlegt, wie ich es Ihnen sagen soll«, begann er.

Die Janssens blickten ihn an, als würden sie das Schlimmste erwarten.

»Vielleicht ist es am besten, wenn ich es kurz mache. Ihr Sohn lebt.«

»Finn?«, fragte Frau Janssen.

Schubert lächelte.

»Der natürlich auch. Ich hätte mich klarer ausdrücken können. Ihre Söhne leben. Beide.«

Herr Janssen runzelte die Stirn. Frau Janssen schüttelte den Kopf.

»Was erzählen Sie denn da?«, fragte sie. »Wir haben unseren Sohn doch beerdigt.«

Schubert nickte.

»Wir dachten uns schon, dass Sie uns nicht glauben würden. Sehen Sie selbst.«

Schubert zog sein Handy aus der Tasche und rief ein Video auf. Er hielt das Display den Janssens hin und spielte es ab. Oliver blickte in die Kamera.

»Hallo, Mama, hallo, Papa«, sagte er. »Ich weiß, was ich getan hab, ist unverzeihlich. Aber ich hatte einen guten Grund. Herr Schubert wird euch alles erklären. Er wird euch zu mir bringen. Finn ist auch hier. Es geht uns gut.«

Frau Janssen hatte nur den ersten Satz mitbekommen. Als sie ihren Sohn auf dem Bildschirm des Handys sah, waren ihr sofort die Tränen in die Augen geschossen. Sie hatte ihr Gesicht in ihren Händen vergraben und hemmungslos angefangen zu weinen. Herr Janssen kämpfte darum, seine Beherrschung zu bewahren, doch auch ihm liefen die Tränen übers Gesicht.

Schubert steckte das Handy wieder in seine Tasche. Er gab den Janssens einen Moment Zeit, sich wieder zu sammeln.

»Wenn … wenn das ein Scherz ist, dann …«, begann Herr Janssen.

»Kein Scherz«, sagte Schubert. »Oliver lebt. Es geht ihm gut. Ich bin hier, weil ich Sie zu ihm bringen will.«

Und dann begann er, den Janssens die ganze Geschichte zu erzählen.

Eine halbe Stunde später hatten sie das Nötigste in eine Reisetasche gepackt und waren zu Schubert in den Wagen gestiegen. Sie fuhren zu einem Flugfeld, wo sie in einen weißen Privatjet stiegen. Eine Flugbegleiterin schloss die Außentür, und kurz darauf hob der Jet in Richtung Norden ab.

Finn und Oliver standen nebeneinander im Aufzug. Der Lift fuhr sanft abwärts, und Finn spürte, wie ihn die Schwerkraft zu Boden presste, als die Kabine anhielt. Die Tür öffnete sich. Gemeinsam mit seinem Bruder stieg er aus. Im selben Moment fuhr ein Jeep vor dem Eingang des Gebäudes vor. Der Fahrer stieg aus und öffnete die hintere Tür. Er half den Janssens beim Aussteigen. Finn beobachtete, wie seine Eltern durch die Eingangstür traten. Seine Mutter hatte die beiden bereits durch die Glastür entdeckt. Sofort rannte sie auf Oliver zu. Ihre Schritte hallten von den Wänden. Als sie Oliver erreicht hatte, drückte sie ihn ganz fest an sich. Finn sah, dass sie bitterlich weinte.

»Mein Junge!«, rief sie mit zitternder Stimme.

»Mein Junge!«

Finns Vater kam hinterher. Auch er umarmte seinen Sohn. Frau Janssen drehte sich zu Finn.

»Du hast es gewusst«, sagte sie. »Und wir haben dir nicht geglaubt.« Jetzt umarmte sie Finn.

»Ist schon okay, Mama«, sagte Finn.

Schubert, der etwas abseits gewartet hatte, bis die Janssens sich begrüßt hatten, räusperte sich.

»Wenn Sie möchten, zeige ich Ihnen jetzt Ihre Zimmer«, sagte er.

Frau Janssen hakte sich bei ihren beiden Söhnen ein und folgte Schubert und ihrem Mann in den wartenden Aufzug. Sie lächelte.

Als die Janssens am nächsten Morgen zum Frühstück in die Kantine gingen, durchquerten sie gerade in dem Moment die Eingangshalle, als ein japanisches Ehepaar durch die Vordertür kam. Natsuko Okumura, die Astronautin des Projekts Argo, wartete dort bereits. Jetzt spielte sich die gleiche Szene ab wie am Tag zuvor. Die Eltern nahmen ihre Tochter weinend in den Arm.

In der Kantine setzten sich die Janssens an einen freien Tisch und nahmen ein üppiges Frühstück ein. Danach stand ein Rundgang durch das Gelände auf dem Programm. Oliver und Finn führten seine Eltern durch den Komplex und zeigten ihnen die Kontrollzentrale, die Trainingseinrichtungen und die Rakete selbst. Mit dem Jeep fuhren sie zu der Startrampe, an der das riesenhafte Raumschiff auf seinen Einsatz wartete.

»Mein Gott«, sagte Frau Janssen. »Und in dieses Ding steigst du ein?«

»Ja«, sagte Oliver, »die Kapsel ganz an der Spitze bringt uns zum Schiff Argo, mit dem wir zum Uranus fliegen.« Frau Janssen blickte mit Sorge zum oberen Ende der Rakete hinauf.

»Ich weiß nicht, ob ich das mit ansehen kann, Oliver«, sagte sie.

»Mama, wir haben hier die weltbesten Wissenschaftler. Jede Schraube ist auf Herz und Nieren getestet.«

Frau Janssen schwieg. Sie blickte Oliver an.

»Willst du das wirklich tun?«, sagte sie. »Du hast doch dein ganzes Leben noch vor dir. Überleg doch mal, was dir alles entgeht.«

»Ich habe es mir gut überlegt«, antwortete er. »Wirklich. Du musst mir glauben, dass ich mir diese Entscheidung nicht leicht gemacht habe. Ich habe die Chance, etwas zu verändern, etwas zu bewirken, das der ganzen Menschheit dient. Ich muss diese Chance wahrnehmen.«

Frau Janssen nickte.

Ein weiterer Jeep näherte sich. Er hielt neben der Gruppe an, und Lisbeth stieg aus.

»Sie müssen die Janssens sein«, sagte sie und schüttelte Finns Eltern die Hand.

»Ich weiß nicht, ob ich Ihnen je verzeihen kann«, sagte Frau Janssen. Lisbeth nickte.

»Ich weiß, dass eine Entschuldigung in diesem Fall nicht reicht, aber glauben Sie mir, wir haben es uns zu keinem Zeitpunkt leicht gemacht. Wir haben Geheimhaltung über alles andere gestellt. Es waren Finn und seine Freunde, die uns davon überzeugt haben, dass wir an die Öffentlichkeit gehen müssen. Deshalb bin ich auch hier. Es wird Zeit, dass wir das weitere Vorgehen besprechen. Wenn Sie mir bitte folgen würden.«

DER SCHÖNSTE ORT DES UNIVERSUMS

Bis tief in die Nacht saßen sie im Konferenzraum und besprachen das weitere Vorgehen. Außer den Janssens, Lisbeth und Xavier waren auch die anderen Projektteilnehmer mit ihren Angehörigen anwesend.

Lisbeth begann damit, noch einmal auf die Gefahren hinzuweisen, die dadurch entstehen konnten, mit dem Projekt an die Öffentlichkeit zu gehen, doch trotz aller Warnungen stimmten die Astronauten auch dieses Mal einstimmig dafür, Argo publik zu machen.

Danach wurde ein Zeitplan erarbeitet, mit dem man das Projekt vorstellen wollte. Am Ende der langen Sitzung hatten sie eine Strategie entwickelt, wie sie Argo und seine sechs Astronauten der Welt vorstellen würden.

Eine Woche später hatten sich Journalisten und Fernsehsender aus aller Welt in einem Vortragssaal der Universität von Stockholm eingefunden. In einer Rede, die live übertragen wurde, stellte Lisbeth das Projekt Argo vor. Die Nachricht, dass die Menschheit einen Versuch starten würde, Helium-3 vom Planeten Uranus zu gewinnen, um damit per Kernfusion saubere Energie zu gewinnen, breitete sich wie ein Lauffeuer aus. Natsuko Okumura, Farrokh Manesh, Soulaymane Diallo, José Monterosso, Mykhaila Petrenko und Oliver Janssen wurden über Nacht berühmt.

Finn, Mia, Oskar, Kai und die Janssens waren dabei, als die Astronauten in einer Fernsehtalkshow vorgestellt wurden. Der Moderator hielt einen kurzen, witzigen Monolog und stellte dann seine Gäste für den heutigen Abend vor: die Astronauten des Projekts Argo. Unter großem Beifall kamen die sechs Jugendlichen auf die Bühne und setzten sich auf das Sofa für die Gäste.

Der Moderator fragte reihum, wie sie von dem Projekt erfahren hatten, wie das Training ablief und wie es sich anfühlte, die Zukunft der Menschheit in der Hand zu halten. Als Letztes stellte er Oliver eine Frage.

»Du bist gerade 18 geworden und hast dein ganzes Leben noch vor dir. Diese Mission wird dreißig Jahre dauern.«

Er drehte sich zum Publikum.

»Dreißig Jahre, meine Damen und Herren. Das muss man sich mal vorstellen!«

Die Zuschauer klatschten.

»Dreißig Jahre durch das Sonnensystem kreuzen! Wenn du wieder zurückkehrst, bist du so alt wie ich, und ich schaffe es kaum vom Sofa zum Kühlschrank.«

Er tat so, als würde sein Rücken ganz furchtbar schmerzen, was ihm erneut lautes Gelächter einbrachte.

»Wie geht man damit um?«, fragte er.

Oliver tat für einen Moment so, als würde ihm mulmig.

»Ich ... ich habe es mir anders überlegt«, sagte er und tat so, als würde er fluchtartig das Studio verlassen. Dann setzte er sich jedoch wieder hin und wurde ernst.

»Wissen Sie«, begann er. »Ich glaube, ich spreche für uns alle, wenn ich sage, dass wir in den letzten Monaten viel Zeit mit den besten Wissenschaftlern und Raumforschern der Welt verbracht haben. Wir haben gelernt, wie viel wir schon über das Universum wissen und wie viel noch im Verborgenen ist. Die Menschheit hat riesige Teleskope gebaut und mit deren Hilfe Millionen von Sternen und Galaxien kartografiert. Wir haben Bilder von anderen Planeten, Sternennebeln, Kometen und Supernovae gemacht. Wir haben Exoplaneten gefunden, auf denen vielleicht irgendwann einmal menschliches Leben möglich sein wird. Wir haben in die Tiefen des Alls geblickt und viele seiner Geheimnisse entschlüsselt. Doch wissen Sie, welcher von all diesen Orten der schönste ist?«

Der Moderator schüttelte den Kopf.

»Der schönste Ort des Universums ist hier. Unsere Erde. Nirgendwo sonst gibt es diese Vielfalt an Pflanzen und Tieren. Nirgendwo sonst gibt es Polarregionen und Urwälder und Ozeane und Tundra und Sandwüsten. Nirgendwo sonst haben wir Leben gefunden. Wenn Sie die Nachrichten verfolgen, gibt es jeden Tag Hiobsbotschaften. Klimawandel,

Abholzung der Regenwälder, Artensterben. Wenn man das liest, will man vielleicht die Flinte ins Korn werfen und sagen, es hilft ja alles nichts. Wir haben keine Chance. Wir sind dem Untergang geweiht. Doch das Gegenteil ist der Fall. Wir haben eine Chance. Dank der unermüdlichen Arbeit unserer Wissenschaftler haben wir Antworten auf all unsere Fragen. Wir wissen, was zu tun ist. Wir müssen uns nur trauen, es auch zu tun. Und wenn das für mich, für uns sechs, bedeutet, dass wir den Großteil unseres Lebens in einem Raumschiff verbringen müssen und diese zugegebenermaßen nicht besonders schmackhaften Essensrationen zu uns nehmen, dann tun wir das gerne. Es ist wirklich ein kleines Opfer, um den schönsten Ort des Universums zu retten.«

Beifall rauschte durch das Studio, und es hielt das Publikum nicht mehr auf den Sitzen. Auch der Moderator stand auf und klatschte. Finn konnte Oliver und den anderen ansehen, dass ihnen das Ganze ein wenig peinlich war. Der Moderator zeigte mit der Handfläche auf seine Gäste und verabschiedete sie mit einem einzigen Satz.

»Meine Damen und Herren, so sehen wahre Helden aus. Die Astronauten des Projekts Argo.«

Lisbeth Isaacson, die die Pressetour begleitete, saß in ihrem Hotelzimmer, dass sie zu einem Büro umfunktioniert hatte. Sie war gerade dabei, sich ein Video des Talkshow-Auftritts vom gestrigen Abend anzusehen, als ihr Telefon klingelte. Sie hob ab.

»Isaacson«, sagte sie in den Hörer. Die Stimme des Chefs des Sicherheitsdienstes erklang. Isaacson hatte keine Kosten und Mühen gescheut, um das Leben der Astronauten auf der Pressetour zu schützen. Sie wurden Tag und Nacht von Bodyguards begleitet, die sicherstellten, dass niemand ihnen etwas antun würde.

»Frau Isaacson, ich wollte Sie darauf hinweisen, dass sich eine Menschenmenge vor dem Hotel versammelt hat.«

Lisbeth legte die Stirn in Sorgenfalten.

»Damit hatten wir ja gerechnet. Verstärken Sie die Wachen. Alle Beamten machen Doppelschicht. Ich möchte einen detaillierten Bericht über die Gefahrenlage. Hoffen wir, dass die Protestierenden nicht gewalttätig werden.«

Sie hörte, wie der Wachmann am anderen Ende stutzte.

»Äh. Ich glaube, Sie sollten runterkommen und sich das selbst ansehen.«

»Ich bin sofort da.«

Lisbeth verließ ihr Hotelzimmer und fuhr mit dem Aufzug in die Hotellobby. Dort kam der Chef der Sicherheitsmannschaft zu ihr.

»Wie schlimm ist es?«, fragte sie ihn.

Zu ihrer Überraschung lächelte der Wachmann.

»Schlimm? Es ist alles völlig friedlich.«

Er ging mit Lisbeth zur Eingangstür, und sie traten gemeinsam aus dem Hotel heraus.

Auf der Straße vor der Einfahrt hatte sich eine große Menschenmenge versammelt. Sie trugen Plakate, die sie in die

Höhe hielten. Als Lisbeth las, was auf den Plakaten stand, wurde ihr endlich klar, was hier passierte:

Die Plakate waren in Dutzenden Sprachen verfasst. Lisbeth nahm ein Handy heraus und machte ein Foto. Der Großteil der Plakate war positiv, doch es hatten sich auch ein paar Mitglieder des Weckrufs unter die Menge gemischt. Sie standen abseits und versuchten, ihre Parolen zu skandieren, doch sie gingen in der Masse unter. Als einer der Weckrufer seinen

Wecker aus der Tasche nahm und diesen klingeln ließ, wurde er von lauten Buhrufen übertönt. Dann stimmte irgendwer das Lied *Space Oddity* von David Bowie an, das zu einer Art informellen Hymne des Projekts geworden war, und bald hörte man den Wecker im vielstimmigen Gesang der Menge überhaupt nicht mehr.

Lisbeth wandte sich an den Sicherheitschef.

»Wo sind unsere sechs Schützlinge gerade?«

»Beim Mittagessen im Hotelrestaurant«, antwortete dieser.

»Holen Sie sie her«, sagte sie.

Der Sicherheitschef nickte und holte sein Handy hervor.

Zehn Minuten später öffnete sich die Eingangstür des Hotels, und die sechs Astronauten, die alle in ihren orangen Trainingsanzügen gekleidet waren, traten heraus.

Sofort brach in der Menge ein Jubel aus. Die sechs gaben Autogramme und lächelten in Hunderte Handykameras, mit denen die Anwesenden ihre Fotos schossen. Zum Schluss stimmten sie ein weiteres Mal *Space Oddity* an.

Lisbeth lächelte zufrieden.

COUNTDOWN

Über die nächsten Wochen legte sich der Trubel ein wenig. Finn verfolgte die Nachrichten im Internet aufmerksam. Es gab zwar immer wieder Artikel und Interviews zu dem Projekt, doch der erste Begeisterungssturm hatte sich gelegt. Auch auf den Kanälen der Weckruf-Gruppierungen sah Finn sich um. Dort wurden alle möglichen Verschwörungsszenarien durchgespielt, die das Projekt betrafen. Es wurde von Gehirnwäsche, Gedankensteuerung per Satellit und Alien-Technologie gefaselt, doch eine echte Bedrohung schien von den Mitgliedern der Gruppe nicht auszugehen.

Bald erhitzten andere Nachrichten auf den sozialen Medien die Gemüter, und das Projekt Argo verschwand ein wenig aus dem kollektiven Bewusstsein. Erst als einige Wochen später der Starttermin der Rakete heranrückte, wuchs das Interesse wieder.

Finn und seine Eltern, Mia, Oskar und Kai reisten auf Einladung von Lisbeth Isaacson hin an, um dem Start live beizuwohnen. Die letzten Tage verbrachte Oliver viel mit seinem Bruder und seinen Eltern, denn dieser würde seine Familie lange Zeit nicht wiedersehen. Sie spazierten durch die Wälder von Nordschweden und genossen die Natur.

Eines Morgens waren Finn und Oliver ans Ufer eines Sees gewandert, der sich ganz in der Nähe des Raumfahrtzentrums befand. Sie hatten sich auf einen Baumstamm gesetzt, der in der Nähe des Wassers auf einem Kiesbett lag.

»Wie geht es dir eigentlich?«, fragte Oliver Finn. »Bei dem ganzen Trubel um das Projekt habe ich völlig vergessen zu fragen, was du von der ganzen Sache hältst.«

Finn blickte auf den See hinaus.

»Ich bin schon traurig«, sagte Finn. »Aber nicht so wie als du auf einmal weg warst. Jetzt weiß ich wenigstens, warum du gehen musst und dass wir uns hoffentlich irgendwann wiedersehen werden.«

Oliver nickte.

»Dich so im Stich zu lassen, hat mir am meisten wehgetan«, sagte er. »Ich wusste ja, wie schwer du es in der Schule hattest.«

»Vielleicht war es ganz gut so«, meinte Finn. »Sonst hätte ich nie Mia, Oskar und Kai kennengelernt.«

Oliver lächelte.

»Ich kann echt nicht glauben, dass ihr durch halb Europa kutschiert seid, um nach mir zu suchen.«

»Ich glaube, die Pariser Polizei fahndet immer noch nach uns, weil wir Metro gefahren sind, ohne zu bezahlen.«

Oliver legte seinen Arm um Finn.

»Ich werde dich vermissen«, sagte er.

»Halt die Klappe, du Arsch«, sagte Finn, doch auf seinem Gesicht lag ein Lächeln.

Am Tag des Starts durften Finn und seine Eltern Oliver ein letztes Mal Lebewohl sagen. Sie befanden sich in einem Warteraum, der in dem Gebäude direkt neben der Startrampe lag. Oliver trug seinen orangen Overall. An der Wand hing der Raumanzug, den er zum Start anziehen musste.

»Ich weiß gar nicht, was ich sagen soll«, meinte seine Mutter, während sie Oliver umarmte. »Ich bin so stolz auf dich, aber das ist fast noch schlimmer als beim letzten Mal, als du verschwunden bist.«

Oliver drückte sie fest.

»Mach dir keine Sorgen, Mama«, sagte er. »Dreißig Jahre im Weltraum. Was soll da schon schiefgehen? Da ist ja fast nichts. Auf der Erde ist es viel gefährlicher.«

»Mensch, mach keine Witze«, sagte sie.

Jetzt war sein Vater mit der Umarmung dran.

»Mein Junge. Das wird ein Abenteuer, was? Ich werde jeden Tag an dich denken.«

»Ich auch, Papa. Wir werden uns ja ab und zu Nachrichten schicken können.«

Finn saß ein Kloß im Hals. Oliver drehte sich zu ihm.

»Finny.«

Finn versuchte zu lächeln.

»Danke, dass du an mich geglaubt hast. Ich bin so froh, dass ihr hier seid. Ohne dich hättet ihr keine Ahnung, was mit mir geschehen ist.«

»Sei vorsichtig, Olli«, sagte Finn. »Geh den Aliens aus dem Weg.«

Oliver lächelte. Er nahm den Sirius-Anhänger in die Hand, der an der Kette um seinen Hals hing.

»Ich habe dich immer bei mir, Finny.«

Obwohl sich Finn geschworen hatte, nicht zu weinen, kamen ihm jetzt doch die Tränen. Oliver ging es genauso. Er nahm seinen kleinen Bruder in den Arm und fuhr ihm mit der Hand durch die Haare.

Die Stimme des Projektleiters ertönte über einen Lautsprecher, der in die Decke eingebaut war.

»Zwei Stunden bis zum Start. Besucher bitte jetzt das Gelände räumen. Astronauten Anzüge anlegen.«

Oliver ging zu dem Haken, an dem sein Raumanzug aufgehängt war. Er legte ihn an. Finn hob den Helm auf und setzte ihn Oliver auf den Kopf. Mit einer halben Drehung rastete dieser an der Halsmanschette des Raumanzugs ein.

Die Tür öffnete sich, und der Einsatzleiter betrat den Raum.

»Leider muss ich Sie jetzt bitten, ins andere Gebäude zu wechseln«, sagte dieser zu den Janssens.

Ein letztes Mal umarmte Oliver seine Eltern. Dann verließen sie den Raum. Finn drehte sich noch einmal um. Er wusste, dass er diesen Moment nie vergessen würde. Oliver stand in seinem weißen Raumanzug vor ihm und winkte ihm ein letztes Mal zu.

Finn lächelte. Dann drehte er sich um und verließ das Zimmer.

Im Obergeschoss der Projektzentrale war eine Beobachtungsplattform eingerichtet worden. Hier hatten sich Projektmitarbeiter, Vertreter der Presse und die Angehörigen der Astronauten versammelt. Die Stimmung war angespannt. Auf einem Monitor war ein Livesignal des Kontrollraums zu sehen, dass die Projektleiter und Flight Controller bei der Arbeit zeigte. Finn blickte aus dem Fenster. Über den Baumwipfeln konnte er die Spitze der Rakete erkennen. Ganz oben war die Flugkapsel angebracht, die Oliver und die anderen Astronauten sicher zum Raumschiff Argo jenseits des Mondes bringen sollte. Das Videosignal wurde umgeschaltet, und sie konnten beobachten, wie Oliver und die anderen fünf Astronauten den Aufzug betraten, der in das Gerüst eingebaut war, das die Rakete in Stellung hielt. Sie fuhren bis nach oben und stiegen dann aus. Über einen schmalen Steg gelangten sie zum Eingang der Kapsel. Natsuko Okumura, die die Kapsel als Erste erreichte, öffnete die Tür. Sie winkte ein letztes Mal und betrat dann das Raumfahrzeug. Einer nach dem anderen setzten sich die Astronauten in die Kapsel. Als Oliver an der Reihe war, winkte er in die Kamera. Mit der Hand berührte er die Stelle auf seiner Brust, an der Finns Anhänger hing. Finn lächelte. Oliver stieg ein.

Ein Mitarbeiter des Projekts verschloss die Luke hinter ihnen. Jetzt konnten sie eine Aufnahme des Innenraums sehen. Wie Ölsardinen saßen die sechs Astronauten dicht gedrängt in der Kapsel.

Der Bildschirm schaltete wieder auf den Kontrollraum um. Eine Zeituhr wurde eingeblendet.

T-10 MIN.

»Das bedeutet zehn Minuten bis zum Start«, sagte Finn, der den ganzen Ablauf haarklein von Oliver erfahren hatte. Die Zeit schien gleichzeitig stillzustehen und wie im Flug zu vergehen. Sein Herz klopfte so laut in Finns Brust, dass er am ganzen Körper zitterte. Er wollte gar nicht daran denken, dass sein Bruder auf mehreren Tonnen hochexplosiven Raketentreibstoffs saß. Wenn jetzt etwas schiefging …

Finn verscheuchte den Gedanken. Er blickte zu Mia, Oskar und Kai, die sich zu ihm gesellt hatten.

»Wird schon alles gut gehen«, meinte Mia. Ihre Stimmlage verriet jedoch, dass auch ihre Nerven bis zum Zerreißen gespannt waren. Auf einmal waren nur noch zwei Minuten auf der Uhr.

120 Sekunden.

Ein Augenblick.

Finns Mutter ergriff die Hände ihres Mannes und ihres Sohns. Mit seiner freien Hand suchte Finn die von Mia. Schließlich bildeten Finns Eltern, Finn, Mia, Oskar und Kai eine Kette.

Die Sekunden tickten weg.

Finn spürte wie die Hände der anderen seine Hand ganz fest umklammerten. Seine Augen waren auf die Spitze der Rakete geheftet. Er schloss die Augen und dachte an seinen Bruder.

»Ten. Nine.«

Der Countdown ging los.

»Eight. Seven.«

Finn atmete tief durch.

»Six. Five.«

Sein Unterkiefer begann zu zittern.

»Four. Three.«

Ihm wurde kalt.

»Two. One.«

Er hielt den Atem an.

»Liftoff.«

Die Erde bebte.

Auf dem Bildschirm sah er den Feuerstrahl, der aus dem Antrieb der Rakete geschossen kam.

Zunächst passierte nichts. Die Spitze der Rakete bewegte sich nicht. Erst als der Antrieb den vollen Schub entwickelt hatte, hob sich die Rakete behäbig in die Luft. Zuerst ging es langsam aufwärts, wie eine Luftblase, die vom Wind getragen nach oben stieg. Der weiße Zylinder flog hoch über die Wipfel der Bäume und schoss auf den wolkenlosen Himmel zu. Die immense Kraft des Antriebs ließ das gesamte Gebäude erzittern.

Höher und höher stieg die Rakete. Jetzt war sie mit bloßem Auge nur noch als kleiner weißer Punkt zu erkennen.

»We have liftoff. I repeat. We have achieved liftoff.«

Plötzlich löste sich ein Schrei aus Finns Innerem. Die Anwesenden klatschten und jubelten, und es gab kein Halten mehr. Alle Anspannung fiel von Finn, seinen Eltern und seinen

Freunden ab. Natürlich lag eine lange, gefährliche Reise vor seinem Bruder, doch der vielleicht riskanteste Moment der Odyssee war durchgestanden.

Oliver war auf dem Weg zu den Sternen.

NACHTHIMMEL

Finn blickte durch das Okular des Teleskops. Der helle Glanz des Sterns Sirius A war in dem kreisrunden Bildausschnitt zu sehen. Daneben schwebte, kaum sichtbar, Sirius B, wie ein Nadelstich in der Dunkelheit.

»Der hellste Stern am Himmel«, sagte Finn.

»Lass mich auch mal sehen«, antwortete Mia. Er überließ ihr das Teleskop, und sie blickte hindurch.

Finn schaltet sein Handy ein und spielte das Tonsignal von der Webseite der NASA ab.

»Das klingt echt cool, aber irgendwie unheimlich«, meinte Oskar und griff nach einem der Sandwiches, die die Freunde in einer Plastikdose mitgebracht hatten.

»Ich hab's«, rief Kai. »Wir bauen das Geräusch in unseren nächsten Song ein. So als Intro. Und dann fangen darüber die Gitarren an.«

Er spielte Luftgitarre und sang dabei ein Riff, das er sich gerade ausgedacht hatte.

»Das ist eine super Idee«, sagte Finn. Er blickte in den Sternenhimmel. Vor genau einem Jahr hatte er hier mit seinem Bruder gesessen. Damals war er ein schüchterner Junge gewesen, der keine Freunde hatte und in der Schule gemobbt wurde. Er konnte es kaum fassen, wie sehr er sich in dieser Zeit verändert hatte. Olivers Verschwinden war furchtbar gewesen, doch durch die abenteuerliche Suche nach ihm hatte Finn Freunde und Selbstbewusstsein gefunden.

Finn legte sich auf den Rücken und sah nach oben. Die Sterne funkelten. Betelgeuse, Rigel und Aldebaran leuchteten hell, und das Sternbild des Orion hatte seinen Bogen gespannt. Im Westen hing der Planet Jupiter.

Finn kam eine Idee.

»Darf ich wieder?«, sagte er zu Mia.

Sie nahm ihr Auge vom Okular und machte den Platz für Finn frei. Dieser setzte das Teleskop an sein Auge und löste die Feststellschrauben. Er richtete es auf den Planeten Jupiter aus. Dann konsultierte er die Sternenhimmel-App auf seinem Handy. Die Planet Uranus hing nördlich des Jupiters im Firmament. Langsam bewegte er das Teleskop, bis er den winzigen Punkt des Planeten gefunden hatte. Jetzt suchte er systematisch die Umgebung des Punktes ab. Es dauerte nicht lange, bis er es gefunden hatte.

»Da ist es«, sagte er. »Olivers Raumschiff. Die Argo.«

Die längliche Form des Schiffes mit seinen riesigen Antriebsaggregaten am Heck war gerade so zu erkennen.

»Oh! Das will ich sehen!«, rief Oskar.

Reihum ließ Finn die anderen durch das Okular blicken.

»Toll«, sagte Mia, die als Letzte dran war.

Finn übernahm wieder und setzte sein Auge ans Teleskop.

Lange sah er dem Schiff zu, wie es immer weiter in das unendliche Nichts des Universums eintauchte.

»Gute Reise«, sagte Finn leise zu sich selbst.

VITA

Patrick McGinley wurde 1977 in Brüssel geboren und ist in München aufgewachsen. Nach seinem Filmstudium in New York arbeitete er als Filmemacher in Deutschland und Australien. Seit 2009 hat er mehrere Jugendbücher veröffentlicht. Er wohnt in Irland.

KARIBU – Ein Verlag der Edel Verlagsgruppe

MIX
Papier | Fördert gute Waldnutzung
FSC® C014496

1. Auflage 2024

Kaiserstraße 14 a, 80801 München

Dieses Werk wurde vermittelt durch die Michael Meller Literary Agency GmbH, München
Umschlaggestaltung: Christian Keller unter Verwendung von Abbildungen © Shutterstock (Metallic Citizen, Tithi Luadthong, Everyonephoto Studio, AKaiser)
Abbildungen im Innenteil: © Shutterstock (Leiterplatte Kapitelüberschriften: Zvigo17, Kreise Pagina: ZinetroN, Wecker: johavel)
Layout & Satz: Uhl + Massopust, Aalen
Druck: GGP Media GmbH, Pößneck
ISBN: 978-3-96129-419-0
Printed in Germany
www.karibubuecher.de

Unsere Bücher findest du auch auf Antolin.
www.antolin.de